汉韵传承

——定陶汉墓出土彩绘文字陶砖的保护修复与研究

王玲　著

山东大学出版社
SHANDONG UNIVERSITY PRESS
·济南·

图书在版编目(CIP)数据

汉韵传承:定陶汉墓出土彩绘文字陶砖的保护修复与研究 / 王玲著.—济南:山东大学出版社,2022.8

ISBN 978-7-5607-7602-6

Ⅰ.①汉… Ⅱ.①王… Ⅲ.①汉墓—古代陶瓷—古砖—文物保护—研究—定陶②汉墓—古代陶瓷—古砖—文物修复—研究—定陶 Ⅳ.

中国版本图书馆 CIP 数据核字(2022)第 157040 号

责任编辑 刘 彤
文案编辑 杨露宾
封面设计 杨 波

汉韵传承

HANYUN CHUANCHENG

——定陶汉墓出土彩绘文字陶砖的保护修复与研究

出版发行 山东大学出版社
社　　址 山东省济南市山大南路 20 号
邮政编码 250100
发行热线 (0531)88363008
经　　销 新华书店
印　　刷 山东和平商务有限公司
规　　格 720 毫米×1000 毫米 1/16
15 印张 238 千字
版　　次 2022 年 8 月第 1 版
印　　次 2022 年 8 月第 1 次印刷
定　　价 80.00 元

审定委员会

主　任　王传昌

副主任　吕承佳　徐军平

审定单位

山东省文物保护修复中心

定陶王陵保护研究中心

前 言

定陶古称陶，又名陶丘，是一座历史悠久、文化灿烂的古城。4000多年前的新石器时代，人类就在这里渔猎耕种、繁衍生息。自春秋至西汉的近800年间，定陶一直是中原地区的水陆交通中心和全国性经济都会，享有“天下之中”的美誉。在这片古老而神奇的土地上，古代先民们留下了众多的历史文化遗迹。尤其是汉人厚葬之风盛行，墓葬的种类、形制、风格，与前代相比都有较大的变化，反映出了当时的社会结构，以及人们的集体意识、文化观念、对待生死的态度，体现出了一定的历史转向与跃迁。

2009年，第三次全国文物普查复查了定陶王墓地（王陵），原是灵圣湖遗址，早年在地表曾采集到商周至汉代的陶片。该遗址于20世纪50年代初期还保留有三个堌堆（封土堆），在20世纪60年代因当地村民取土及平整土地，封土堆遭到破坏。该遗址位于山东省菏泽市定陶区马集镇大李家村西北约2000米处，是一处保存有三座墓葬（M1、M2、M3）的大型汉代墓群。M1位于M2正东约320米，M3位于M2东南约150米，保护范围为970975.24平方米。定陶王墓地（王陵）是第七批全国重点文物保护单位，其中M2汉墓是已发现的同类墓葬中规模最大、规格最高、结构最复杂、保存最完整的黄肠题凑汉墓。定陶王墓地（王陵）M2汉墓考古发掘及项目最初向国家文物局申报项目名称为定陶灵圣湖汉墓，以便和灵圣湖遗址相符合。后因对定陶王墓地（王陵）的发现及据文献的思考，自2018年后该发掘项目改称为定陶王墓地（王陵）M2汉墓，与全国重点文物保护单位定陶王墓地（王陵）相对应。M2汉墓的保护工作得到了国家文物局、省文物局的高度重视与大力支持。

为对M2汉墓进行系统科学的保护和研究工作，2011年，山东省文物考古研究院对墓室顶部两层封护的青砖进行了提取保护，共计13000余块，椁室表面木材全部揭露出来。大量带有彩绘文字和刻画符号陶砖的出土立刻引起业内专家学者的高度重视。为确保出土陶砖在保存环境发生改变的情况下不会再次遭受损坏，考古队采取了临时的保护措施，用棉布和塑料布对陶砖进行包裹，并在外侧搭建了临时板房，起到遮蔽风雨的作用，尽最大可能避免冻融、霉菌滋生等后续病害发生。

为了进一步保护好提取出土的彩绘文字陶砖，为下一步考古资料整理研究和保护利用工作奠定基础，在省文物局和市文物局的大力支持及县委、县政府的高度重视下，定陶县文物局先后与陕西秦始皇帝陵博物院签订了M2出土文字砖保护委托协议(2012年10月)，委托陕西秦始皇帝陵博物院编制《山东定陶汉墓出土彩绘文字陶砖文物保护修复方案》(2012年12月)。与此同时，国家文物局《关于定陶汉墓出土彩绘文字陶砖等3项保护修复方案的批复》(文物博函〔2013〕812号)，包括《山东菏泽定陶汉墓出土彩绘文字陶砖文物保护修复方案》通过国家局审核，获得批复。菏财教指〔2013〕91号彩绘文字陶砖保护修复项目由中央下拨资金432万元(2013年11月)。山东省文物考古研究所、秦始皇帝陵博物院和定陶县文物局共同实施定陶汉墓出土彩绘陶砖的保护修复工作(2014年6月)，并于同年10月签订三方协议《关于山东省定陶汉墓出土彩绘陶砖保护修复与合作研究协议书》。定陶县文物局在山东省考古研究所的指导下，进行了所需场地的基础建设，购置了通风橱、实验边台、温湿度记录仪、喷砂机、超声波清洗器、低压渗透设备、烘箱、通风除尘设备、活动柜及彩绘陶砖转移箱等所需设备材料。11月由秦始皇帝陵博物院、山东省文物考古研究所、定陶县文物局联合成立了项目保护修复工作组，启动该项目的保护修复工作。2015年10月，经过上述各项紧锣密鼓的保护工作，在山东省文物考古研究所主导下修复完成彩绘文字陶砖6800块，并于10月18日召开了项目中期专家咨询会，与会专家有马清林、郑同修、郑捷、马涛、齐扬、周铁、赵西晨等，提出了改善修复材料、增加文字辨识手段以及完善保护修复档案等意见。同年11月9日，定陶县文物局设立定陶县文物考古保护修复中心，并申请成立山东省文物修复中心定陶工作站。后由于人事变动，山东省文物考古研究所和定陶县文物局签订了《关于山东省菏泽定陶汉墓出土彩绘陶砖保护修复协议书》，由定陶县文物局修复完成剩余的5797块文字陶砖，修复工作人员基本不变（2016年2月）。

经文物修复专家修复整理后，彩绘陶砖上的文字大多数都能准确辨析。陶砖上的文字内容绝大部分是人名，另有少量如“山阳昌邑”“炀里”等地名、简略记事以及数字。陶砖上涉及的人名有100余种，姓氏有40余种。这些文字和符号记录的内容非常丰富，对于研究汉代的书法艺术、人文地理等都是十分珍贵的实物资料。文字多数为隶书，是当时通用书体，也有的是篆书，但最常见的是篆、隶并用，反映了汉代书体的发展演变过程以及汉字演变的历史。定陶汉墓出土的彩绘文字陶砖举世罕见，这些彩绘文字陶砖承载了丰富的历史信息，具有非凡的历史价值与研究意义。

本人出生并成长于定陶，对定陶深厚的历史文化有着深入的了解，也拥有难以割舍的情感。大学毕业后义无反顾地返回家乡，致力于家乡的建设，一直从事定陶县的文物管理与相关文化学术研究工作。在近三十年的工作经历中，勤于学习文博、考古专业知识，并与自己的实际工作紧密结合起来。

自2010年定陶王墓地（王陵）M2汉墓发掘以来，本人一直参与相关调查、勘探、发掘、保护以及基础保护设施建设工作。多年来，始终坚守考古工作一线，搜集和整理了相关资料，为定陶王墓地（王陵）的保护和科学研究工作奉献自己的青春和力量。工作中积极配合各级文物保护部门、文物考古保护专家，与他们并肩作战，为定陶王墓地（王陵）的发掘、保护、文化研究作出了应有的贡献。

在长期的工作经历与实践中，本人查阅了大量史籍资料，积累了大量研究资料，并对定陶王墓地（王陵）尤其是出土彩绘文字陶砖保护展开了系统的研究。为了向世人更好地展现定陶王墓地（王陵）的原始风貌，彰显彩绘陶砖的历史价值，推动考古与文物保护事业的进一步发展，带动人们对彩绘陶砖的进一步研究，本人结合自己的工作实际，特此撰写《汉韵传承——定陶汉墓出土彩绘文字陶砖的保护修复与研究》一书。

本书共分四章，第一章从定陶历史沿革、定陶王墓地（王陵）的发现、定陶王墓地（王陵）的地理环境、定陶王墓地（王陵）M2的形制与时代背景、定陶王墓地（王陵）M2的考古发掘与拆解保护四个方面介绍定陶王墓地(王陵)基本情况。第二章从保护修复项目的启动、保护修复的基本原则、彩绘文字陶砖的主要病害及形成原因、彩绘文字陶砖保护修复技术路线、彩绘文字陶砖保护修复工作的实施五个方面介绍彩绘文字陶砖的保护与修复工作。第三章从彩绘文字陶砖表面及储存环境微生物的检测分析、彩绘文字陶砖材质检测分析及制作工艺实验两方面介绍彩绘文字陶砖的检测分析与研究。第四章主要内容是对定陶王墓地(王陵)M2出土彩绘文字陶砖的初步研究。由于M2汉墓的考古发掘和拆解保护工作正在有序开展,第二期彩绘文字陶砖保护修复项目正在进行,本书的研究重点主要是针对第一期保护修复的13000余块出土彩绘文字陶砖开展的,新出土和正在进行保护修复的陶砖作为有力的补充,结合保护修复工作对彩绘文字陶砖保护修复的技术手段、新材料运用、新工艺探索与检测分析工作有机结合展开深入的研究。期待本书的撰写与出版发行,能对定陶王墓地(王陵)M2汉墓特别是出土彩绘文字陶砖的保护与研究以及定陶历史文化的传承起到一定的借鉴意义。

在本书的撰写与出版过程中,曾得到国内很多考古专家、文保专家的大力支持与帮助,在此一并表示感谢。

王玲

2022年2月于定陶

目 录

第一章

定陶王墓地（王陵）基本情况介绍

第一节　古城定陶与汉墓

定陶作为古陶国所在地，历史悠久，文化源远流长，曾创造出辉煌璀璨的人类文明。尧、舜时期，定陶为古陶丘；夏代为三鬷国；商代属豫州之地；西周为曹国属地；春秋时期，范蠡弃官从商，定居于此，故名“定陶”。定陶随着社会经济发展与时代的变迁，曾一度成为水陆交通枢纽和重要经济都会，享有“天下之中”的美誉。秦代设定陶县，属东郡；西汉初，梁国定都定陶；汉高祖十一年（前 196 年），封刘恢为梁王，定都睢阳，定陶为梁国属地；汉景帝中元六年（前 144 年），分梁国置济阴国，立刘不识为济阴王，定都定陶；汉武帝建元三年（前 138 年），设济阴郡，定陶属济阴郡；汉甘露二年（前 52 年），立刘嚣为定陶王，改济阴郡为定陶国，定都定陶；汉河平四年（前 25 年），立刘康为定陶王；汉建平二年（前 5 年）废定陶国为济阴郡；始建国三年（11 年），王莽改济阴郡为济平郡，定陶为其属县；东汉永平十五年（72 年），封刘长为济阴王，定都定陶；建安十七年（212 年），封刘熙为济阴王，定都定陶；南北朝时期，北魏孝明帝孝昌三年（527 年），将济阴郡改为西兖州；北周武帝宣政元年（578 年）改西兖州为曹州；隋开皇十六年（596 年），将定陶县西境置济阴县；唐贞观元年（627 年），定陶县降为定陶镇；宋熙宁四年（1071 年），定陶县属曹州；金代曹州定陶县隶属山东西路；明代定陶仍属曹州；清雍正十三年(1735 年)升曹州为府，定陶县隶属之；新中国成立前夕，定陶县属于菏泽专区；2016 年，定陶县撤县划区，成为菏泽市的定陶区。

纵观定陶的历史演变(见表 1.1)，从先秦始，古城定陶一直具有重要的政治、经济、文化地位。尤其是汉代，曾有数位宗室在此被封土称王。因汉人重厚葬，定会有大型汉墓被沧桑的岁月尘封在这片古老的土地之下。

表 1.1　定陶历史沿革

年代	沿革
新石器时代	尧舜传说；十里铺堌堆大汶口文化、龙山文化；官堌堆龙山文化。
夏	三鬷国，都于陶，为商汤所灭。
周	曹国，都于陶，公元前 487 年为宋国所灭。
春秋末至战国	先属宋国，设陶郡，宋亡后，归魏，后又属齐。
秦	置定陶县，属东郡。
汉	前 202 年封彭越为梁王，都定陶；前 196 年立刘恢为梁王，移都睢阳，定陶县属之；前 144 年分梁国为梁、济川、济东、山阳、济阴五国，济阴国都定陶。前 142 年国除，为济阴郡，定陶县属之。前 52 年封刘嚣为定陶王，改郡为定陶国；次年，复为郡。前 25 年徙刘康于定陶，为定陶国。前 5 年国除，为济阴郡。11 年改定陶为济平；23 年封刘祉为定陶王，又为定陶国。东汉初改为济阴郡。72 年封皇子刘长为济阴王，复为济阴国。206 年为济阴郡。212 年封刘熙为济阴王，又为济阴国，都定陶。
魏晋	220 年济阴国除，置济阴郡，郡治在定陶；223 年复为济阴国，都定陶。232 年定陶为县，属济阴郡。两晋属济阴郡。
南北朝	南朝宋时定陶县属徐州济阴郡。北魏定陶属兖州济阴郡。东魏、北齐，属西兖州济阴郡。北周改西兖州为曹州，定陶属之。
隋	隋初，废济阴郡，割定陶、乘氏两县之地置济阴县，治所左城。定陶济阴两县同属曹州。606 年废州设郡，改曹州为济阴郡，定陶属济阴郡。
唐、五代	627 年改济阴郡为曹州，撤定陶县并入济阴县，定陶为镇，属曹州济阴县。五代承唐建制。

续表

宋、金、元	宋时，963年在定陶置发运务（专理漕运事务），后改为转运司；977年升定陶镇为广济军，复置定陶县；1071年废军，定陶县属曹州；1086年复置广济军，治定陶县，隶属京东西路。金时，撤广济军为定陶县，属曹州。元时，定陶仍为县，隶属曹州。
明、清	明时，1368年撤定陶、济阴入曹州，属济宁府，1371年复置定陶县，1377年废定陶县入成武县，1380年复置定陶县，属济宁府，1385年降济宁府为州，定陶属兖州府。清时，1724年属曹州直隶州，1735年曹州升为府，定陶县属之。
中华民国	1914年属济宁道，1925年属曹濮道，1932年属山东省第二区行政督察专员公署，1938年改属山东省第十六行政督察区，1947年，属山东省第十六行政督察署。 1941年1月成立定陶县抗日行政办事处，是年9月改为定陶县抗日政府，隶属晋冀鲁豫边区第二十二专员公署。1948年9月定陶县境解放，仍属晋冀鲁豫边区第五专员公署。1949年8月平原省成立，定陶县属平原省菏泽专区。
中华人民共和国	1952年撤平原省，属山东省；1958年撤销定陶县，并入菏泽、成武两县，改属济宁专区；1959年恢复菏泽专区；1961年恢复定陶县，属菏泽专区；1978年菏泽地区行政公属成立，定陶县属菏泽地区；2000年撤地区为地级市，定陶县属菏泽市；2016年，撤县设区，定陶区属菏泽市。

定陶王墓地（王陵）位于山东省菏泽市定陶区西南方马集、张湾两镇交界处。20世纪50年代，保留有呈“品”字形分布的M1、M2、M3三座汉代大型墓葬及相关文物遗存（见图1.1），墓葬封土上部没被淤埋的部分在20世纪70年代已被平毁。目前已经确定定陶王墓地（王陵）外围陵墙的四至，整个陵园大致呈方形，东西长950、南北宽930米，总面积约91.92万平方米。陵墙淤埋在8.6米以下，还保存残高1～2.5米，陵墙宽约5米。陵内三座封土大墓或许各有自己陵墙，陵内一些附属建筑设施如陵寝、陪葬墓、陪葬坑等还需进一步勘探摸清。1981～1989年第二次全国文物普查时，文物主管部门在此处发现并采集到部分商周至汉代陶器残片，因历史上称此处为灵圣湖，故命名为灵圣湖遗址。

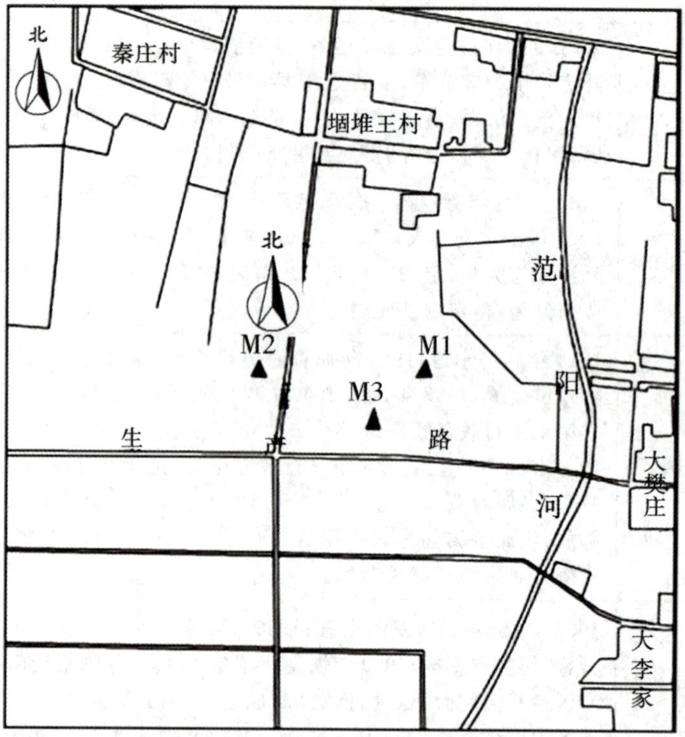

图 1.1 M1、M2、M3 墓葬分布示意图

1999 年 6～11 月，菏泽市、定陶县两级文物主管部门联合抢救清理了墓地东北部一座被盗掘的大型“甲”字型竖穴券顶石室墓（M1）。M1 由封土、墓道、墓门、墓室四部分组成。封土从汉代地面直接夯打堆实而成。封土直径约 160 米，面积约 25600 平方米，残存封土最大厚度 11 米。斜坡墓道南向，墓道两壁板筑而成。墓道长 7.5 米，北宽南窄，深 0～5 米。墓门上宽下窄，高 2.3 米，进深 0.8 米，由石块直缝平砌封门。墓室平面呈长方形，墓顶距地表 3.2 米，墓室通高 8 米，南北长 10.7 米，东西宽 7.6 米。墓室由券顶和长方形墓圹组成。长方形墓圹由石头错缝平砌而成。工作人员在清理墓室时，发现九块石头上保存有“孔口口”“阮”“庄口生”“明大夫”等文字。该墓葬破坏严重，未见棺椁及人体骨架。出土器物有铜器、玉器、陶器、瓷器、铁器等，此外还出土了一批玉尺（见图 1.2）、金箔、车马鎏金铜构件（见图 1.3）、泡钉等文物。从残存文物及墓葬规模来看，应属于王侯级别的墓葬。

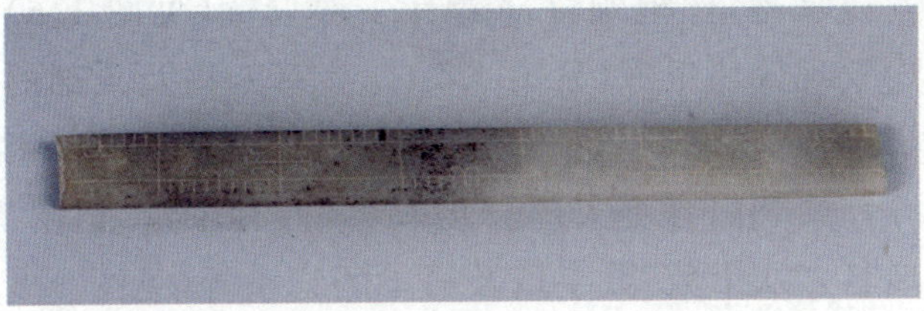

图 1.2　M1 出土玉尺

图 1.3　M1 出土汉车马器铜构件

M3 目前尚未发掘，经物探得知，该墓是一座石室墓。

2009 年，第三次全国文物普查时，该遗址定名为定陶王墓地（王陵），又称定陶汉墓。因发现墓地西侧墓室盗掘严重，保护现状堪忧，当地政府立即上报上级文物主管部门。2010 年 10 月，经国家文物局批准，由山东省文物考古研究所、菏泽市文物管理处、定陶县文管处联合组成考古队，对西侧墓葬进行抢救性发掘，编号 M2。考古人员在发掘清理后发现，M2 属于遗址内三个大型封土最大的一座，是目前我国发掘过的最大的一座单体汉代黄肠题凑葬制的墓葬，规模宏大，结构严谨，形制独特，保存最为完整。2011 年被中国社科院考古研究所评为当年全国六大考古新发现，2012 年被国家文物局评为全国十大考古新发现，2013 年，该遗址被国家文物局列为“第七批全国重点文物保护单位”。M2 墓室空间内除主室残存一具被拆开的梓木单棺外没发现任何遗物（见图 1.4）。只是在主室前门道口外底板下发现一件丝织品包裹的竹笥（见图 1.5），竹笥内有一件叠放完整的丝质汉袍，丝袍颈背部缝有一件玉璧(见图 1.6)。在墓道中间排水木槽内发现四块玉璋(见图 1.7)。墓室四周及顶部的文字青砖亦是重要文物，目前已发现近 2000 万块，基本都附有朱书、墨书、刻划、模印文字及符号等。文字内容绝大部分是人名，另有少量“山阳昌邑”“炀里”“平昌里”等地名，“八十数”数字以及简单的记事等(见图 1.8)。

定陶王墓地(王陵)的发现，无疑是中国考古界的一件大事、盛事。不仅再次向世人展示了古城定陶曾经辉煌灿烂的文明，而且印证了汉人盛行厚葬之风。M2 汉墓在墓葬种类、形制、风格上，与前代相比都有较大的变化。该发现对研究汉代的社会结构以及人们的墓葬意识、文化观念、对待生死的态度，都必然具有积极而重大的历史价值。

图 1.4　M2 出土梓棺

图 1.5　M2 墓道口外底板下出土的竹笥

图 1.6　竹笥内颈背部缝有玉璧的丝袍

图 1.7　M2 墓道排水木槽内出土玉璋

图 1.8　M2 出土文字砖

第二节 定陶王墓地(王陵)的地理环境

菏泽市定陶区位于山东省西南部、菏泽地区中部，在东经 115°20′～115°47′，北纬 34°57′～35°15′，地处黄河中下游冲积平原的黄河故道与黄河之间的三角地带内。地貌上属于华北平原新沉降盆地的一部分，地势西南高，东北低，呈微倾斜状。因受黄河多次冲积作用，形成了缓平坡地、浅平洼地、沙丘地三种地貌类型。海拔高度在 44～53.5 米，落差为 9.5 米，平均坡降为 1/10000。

定陶王墓地(王陵)位于定陶县城西南张湾镇王庄村南 500 米处的基本农田之中，西距刘民路 1 公里，南距东渔河 3 公里。地势西南高，东北低。墓地四周土壤受地貌类型支配，呈带状分布。土壤属褐沙类型，含有丰富的钙质。土壤石灰反应性强，呈弱碱性，速效磷易被钙固定。含钾较多的次生黏土矿物占一定比例，而且水溶性钾随黄水冲积汇集，土壤中钾富而磷贫。

定陶王墓地(王陵)属半干旱大陆性气候。冬冷夏热，四季分明，全年日照充足，热量丰富，温差较大，无霜期长。年均气温为 13.7 ℃，年极端最低气温－15.6 ℃(瞬间值)。年降水量 664.5 毫米。10 月 31 日初霜，4 月6 日终霜，霜冻期 5 个月；全年无霜期一般为 209～235 天。每年 10、11 月易有雾，但次数不多，浓雾少见。年平均水面蒸发量为 1887.1 毫米。地下水位较浅，一般 3.02 米。区域内主要种植小麦、玉米、大豆等农作物，亦适宜种植棉花、花生、果树、蔬菜、山药等经济作物。

第三节 定陶王墓地(王陵)M2 的形制与时代背景

定陶王墓地(王陵)M2 整体平面呈“甲”字形，斜坡状墓道东向 94°。封土为覆斗形，属于汉代地上墓室，墓坑开口在现地表封土下近 5.5 米。汉代地表封土边长 160～180 米(汉代地表距现在地表深约 11 米)，封土高度至少高 18 米。墓圹近方形，边长约 28 米。墓圹边缘用夹板贴护，外侧夯筑。墓圹与椁室之间为积沙槽，宽约 2.3 米，用细沙封填，深达墓坑底部。积沙槽内对称分布有木柱。墓圹四周分布有柱洞，排列有序。夯筑形成的地上墓室，墓口距现地表5.5米。墓圹积沙槽内为椁室，大致呈方形，边长约23米。墓圹上部封土与封沙层之间，用青膏泥封护。青膏泥下方为厚约1米的封沙。封沙之下铺两层青砖，墓顶封护用砖约1.3万块。青砖下部为椁室，椁室周边用单砖垒砌封护，椁室周边封护用砖约2万块（青砖总数量要等墓葬拆解保护工作完成以后才能准确统计），青砖的规格大体一致，皆为长方体，长38.8～40厘米、宽19.2～20厘米、厚9～10.3厘米。多数青砖的端部、侧面和少量青砖的正面保存有文字。墓顶中间部位凸起青砖方台，边长13米（见图1.9）。

图1.9　定陶王墓地（王陵）M2俯瞰图

墓圹内积沙包裹的“黄肠题凑”大型木椁墓室，大致呈方形，南北长22.64米、东西宽22.48米，墓门向东，有前、中、后三个墓室。各墓室左右又分别有侧室，共8个侧室。墓室外为一周木构回廊。回廊之外一周有12个外藏椁室。整座墓共有大小23间墓椁室，布局完全对称（见图1.10）。大型“黄肠题凑”木椁墓室四周、顶部、底部皆为青砖包裹。墓室顶部六层盖板、底部四层底板，长1.15米的黄肠题凑基本3根一组，共7206组、21618根。各室间长70厘米的题凑木共3828组，计10896根，经初步测算，整座墓室建造使用木材总量约2420立方米。木材种类经初步鉴定，黄肠木为柏木，椁顶5层枋木为楠木及硬木松，棺为梓木。墓室包裹的青砖及题凑木皆有文字，盖板方木也多有文字，主要记录该木材的长度、方位及排列数。

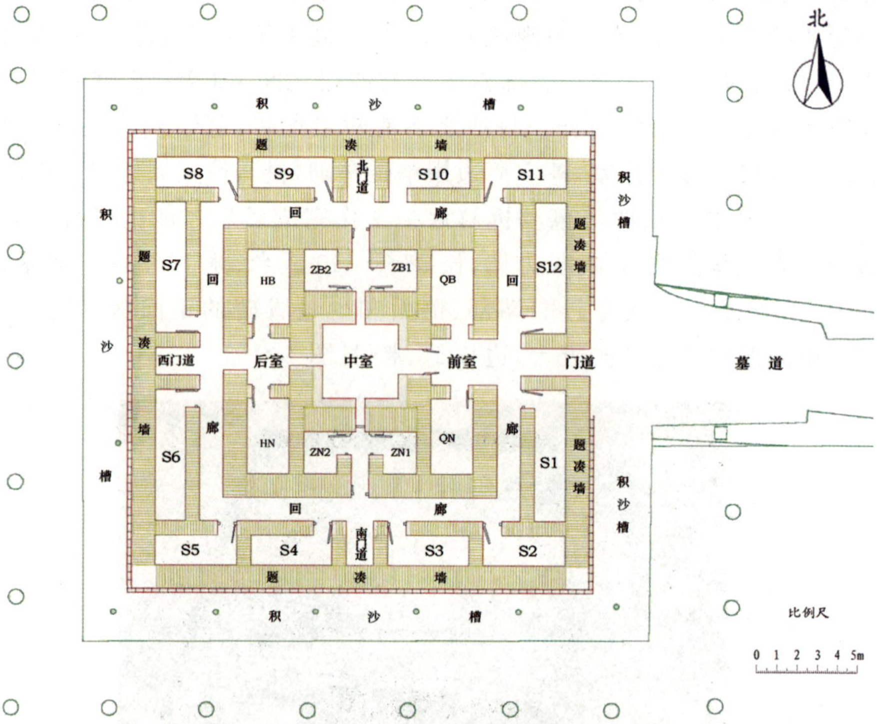

图 1.10 M2 黄肠题凑墓室结构图

为了摸清大型木椁墓室下部的基本情况，解剖了 M2 墓坑西北部积沙槽。墓室下部依次为四层垫木、两层铺底砖、60～90 厘米的垫沙，再下部为宽 1.3 米的夯土二层台，在底部垫沙以下二层台以内勘探发现有青砖（见图 1.11）。为避免因地下水以及底部垫沙流空，导致整体木椁墓室的坍塌，探沟清理未往更深处进行，二层台以内更深的底部结构没能搞清，仍然是个谜团。

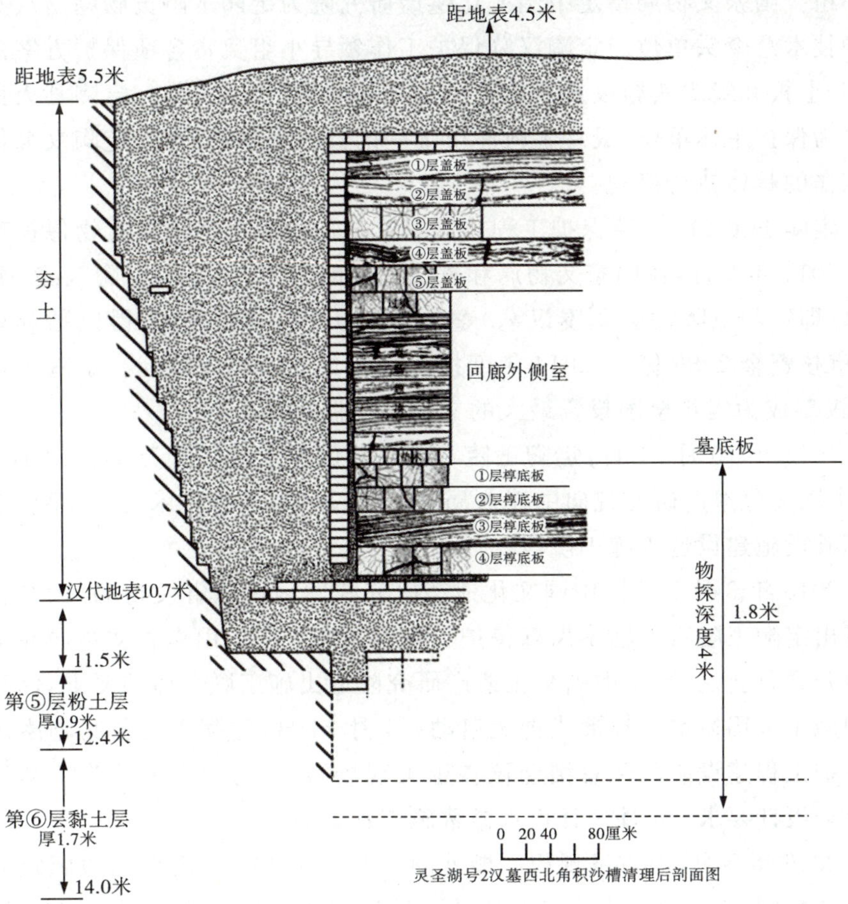

图 1.11　M2 墓葬局部剖面图

第四节　定陶王墓地（王陵）M2 的考古发掘与前期保护

定陶王墓地（王陵）M2 的保护工作受到了国家文物局和山东省文物局的高度重视。在国家文物局的大力支持下，成立了由山东省文物局、菏泽市人民政府、定陶区人民政府主要负责人组成的定陶汉墓保护工作领导小组。国家文物局指定中国文化遗产研究院为定陶王陵黄肠题凑汉墓保护技术总牵头单位。定陶汉墓保护工作领导小组负责各项保护方案的审核、上报和组织实施以及其他有关事项的联络、协调工作。定陶县人民政府为保护主体单位，成立了菏泽市唯一的县级文物局，作为定陶汉墓保护工作的具体执行机构。

定陶王陵 M2 汉墓保护工程被国家文物局列为全国重点文物保护项目。2014 年 6 月，在国家文物局和省文物局的大力支持下，定陶王陵 M2 汉墓（即定陶王陵黄肠题凑汉墓）整体保护工程（一期）方案得以顺利审批，审核资金 2.86 亿元，2014 年度批拨保护经费 1.434 亿元。定陶王陵 M2 汉墓成为当年全国投资最大的文物单体保护项目。

2015 年 10 月 31 日，定陶王陵 M2 汉墓保护工程正式开工。12 月 7 日，中国文化遗产研究院向中建八局第二建设公司进行技术交底，保护工程基础设施建设进入施工阶段。

2016 年 3 月 29 日，中国文化遗产研究院发函山东省文物局，宣布正式退出定陶王陵黄肠题凑汉墓保护工程施工联合体。山东省文物局在济南召开紧急会议，同意中国文化遗产研究院退出施工联合体的要求，保护工程施工采用邀请招标形式再次启动。4 月 24 日，定陶王陵黄肠题凑汉墓保护工程建设阶段性总结会议在施工现场召开，与会专家认为工程施工符合设计要求。5 月 8 日止水帷幕施工正式启动。

2016 年 5 月，考古发现积沙槽外围有两周夯土台。内台周边版筑而成，有明显版筑痕迹。上方边长为 48 米，底部边长预测为 50 米。由于该夯土台方向与原划定的 50 米×50 米重点保护范围方向略有不同。版筑夯土台底部边长预测 50 米×50 米的范围与原 50 米×50 米重点保护范围（以墓葬中心点确认）不相一致，相差 0.4～0.5 米。另外，新发现的版筑夯土台的东侧、墓道两侧发现了两座东西长 11 米、南北宽 10.4 米的夯土台。该夯土台的性质尚未明确，但可以肯定是汉墓周边夯土建筑的重要组成部分。整个版筑夯土台、墓道两侧夯土台与积沙槽、墓葬本体共同构成了墓葬的整体形制。在内台外侧四周包裹一个外台，南北长 78.6 米、东西宽 76 米。7 月 2～3 日，为确定椁室外围版筑夯土内外台的性质，为保护工程提供依据，定陶王陵保护工程建设指挥部和山东省考古研究所召开专家论证会，提出新发现的内台属于土筑墓室的组成部分，必须予以整体保护。

2016年7月中旬，止水帷幕施工完成。但由于后续施工是按照原图纸进行还是调整施工方案尚未确定，保护工程陷入停滞。7月26日，山东省文物局批复关于定陶区文物局调整汉墓西部边线的请示。11月初，山东省文物局、菏泽市文广新局和定陶区人民政府前往中国文化遗产研究院协调汉墓保护工程相关问题。中国文化遗产研究院提出，针对新出现的夯土结构，原方案难以实施，须进行较大丰富和调整，需要由国家文物局做出明确指示后，工程方可进行下一步施工。

2017年1月11日，山东省文物局副局长孙世勤带领省文物局有关处室和定陶区有关负责人到国家文物局汇报了定陶王陵黄肠题凑汉墓保护的有关情况，重点汇报了目前保护工程进展情况、考古工作中的新发现和中国文化遗产研究院针对考古新发现提出应对原方案进行调整的意见等有关情况。国家文物局副局长宋新潮在听取汇报后指出：定陶汉墓的保护工作要坚持连续性、科学性和可行性的原则，在保证考古工作提取完整信息、保证文物安全的前提下，在原有方案的基础上进行调整和完善；要尽快对前期保护工作进行阶段性总结，做好验收工作。中国文化遗产研究院作为设计方，应该提出调整意见和调整方案，结合阶段性验收报告、考古工作报告，一同提交专家论证会，由专家确定是否需要对原方案进行调整完善。经反复论证研究，调整定陶王陵M2汉墓的保护思路为：提取黄肠题凑汉墓构件，进行脱盐脱水保护后原址复原。

2017年5月19日，中国文化遗产研究院邀请陈中行、郑幼明、张金萍、陈家昌等专家，对调整后的定陶王陵M2汉墓保护技术路线和初步设计方案进行专家咨询。各位专家原则上同意“汇报的技术路线和初步设计方案”，要求结合考古发掘实际情况，继续开展木构件保护实验，对保护材料和保护工艺进行优化。根据考古发掘进度，分阶段规划建设保护、修复、存储等用房，并尽快实施保护用房的设计、建设。

2017年7月5日，定陶王陵M2汉墓保护方案调整汇报会在山东省文物局召开。定陶汉墓保护工作领导小组副组长孙世勤、马清林，领导小组办公室副主任王守功、郑同修等参加会议。会议确定，保护用房设计建设和黄肠题凑拆解方案设计是目前最为迫切的工作，保护棚施工可根据黄肠题凑拆解和后期考古工作开展情况确定，但要同步开展相关设计，力争年底前完成保护用房建设工作。7月中旬，山东省文物局将调整后的保护方案提报国家文物局审核。

M2 汉墓的各项工程除考古工作仍在进行外，其他工作已进入结算验收阶段。山东中宇工程造价咨询有限公司受山东省文物局委托，对定陶汉墓保护工程开始以来的资金投入进行审核决算。决算完成后，所有保护性支出都将按照新的保护方案进行。

根据国家文物局要求，定陶王陵 M2 保护思路调整为：提取黄肠题凑汉墓构件，进行脱盐脱水保护后原址复原。为此，定陶汉墓保护工作领导小组召开专门会议，明确职责要求，切实推进项目各项工作有序进行。2018 年 1 月 27 日，完成了文字陶砖保护修复项目和止水帷幕工程的验收工作。由山东省考古研究院牵头联合荆州文物保护中心编制完成了定陶王陵 M2 汉墓考古发掘工作方案及黄肠题凑拆解保护方案。2018 年 8 月23 日，修改后的方案通过网报网申，上报国家文物局。2018 年 12 月 13 日，在北京翠明庄宾馆召开定陶王墓地（王陵）M2 汉墓考古工作方案论证会。参会人员有国家文物局王铮处长，山东文物局大遗址保护与考古处处长王守功、主任科员李娓娓，山东省考古研究院院长郑同修、第三研究室主任（领队）崔圣宽，荆州文物保护中心主任方北松，菏泽城建建筑设计院副院长颜廷玉，菏泽市定陶区委副书记宁继红，菏泽定陶区文物局长王江峰、副局长王玲。2018 年 8 月，考古现场保护棚建设工程竣工，10 月工程完成初验，12 月申请省文物局进行工程终验（见图 1.12）。2018 年，定陶王陵总体规划的编制工作采用单一来源采购方式进行招标。2018 年 12 月 18 日，向中国文化遗产研究院发放成交通知书。2019 年 1 月，签订总体规划编制合同。

图 1.12　网架结构式考古工作棚外景

2019年1月，国家文物局以文物保函〔2019〕119号文对定陶王墓地2号汉墓考古工作方案进行批复。定陶王陵M2拆解保护工程全面启动。定陶王墓地（王陵）M2汉墓出土文字砖临时保护设施建设、出土黄肠木及其他木构件现场保护设施、工作研究场地相继完工。

为进一步确保墓室拆解保护工作的顺利开展，2019年7月，制定了《定陶王陵M2发掘工作实施细则》，并召开"定陶汉墓M2考古发掘与保护专家咨询会"。与会专家进行了现场查看，并听取工作汇报，在质询和深入讨论的基础上形成了专家意见。对定陶王陵M2发掘工作实施细则进行完善与细化，制定出具体的拆解实施方案。2019年10月，墓室拆解保护工作全面启动。

M2汉墓保护拆解保护工作由山东省考古研究院牵头联合相关专业机构，按照具体拆解工作实施细则，有序推进，目前已完成上部6层木盖板和24层砖的拆解工作（见图1.13）。由荆州文物保护中心编制的《定陶王墓地（王陵）M2汉墓出土黄肠题凑木椁墓室前期保护方案》已获国家局审核批复，审核资金3836万元。对已拆解提取的木构件，严格按照方案批复意见分别使用池内沙埋法对盖板进脱水、风冷冷冻干燥法及乙二醛填充脱水法对黄肠题凑木等构件进行脱水试验（见图1.14、图1.15、图1.16）。对于出土的文字陶砖，已于2021年3月启动保护修复工作，目前已修复4000余块。

图1.13　木构件拆解照片

图 1.14 木构件沙埋保护现场

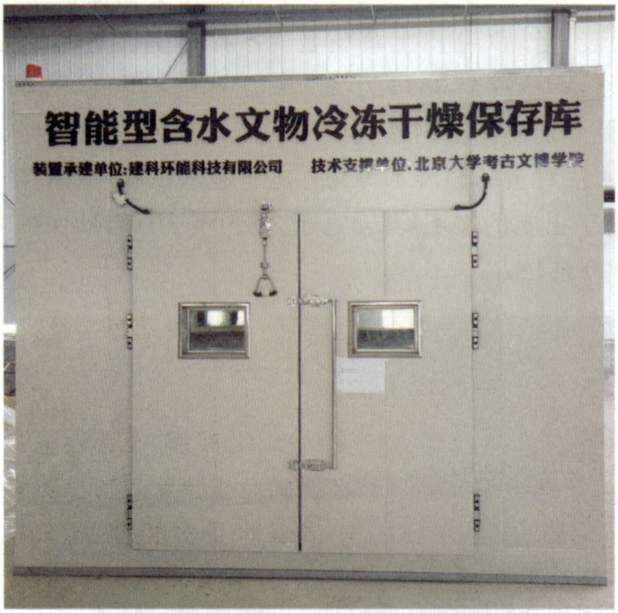

图 1.15 黄肠题凑木构件冷冻干燥保存库

图 1.16　黄肠题凑木构件乙二醛填充脱水试验

第二章

彩绘文字陶砖的保护修复

第一节　保护修复项目的启动

定陶王墓地(王陵)M2 木质盖板顶部、底板下部及黄肠木四周均用彩绘文字汉砖铺贴垒砌作为防护层。彩绘文字陶砖数量之多,令人叹为观止。特别是黄肠木周围的四方形围墙,陶砖的垒砌非常贴合,规模宏大,蔚为壮观(见图 2.1)。

图 2.1　黄肠木周围的陶砖围墙

在汉墓M2汉砖的拆解过程中，发现多数砖体上带有朱书、墨书、符号和戳印等印记，这批珍贵历史资料的发现对进一步了解汉墓的历史背景、西汉时期书法艺术的发展有着非常重要的意义。经长期的地下水浸泡、拆解运输过程中的机械人为因素以及保存环境的变化，部分砖体出现断裂、破损，部分表面出现剥落现象，致使砖体表面的文字符号受到不同程度的损坏。为尽快抢救保护这批珍贵的历史文化遗产，对定陶汉墓出土的彩绘文字陶砖进行保护修复已经刻不容缓。

2012年10月，定陶县文物局与陕西秦始皇帝陵博物院签订了M2出土文字砖保护委托协议，由秦始皇帝陵博物院编制《山东定陶汉墓出土彩绘文字陶砖文物保护修复方案》。2013年6月，国家文物局下发《关于定陶汉墓出土彩绘文字陶砖等3项保护修复方案的批复》(文物博函〔2013〕812号)，《定陶汉墓出土梓棺脱水修复方案》《山东菏泽定陶汉墓出土彩绘文字陶砖文物保护修复方案》《定陶汉墓出土丝袍保护修复方案》三个保护方案同时通过国家审核。2013年11月，彩绘文字陶砖保护修复项目由中央下拨资金432万元。2014年6月，通过公开招标，由山东省文物考古研究院、秦始皇帝陵博物院和定陶县文物局共同实施定陶汉墓出土彩绘陶砖的保护修复工作。2014年10月，三方签订《关于山东省定陶汉墓出土彩绘陶砖保护修复与合作研究协议书》，项目正式启动。秦始皇帝陵博物院、山东省文物考古研究所、定陶县文物局联合成立了项目保护修复工作组。秦始皇帝陵博物院研究馆员夏寅为项目技术负责人，山东省文物考古研究所副研究馆员吴双成为项目执行技术负责人。秦始皇帝陵博物院副研究馆员马宇、副研究馆员张尚欣，山东省文物考古研究所蔡友振，定陶区文物局副研究馆员马翠莲为技术指导，工作人员主要由秦始皇帝陵博物院、山东省文物考古研究所、定陶区文物局专业技术人员及部分大专院校实习生、毕业生组成(张鲁、张庆玉、王娟、邵桂花、王永建、柴黎亚、陈霞、王世宾、冯德利、刘伯威、刘媛媛、刘洪海、王合力等)。

定陶县文物局在山东省考古研究所的参与指导下，对工作场地的基础设施开工建设，购置了通风橱、实验边台、温湿度记录仪、喷沙机、超声波清洗器、低压渗透设备、烘箱、通风除尘设备、活动柜及彩绘陶砖转移箱等所需设备材料(见图2.1、2.3)。2015年11月，山东省文物考古研究所彩绘文字陶砖保护修复项目组修复完成文字砖6800块。

图 2.2　文字砖修复室一角

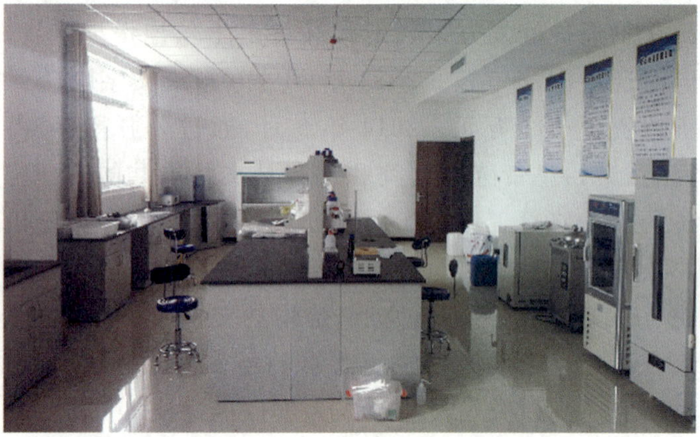

图 2.3　文字砖修复实验室

2015 年 11 月，定陶县文物局设立定陶县文物考古保护修复中心，并申请成立山东省文物修复中心定陶工作站。2016 年 2 月，山东省文物考古研究所与定陶县文物局签订《关于山东省菏泽定陶汉墓出土彩绘陶砖保护修复协议书》，定陶县文物局修复完成剩余的 5797 块文字陶砖。本项目所涉及彩绘文字陶砖的病害种类多样，除缺损、伤釉等稳定病害外，还广泛存在惊纹、冲口、裂缝和侵蚀等活动病害和可诱发病害。

2019年，山东省文物局批复《定陶汉墓2019出土彩绘铭文陶砖保护修复方案》(鲁文博函〔2019〕22号)，2020年3月20日定陶汉墓彩绘文字砖保护修复实施方案评审专家会召开，定陶汉墓第二批出土彩绘文字陶砖保护修复项目正式启动。本次保护修复项目由山东省文物考古研究院和菏泽市定陶区定陶王陵保护研究中心共同承担。

第二节　保护修复的基本原则

保护文物的实质，是保持文物的历史价值、艺术价值和科学价值。只有保留文物本来面貌，才能保存其珍贵价值。依据《文物保护法》，按照国际文物保护界对藏品保护修复的基本原则："保持艺术品原状。"严格遵守保护修复工作"修旧如旧、保持原貌"的总原则。所有工作程序、处理方法，均必须以不改变文物原貌，全面地保存、延续文物的真实信息和历史、艺术、科学价值，确保文物安全以及增强文物的抗腐蚀能力，并以不影响今后再次保护修复为前提。具体保护修复原则如下。

(1)真实性原则。保护修复的文物要尊重历史的真实性，不能改变文物原貌。保存文物原来的形制，包括造型与平面布局等方面；保存原材料和原工艺技术等。

(2)最小干预原则。尽量减少对文物的干预，少清除多保留，不能破坏文物携带的任何信息而影响后续的科学研究。历史遗留下来的文物本体饱含着历史岁月的信息，弥足珍贵且正是其价值所在。保护修复过程中务必格外谨慎小心，尽最大可能原汁原味保存。否则，都会减损文物的历史、艺术、科学价值，甚至是对文物本体的损害。

(3)选取的修复材料尽量具有可再处理性原则，与文物原始材料具有兼容性，技术措施不妨碍以后再次对文物进行保护修复处理。尽量少更换原来构件的材料，以求维持原来构件的质地、成分、颜色不变；必须更换的情形下，应采取挖补、榫接、填充和化学加固手段尽可能多的保存原构件，更新新件的材料、质地乃至形式、色调都应与原来相同。

(4)修复后的视觉效果具有可识别性，力争做到文物历史价值和美学价值的统一。在文物修复的过程中，要对文物的特殊意义和独特价值产生深刻的认识，并且要在修复的过程中，确保文物所反映的历史文化特质、本体形态等方面不会被人为破坏或更改，以还原文物历史意义、真实性作为修复工作的出发点。文物的历史价值和美学价值是高度统一的，密不可分。有时，其美学价值的丧失恰恰是其历史价值的毁灭。文物修复的可识别性原则已是体现文物真实性与遵守文物保护职业道德规范的重要准则。文物修复局部与文物本体之间具有一定的区分度，方便后续修复工作的进行。

(5)科学性和安全性原则。在保护修复过程中严格按照成熟工艺和材料的使用原则进行操作。

根据以上原则，在全面观察分析的基础上，遵照“保护现状、修复原状、消除隐患、延长寿命”的准则，保持陶砖原有艺术风格、历史特征和科学价值，减少人为干预，尊重科学，运用现代科学技术分析检测方法来有效地保护文物。

第三节　彩绘文字陶砖面临的主要病害及形成原因

我国各处古建筑遗址的砖石文物因受到不良环境影响或者人为的破害，常出现不同程度的损坏。安徽寿县古城墙出现了砖体粉碎、表面剥落及表面盐分结晶等病害。西安城墙的古砖在上百年的露天环境侵蚀下，表面形成了不同程度的腐蚀痕迹和风化产物。平遥古城城墙的古砖已经出现了濒危程度的病害，病害类型以风化、水渍、盐害、人为破损面、人为补砌和裂隙等为主，出现了酥碱和砖体掏蚀等严重的风化病害。白禹等以平遥古城古砖研究对象，借鉴石质文物病害的分类体系，对古砖文物的病害进行分类分级，生物病害被列入一级病害类别中。在生物病害中，微生物又是破坏砖石文物和建筑遗址的重要因素之一。重庆南宋衙署遗址高台建筑基址主要受到了放线菌、霉斑等微生物的侵害，病害面积大且可在砖体表面看到剥落与孔洞，严重影响了遗址的艺术价值。甘肃会宁丁沟康湾墓画像砖也受到了产黄青霉菌的侵害，微生物降解和分泌色素产生的霉斑严重影响了壁画的艺术效果。吉林集安高句丽将军坟、宝鸡麟游慈善寺、重庆大足石刻、澳门郑家大屋等露天砖石文物均受到了青霉菌、酵母菌等微生物的侵害。

项目组在定陶王墓地(王陵)M2出土彩绘文字陶砖存放的库房进行

了空气采样和砖表面菌斑采样，并对库房彩绘文字陶砖储存环境的温度和适度及通风情况进行调查。针对采集的样品，研究内容主要分为了两个方面：一方面，通过对采集样品进行扫描电镜观察、高通量分析、分离纯化培养和测序鉴定，基本掌握了砖表面主要微生物组成；另一方面，在实验室的条件下，实验了库房现用抑菌方法的有效性，并筛选出了合适的抑菌剂，可以对砖表面的菌斑进行清除和防治。

彩绘文字陶砖由于深埋地下两千多年，受到周围土壤、地下水、各种微生物及埋藏环境的变化等多种因素的影响，出现了多种病害情况，对其本体造成不同程度的影响和破坏。当然，造成病害的原因是多方面的，形成的病害也是多样的，而且，个体都有所不同，下面归纳的也只能是普遍存在的或是共性的部分，有些特殊情形将在保护修复过程中特殊处理。

由于文字陶砖出土后的保存环境状况不佳，且没有进行科学保护修复，保存状况堪忧。根据陶砖受损程度和病害方式，文物病害可分为以下几类。

一、砖体酥粉（见图 2.4、图 2.5）

陶砖的胎体和表面变得酥松或呈粉末状，触碰或搬动即有剥落现象出现。由于菏泽地区地下水较浅，埋藏彩绘文字陶砖的地层长期处于潮湿的状态，地下水中又含有大量的可溶性盐类。陶砖的孔隙大，吸水性较强，大量带有可溶性盐及其他杂质的水溶液便侵入多孔的陶砖内部。当周围的环境及温度、湿度发生变化时，盐类就会溶解和重结晶。久而久之，砖体就变得比较酥松，容易破碎。

图 2.4　砖体酥粉（一）

图 2.5　砖体酥粉(二)

二、表层剥落(见图 2.6)

陶砖经过长年累月的溶解、重结晶作用以及地下水的反复侵蚀，砖体表面的硬度发生变化，容易与砖体脱离，出现表层剥落现象。

图 2.6　表层剥落

三、砖体裂隙或裂缝(见图 2.7、图 2.8)

常年的地下埋藏使砖体的物理性质发生变化，因地层变动和墓葬本体的变化，造成陶砖表面受力不均，出现的裂缝、裂隙等损伤。裂缝是指砖体表面形成的贯穿性缝隙，但砖体没有分离。裂隙是指文物表面形成的细小的缝隙。另外，砖体内部含水的热胀冷缩也会使陶砖内部结构被挤压发生变化，从而形成裂缝、裂隙。

图 2.7　砖体裂隙、裂缝

图 2.8　砖体裂隙

四、砖体断裂或残缺(见图 2.9、图 2.10)

由于埋藏时间长、埋藏环境变化、烧制火候低以及拆解、运输、保存过程中的机械因素，致使部分陶砖出现断裂或残缺不全现象，为后期的保护修复增加了更多困难。

图 2.9　砖体断裂

图 2.10　砖体残缺

五、表面泥土附着物(见图 2.11)

由于彩绘文字陶砖埋藏地下两千多年,受地下水的影响,与周围沙土和木材接触在表面黏附部分附着物。这些附着物以沙子和腐木屑为主。附着物的存在不但会影响文字砖的外观,还会遮掩部分重要信息。由于埋藏环境的不同,陶砖表面存在的附着物也有所不同。在进行保护修复以前,需要进行清理。

图 2.11　表面泥土附着物

六、表面残存微生物(见图 2.12)

霉菌是微生物中最为常见的种群,不但在自然界的分布非常广泛,而且其生长条件也比较宽泛。一般情况下,彩绘文字陶砖表面残存的附着物中会含有微生物繁殖所需的营养物质。温度达到 20～35 ℃,相对湿度大于 75%是霉菌最佳繁殖条件。由于文字陶砖长期处于通风条件差,湿度大的环境中,使其表面霉菌大量繁殖,进而产生霉斑,不但影响砖体的外观,微生物新陈代谢的产物、中间体等(有机酸、酶)还会对砖体本身产生破坏。

图 2.12　表面残存微生物

七、表面硬结物(见图 2.13、2.14)

地下水中的可溶盐随着地下水进入到砖体孔隙内部,与陶砖中的钙、镁、铁等金属发生氧化反应。这些氧化物溶解后与地下水中的碳酸根、硫酸根、硅酸根离子发生反应,生成不溶于水的沉淀物,长期积聚,就会在砖体表面形成坚硬的附着物。

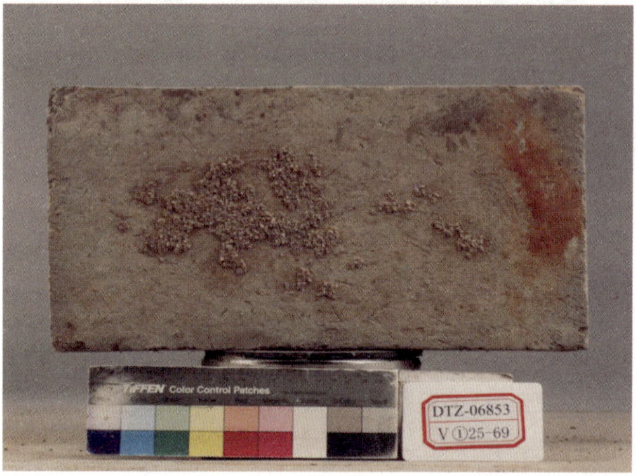

图 2.13 表面硬结物(一)

图 2.14 表面硬结物(二)

八、植物根系损害(见图 2.15、图 2.16)

在温度和湿度适宜的条件下,植物的根系会迅速发育,不断向周边和地下蔓延。当根系在生长过程中遇到文字砖时,较弱的根系或根须会伸入砖缝或依附于砖体表面,强壮的根系依仗其蓬勃的生机会逐渐侵入砖体内部,使砖体产生裂隙,进而使文字砖的机械强度进一步降低。

图 2.15　植物根系损害(一)

图 2.16　植物根系损害(二)

九、霉变、青苔及可溶盐的析出(见图 2.17)

霉变是一种常见的自然现象。霉菌的繁殖需要适宜的温度和湿度。彩绘文字陶砖由于长期处于潮湿和通风不畅环境中,水分活度值升高加上温度的升高,部分陶砖表面容易产生霉菌,出现霉变现象,损坏陶砖本体。

青苔是一群小型多细胞绿色植物的泛称,多适生于阴湿的环境中。

当保存环境达到一定的湿度，并且温度上升至 22 ℃以上时，青苔就会在器物表面出现并快速生长。陶砖存放环境相对湿度较高，部分陶砖表面容易出现青苔。

由于定陶地区土壤中可溶盐含量较高，陶砖的埋藏环境湿度大，陶砖由于烧制火候低，孔隙率高，致使陶砖基体内可溶盐含量也较高。出土后随着保存环境湿度的变化，可溶盐通过毛细作用在陶砖表面反复溶解析出。可溶盐的存在对陶砖的长期保存极为不利，特别对彩绘文字等的危害更大。

图 2.17　霉变、青苔及可溶盐的析出

十、彩绘的脱落(见图 2.18)

定陶王墓地(王陵)M2 出土陶砖，很多陶砖表面保存有彩绘、墨书、朱书文字。由于保存环境的改变，陶砖表面的彩绘颜料容易脱落、起翘、晕染褪变色。陶砖表面上的朱书与墨书，由于埋藏过程中长期在高湿环境，出土后环境变化剧烈导致部分颜料出现了褪变色现象。

图 2.18　彩绘的脱落

定陶汉墓彩绘文字砖有砖体酥粉，表层剥落，砖体裂隙或裂缝，砖体断裂或残缺，表面泥土附着物，表面残存微生物，表面硬结物，植物根系损害，霉变、青苔及可溶盐析出，彩绘脱落共 10 种病害。其中，酥粉、剥落、断裂残缺、泥土附着物为主要病害类型，这些病害不仅影响文物的外观，还影响着文物的保存时间，亟待解决。

第四节　彩绘文字陶砖保护修复技术路线

定陶王墓地（王陵）M2 出土彩绘文字陶砖的保护修复工作严格按照《定陶汉墓出土彩绘文字陶砖保护修复方案》的要求，按照操作规程，逐项逐步、科学合理地开展各项工作，在最小干预、最大限度保护陶砖承载信息的基础上，力争把每一块陶砖保护好，为下一步 M2 的复原展示工作奠定良好的基础。

一、保护修复技术路线图(见图 2.19)

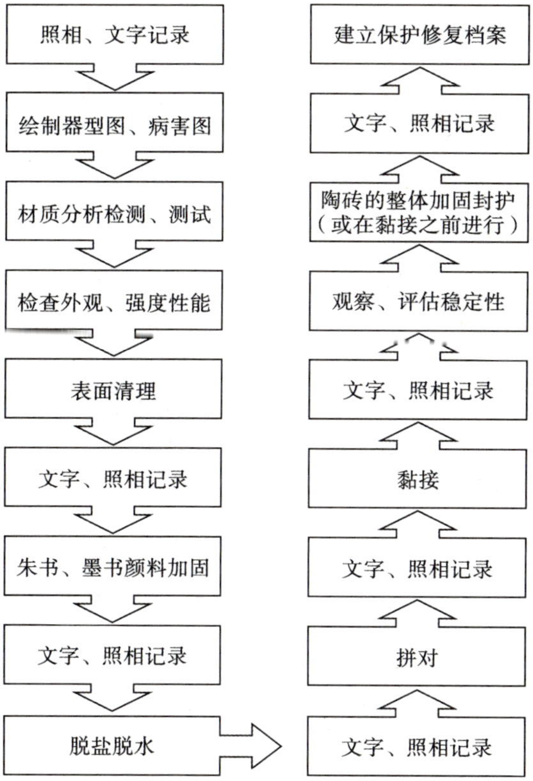

图 2.19　保护修复技术路线图

二、保护修复工作使用材料及工具

保护修复工作在文物保护专家充分论证的基础上，使用目前成熟的工艺和材料开展。各工作环节使用的工具及材料如下：

（1）清洗工具：毛刷、吸耳球、2A 溶液、竹签、竹片、手术刀等。

（2）加固材料：B72 乙酸乙酯溶液等。

（3）黏接材料及工具：环氧树脂、固化剂、B72 乙酸乙酯溶液、丙酮、热风枪、加热环氧树脂器皿、固定砖体钢夹板、木质托板、手电钻、钻头、销钉、锤子、钳子、U 形夹、钢铲、胶枪、胶管、针管、胶带和纸胶带、塑料垫片、棉垫片、卷尺、长木条、手套、丝杠、气泵等。

（4）补配材料：聚乙烯醇调水硬石灰和研磨砖粉等。

（5）临摹文字材料和工具：天然描图纸、2B 铅笔、油笔、橡皮、高度透明玻璃板、透明塑料片、羊毛刷、烧杯、纯净水、裁剪刀、直尺、裁纸板、放大镜等。

（6）拓片制作材料和工具：宣纸、墨汁、棕刷、砸刷、拓包、小型塑料喷壶、软毛刷、白芨水、毛巾、塑料薄膜、工具刀、一米直尺等。

部分工具和材料在市场上难以买到，在工作开展工程中，工作人员根据工作需要，在反复试验的基础上自制了部分工具，自配了部分化学药品。

三、施工项目各阶段的划分

1.施工准备

施工准备包括人员、物资、设备及资料收集整理所需软硬件的准备，包括文物蕴含历史信息及历史价值相关资料及文字资料整理所需档案资料表格及存储设备、修复技师的安排、文物提取运输工具与存放场地设备、材料及器械的采买等。项目启动之前，需要召开专家论证会，与会专家在现场调研的基础上，对实施方案进一步论证完善。

2.现场实验

尽管在方案设计阶段已经进行过多次材料试验，但在实际工作过程中，会出现部分新情况，仍需进行材料或工艺的试验去进一步完善。

现场实验指现场清洗、黏接补配、缓蚀、封护等工作过程中所需要的各种实验。保护修复工作的各个环节都要在充分实验的基础上开展，以确保保护工作的严谨性、科学性和文物的绝对安全。

3.实施阶段

项目实施包括文物提取、修复前照相、病害图制作、表面清理、信息采集、拼接黏接固定、补配修复、拓片制作、修复后照相、完善修复档案等环节。在项目实施过程中，需要召开修复保护项目中期验收专家会议，对工作开展情况和工作中存在的问题进行论证分析，以指导下一步工作的科学开展。

4.项目验收

彩绘文字陶砖保护修复项目实施工作结束后，需对修复保护档案资料进行系统完善，按照国家有关标准和实施方案要求制定项目结项报告。项目验收工作会议由甲方单位或上级主管部门组织行业内有关专家召开，在详细调研、听取项目实施单位汇报的基础上对保护修复项目各项工作进行全面验收。

第五节　彩绘文字陶砖保护修复工作的实施

定陶汉墓出土彩绘文字陶砖的保护修复工作，根据考古发掘工作的进展情况分两期进行，分别于 2016 年和 2020 年上半年启动，由山东省文物考古研究院、定陶区文物保护修复中心以及定陶区定陶王陵保护研究中心共同承担完成。工作实施的技术路线除有部分环节有所调整外，其他基本相同。

修复工艺流程包括 17 个步骤：照相、文字记录——绘制器型图、病害图——材质分析检测、测试——检查外观、强度性能——表面清理——文字、照相记录——朱书、墨书颜料加固——文字、照相记录——脱盐脱水——文字、照相记录——拼对——文字、照相记录——陶砖的整体加固封护——文字、照相记录——黏接——文字、照相记录——观察、评估稳定性——建立保护修复档案。

一、彩绘文字陶砖的提取保护

彩绘文字陶砖的提取分考古现场的提取保护和文物库房的提取两个完全不同的阶段。两个阶段是有机融合、密不可分的，对彩绘文字砖的后期保护修复具有非常重要的意义。

多年来，为保持M2湿度环境，在上方安装滴灌系统，长期喷淋致使上层盖板滋生各种菌类。由于民工及其他人员的踩踏及冻馁等原因，造成四周上部近四层砖的破碎断裂，诸多碎砖无法复位，也无法进行三维数据制作。首先对这四层砖进行编号揭取。这样才能拆解提取第一层盖板（每揭取一层盖板需揭取三层文字砖）。

文字砖的编号，按照《拆解提取发掘细则》中的方法进行。文字砖的信息采集要详细记录断裂破损、能否修复、朱墨文字情况、拆解前后的状态、尺寸及照片等信息，便于后期文字砖的保护修复和考古发掘资料整理。拆解文字砖时，对于断裂及酥粉的文字砖采取适当的保护措施，最大可能性力求整取。

定陶王墓地（王陵）M2出土的彩绘文字陶砖由于深埋地下两千多年，长期受到埋藏环境的变化和地下水的侵蚀，加上烧制火候不高，酥粉严重。另外，墓葬局部受外力因素影响发生坍塌，致使部分陶砖断裂。这为砖体的提取工作带来一定难度。从墓砖整体保存情况来看，除部分砖体因倒塌破坏严重外，大多数保存完整。但在拆解过程中发现，多数砖体因整体酥软，一碰即碎。

定陶汉墓的考古工作人员在对彩绘文字陶砖进行拆解时，为最大限度地保护好陶砖本体并全面提取陶砖所蕴含的珍贵历史信息，多次召开专家咨询会论证，并通过电话或网络等信息渠道咨询业内知名文保专家，尝试使用了很多种方法。最终选用物理捆扎法对陶砖进行拆解保护。

拆解保护彩绘文字陶砖需要根据陶砖尺寸定制与陶砖厚度和侧面周长一致、松紧适宜且带粘扣的捆扎松紧带，保障每块砖一条（见图2.20）。比陶砖正反面尺寸略大、深度适宜的白色周转箱每块砖一个。平移陶砖使用的托板，周转箱底部铺设的软质聚氨脂泡沫塑料，还需要皮囊吹鼓器、小型喷壶、用于封护彩绘文字的B72溶液等等（见图2.21）。运输车辆需要有减震装置和箱体缓冲材料。

陶砖拆解的过程同时也是对陶砖保护的过程。在进行完三维扫描并按层位进行编号后，工作人员按照考古发掘计划对陶砖依次进行拆解。做到每块砖都对应着一个独特的编号，包括层位等信息。首先，对陶砖进行轻轻平移，脱离原来的位置，再对砖体进行翻转，用皮囊吹风和毛刷相结合的方法清理陶砖表面的沙粒等附着物。然后，用浓度为3%～5%的

B72 溶液对陶砖表面保存的朱书、墨书文字进行喷涂封护并拍照存档。最后，使用定制好的松紧带对拆解陶砖侧面进行捆扎加固，再装入定制的周转箱中。周转箱上的编号要与彩绘文字陶砖的标签编号相对应。

图 2.20 彩绘文字陶砖的现场提取保护

陶砖的尺寸绝大多数为长 40 厘米、宽 20 厘米、厚 10 厘米。按照陶砖尺寸定制的周转箱，尺寸为 50 厘米×27 厘米×17 厘米，底部为 5 厘米软质聚氨脂泡沫塑料，周边为 3 厘米软质聚氨脂泡沫塑料（符合 GB/T 10802—2006 要求）。每个周转箱存放一块砖，陶砖周边使用对陶砖本体无污染、柔软的日本纸包裹，保存有彩绘文字或刻画符号的一面不包装，面朝上，用保鲜膜做内衬，外覆盖软质聚氨脂泡沫塑料。在搬动陶砖时，使用与陶砖尺寸大小基本一致的五合板托举，防止因材料变形导致陶砖损坏。

图 2.21 彩绘文字陶砖现场封护

为确保文物安全，陶砖由考古现场运往文物库房车辆经过改装，对减震器进行等部位重新设计。要求司机匀速行驶，防止突然启动和刹车。装有陶砖的周转箱在车厢内做好固定，不准堆放，只能单层摆放。周转箱之间的空隙用软质材料填充，防止运输过程中因颠簸使箱体碰撞，造成陶砖的人为损坏。陶砖进入文物库房，由运输车辆向文物架搬运过程中，工作人员需按照文物编号轻拿轻放，按顺序摆放。

在对彩绘文字陶砖进行保护修复时，还需要进行一次提取搬运，也就是传统意义的出库（见图 2.22）。陶砖出库前，首先要核对陶砖编号，按顺序编好修复序号并用尼龙绳将号牌系在砖体上。每批次根据工作进度大约出库 200 块陶砖。编号完成后，工作人员使用专用木板将陶砖搬运至修复室的专用文物架上（见图 2.23）。

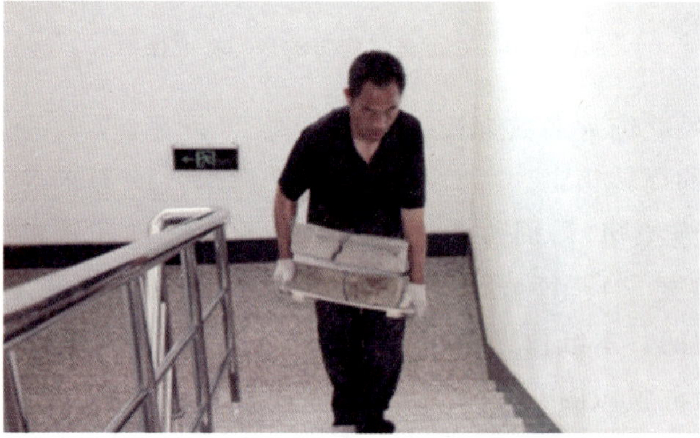

图 2.22　工作人员搬运陶砖

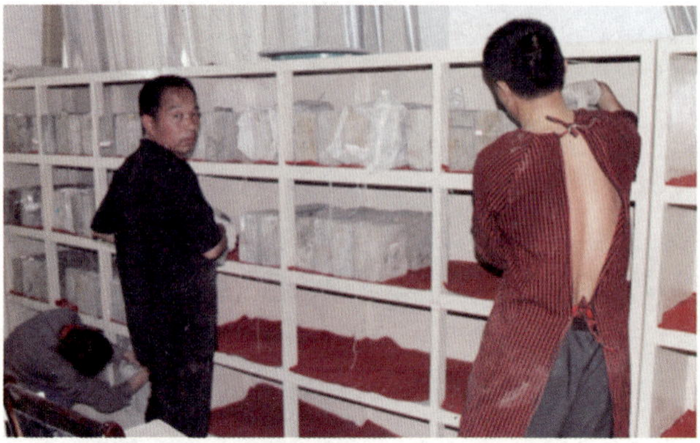

图 2.23　工作人员将陶砖搬运至修复室

二、表面附着物的清理与彩绘文字的封护

在考古发掘现场的提取保护过程中，已经对出土彩绘文字陶砖进行了简单的清理，并对砖体上保存的朱书、墨书及符号进行了初步封护。在保护修复前，需要进行一次彻底的清理保护。陶砖表面的清理包括对泥土、沙子、表面沉积物、青苔、霉斑的去除。

清理方法采用放大镜下手工清理。最普通的方法是采用蒸馏水清洗。砖体表面保存有朱书、墨书的陶砖，在清理时必须认真仔细，使用小竹签轻轻剔除。对硬质黏结物和污垢可先用棉签蘸取蒸馏水清理，再用机械方法刷洗。如果沉积物质地非常坚硬，可使用超声波清洗机机械清理。

1.泥土附着物清理（见图 2.24、图 2.25）

泥土附着物在定陶王墓地（王陵）M2 出土陶砖砖体表面附着物中数量较多。在前期的拆解保护工作过程中，虽然已经对表面附着物进行过简单清理，但还不够彻底。残留泥土附着物的附着力一般不强，比较容易清理。在清理过程中，砖体各面用纸胶带围粘，使用毛刷、吸耳球等工具分区进行清理。砖体泥土附着物较多的部位，使用牙刷蘸取 2A 溶液刷洗后，再用棉签滚动清除残留泥土。在清理至彩绘附近时，可使用半干的棉签在彩绘表面轻轻滚动粘去剩余泥土，直至彩绘完全暴露。在此过程中，需要特别注意力道的控制，避免力量过大使彩绘脱落。当泥土与彩绘结合过牢时，必须首先对彩绘层进行加固。在彩绘层稳定并回贴至胎体后，再采用以上方法去除表面泥土附着物。

图 2.24　清理砖体表面泥土附着物

图 2.25　清理墨书表面泥土附着物

例如,彩绘文字陶砖Ⅲ①9－13 砖体保存完整,但通体存在泥土附着物。使用软羊毛刷清理泥土附着物,棉签蘸取 2A 滚动清理彩绘文字面及其他附着物。清理效果良好。

2.其他附着物清理(见图 2.26)

出土彩绘文字陶砖表面除泥土附着物外,还有部分褐色、黄色、黄褐色及黑褐色附着物。在清理这种附着物时,要先做实验块,然后用棉签蘸取 2A 溶液滚动分区进行清理。

图 2.26　其他附着物的清理

3.硬结物清理(见图 2.27、图 2.28、图 2.29)

定陶王墓地(王陵)M2 出土彩绘文字陶砖表面除泥土、植物根茎等附着物外，还有部分附着力强、难以清理的片状、零星点状硬结物。在部分砖体表面还有大面积结块现象。

清理硬结物一般采用竹签、竹片、手术刀等手动工具。吸附于表层的一些沙粒片状硬结物使用竹签、竹片轻轻去除，并不伤及砖体表面。对大面积结块并黏接到砖体上较为坚固的硬结物，应分区清理进行清理。用棉签蘸取 2A 溶液在硬结物表面滚动，浸湿软化后，再用竹签、手术刀、皮锤等工具轻轻敲打，进行反复剥离。对过于坚固的硬结物，为不伤及砖体，可保留部分痕迹。针对文字表面的硬结物，应分区进行清理。先用棉签蘸 2A 溶液在硬结物表面滚动，待硬结物软化后，再用竹签、手术刀等工具在放大镜下轻轻剥离。为防止伤及文字，部分硬结物可暂做保留。从文字上取下的硬结物，应装入密封袋封存，做好标签并进行拍照。

图 2.27　清理砖体表面硬结物（一）

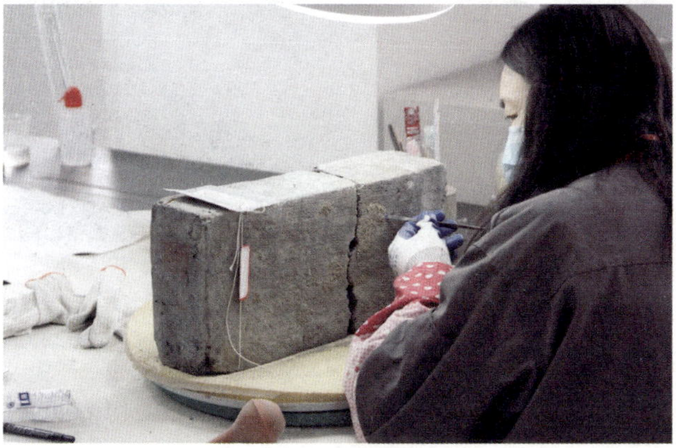

图 2.28　清理砖体表面硬结物（二）

图 2.29　清理砖体表面硬结物(三)

4.植物根茎的清理(见图 2.30)

在出土彩绘文字陶砖的表面附着物中,植物根茎非常多见。随着植物根茎的不断生长,其对陶砖的破坏力进一步增强。

清理附着在陶砖表面的植物根茎,可采用竹签、竹片及手术刀等工具,其中大部分可用软毛牙刷轻刷进行清除。对侵入砖体内部或根系发达难于清理的,可用竹片或手术刀逐步清除。对部分植物钙化后渗透的痕迹,为防止伤及砖体,暂时不做处理。

图 2.30　清理砖体表面植物根茎

5.对可溶盐的去除(见图 2.31、图 2.32)

对可溶盐的去除可根据土壤可溶盐含量及文物表面可溶盐相关数

据，确定是否需要脱盐，并依据陶砖表面朱书、墨书的保存状况，选择局部加固后进行脱盐工作。脱盐的方法可采用纸浆包裹法和复合脱盐法。纸浆包裹法脱盐是将吸水性好的纸张（如滤纸或麻纸等）浸泡在蒸馏水中，加热搅拌成纸浆，将制好的纸浆包裹在陶砖的表面。充分利用毛细现象将陶砖中的可溶性盐吸附到纸浆上。多次循环更换新鲜纸浆，就可把陶砖中的可溶性盐彻底去除。对于完整的陶砖，可将多层湿润滤纸贴敷于陶砖无彩绘区域，反复多次循环操作即可达到脱盐目的。对于表面无彩绘的残片，在黏接修复之前，用多层湿润滤纸贴敷或浸泡陶片内部进行脱盐。

图 2.31　彩绘文字陶砖脱盐（一）

图 2.32　彩绘文字陶砖脱盐（二）

另一种脱盐方法是选择“出土陶质彩绘保护关键技术研究”课题研发的高分子吸水脱盐材料和载体材料制成的复合脱盐材料对陶砖进行脱

盐。脱盐前将陶砖预先浸润一定时间，用脱盐垫包裹后进行加压，使其单位面积加压为 6 g/cm^2 时效果最佳。在器物可承受的范围内，脱盐处理次数越多，效果则越好。单次脱盐时间为 24 小时，每次结束后进行补水，换上新的脱盐垫。对含盐度 7％的样品，脱盐效率超过 85％。为了评估常见可溶盐的脱盐效果，可采用氯离子选择电极法检测陶砖中残留的可溶性盐。

6.对彩绘文字的封护保护（见图 2.33）

对砖体表面保存的朱书、墨书及彩绘符号的加固保护，要在陶砖表面的附着物清除彻底后，待陶砖缓慢干燥后，使用合适的加固剂对朱书、墨书等彩绘字迹进行加固处理。根据彩绘形式及保存状况的不同，分别采用喷涂、点涂、包裹敷浸等保护工艺进行加固保护。喷涂方法适用于较大面积彩绘的保护处理，要求选用雾化效果好的小型喷雾器，喷距适当，用力适当，喷量适当，不要正对陶砖表面进行喷涂，喷口要与陶砖表面形成一定斜角，喷量以刚好在陶砖表面形成薄薄的一层保护膜为宜，要尽量避免保护液流淌。点涂方法适用于颜料较厚、颜料颗粒较细且易掉粉的彩绘颜料的保护处理。选用毛质较软的小毛笔，先用毛笔蘸水点湿彩绘，待水逐渐吸干后，在残存彩绘边缘点涂保护剂，待保护剂不再渗入时，再点涂彩绘表面。水吸收时所产生的毛细吸力会使保护剂更好地渗入彩绘，同时也可以消除点涂彩绘表面时留下的痕迹。敷浸法是在清理和加固过程中，先使陶体充分湿润，然后用医用脱脂棉浸润保护剂，覆盖在其表面，二者之间用湿润的日本纸作为隔离层（湿润程度为手轻轻捏攥不出液滴为佳）。

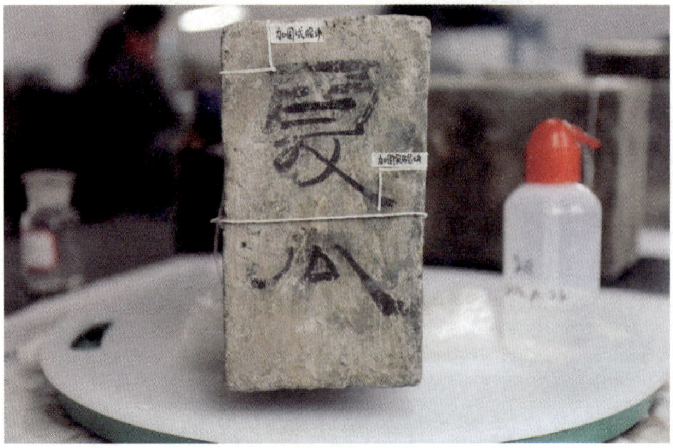

图 2.33　对彩绘文字的保护

三、信息采集和建档

文物保护修复的主要目的是通过保护修复工作还原文物的历史原貌，最大限度地保存文物蕴含的历史信息，为文物的后期展示利用，让文物活起来，讲述自身蕴含的历史故事奠定良好的基础。

保护修复工作开始前，需要对修复的文物具有充分了解，掌握文物的基本信息。彩绘文字陶砖的保护修复也是如此。每一块陶砖都拥有其独特的历史背景、结构组成、制作工艺、埋藏环境、损害机理、保存现状等信息。在整个保护修复过程中，包括修复前、修复中和修复后，都应按照修复方案的要求，翔实、全面收集整理陶砖所蕴含的全部信息，为以后的展示、保护、研究工作提供详细的科学依据。信息采集整理一般包括文字信息的采集、病害图绘制及修复前后的照片、彩绘文字的临摹及拓片制作等内容。

（一）文字信息采集

1.彩绘文字陶砖基本信息

彩绘文字陶砖的基本信息包括文物名称、收藏单位、文物编号、文物来源、文物年代、文物材质、文物尺寸、文物重量等。这是每块出土彩绘文字陶砖的第一手信息，也是了解每一块陶砖的最基本渠道。

进行器物描述时，要按照正面、右侧面、背面、左侧面、顶面、底面的顺序观察每一个面。把保存有文字的一面定为左侧面，没有文字、刻画纹和戳印的一面为右侧面。观察务必细致入微，最大限度地发现挖掘每块陶砖所蕴含的历史信息。描述语言一定表达恰当，基本做到把能够用肉眼看到的信息全部用语言文字表达出来。陶砖尺寸和重量的测量要借助钢尺、电子秤等测量工具来完成。

2.陶砖的保存状况

所谓陶砖的保存状况是指陶砖在保护修复之前的状态，主要包括陶砖的存放环境、完残程度、彩绘或胎体保存状况、表面病害类型、历史修复信息等等。这些信息需要由保护修复人员用文字进行详细的描述，整理完善后存入文物保护修复档案。

（1）陶砖的存放环境。由于保存条件的限制，有的文物在出土后，仅仅做了一些简单的处理，直接置于不合适的环境中保存，从而对文物本体产生了新的损伤。这些由存放环境造成的损伤需要与出土后直接进行保护修复的情况加以区分，针对环境的影响制订修复计划。定陶汉墓 M2 出土的彩绘文字陶砖建设有专门的文物库房，陶砖按发掘顺序依次存放在文物架上。但由于放库房内缺乏温湿度控制系统，部分陶砖可能会因脱水速度快而干裂或加重酥粉。

(2)陶砖的完整程度。陶砖的完整程度是指陶砖出土后砖体的完整状况。如果陶砖的完整程度较差，就会直接影响保护修复工作进度，也会增加保护修复工作的难度。陶砖残块的数量、残缺部位的大小等也是制定后期修复方案的前提。

(3)彩绘或胎体的保存状况。对陶砖胎体质地、色泽、疏松程度的观察记录和描述，是后期开展保护修复工作选定清理工具、加固剂或黏接剂和制订清理方法的前提。对表面保存有彩绘文字的陶砖需要记录彩绘的详细情况。

(4)陶砖表面病害的类型。陶砖表面病害的表述需要结合中华人民共和国文物保护行业标准(WW/T 0021—2010)《陶质彩绘文物病害与图示》进行。这就要求保护修复人员必须首先熟悉所有彩绘陶制文物病害类型的定义，准确了解把握陶砖表面出现的病害类型以及主要病害侵占文物的面积和比例。对于《标准》中描述不够清晰或无法用图示在图纸上显示的病害情况，必须用文字详尽地从病害的类型、颜色、质地、外形、面积等方面对病害进行描述。陶砖表面一般会有泥土附着物、其他附着物、硬结物、植物根茎、酥粉、裂纹、剥落、残断等病害。准确把握各种病害的位置、面积、形状及颜色等信息，对后期保护修复工作中各种病害的清理具有重要的指导意义。

(5)历史修复信息。历史修复信息的获取主要来源于考古发掘单位的原始信息、收藏单位的文物档案资料以及陶砖表面直接表现出来的信息。如果收藏单位有原始修复保护记录，就可以清楚地了解前期保护修复、现场处理所使用的修复方法、材料等信息。对于无法得到原始保护修复资料的情况，需根据经验并结合多方信息搞清楚前期保护修复的情况。这些原始资料的收集和获取，将为有针对性地做出合理的保护修复计划提供重要的依据，也能够避免后期的保护修复工作少走弯路。

例如，彩绘文字陶砖Ⅰ②5－35 的尺寸为长 38～38.1 厘米，宽 19.1～19.4厘米，厚 9.4～9.9 厘米；质量为 11653 克；质地为陶制；制作工艺为手工模制。文物描述为：该文字砖为长方体，质地为陶制。右侧面一处“×”形刻画符号，砖体保存完整。该砖主要存在剥落、泥土附着物等病害。文物保存环境为陶砖出土后临时板房存放在考古工地现场三年，当地温度最高 40.7 ℃，最低温度－17.9 ℃；相对湿度为 50%～90%。2014 年 11 月搬运至文物保护库房，存放在文物架上。

病害描述为：

泥土附着物：通体，程度不均。

剥落：正面左上角约 1 厘米×2 厘米，左侧边约 1 厘米×3 厘米，厚约为 0.3 厘米，左下角约 1 厘米×2.5 厘米，厚约为 2.5 厘米，背面右上角约 1 厘米×2 厘米，厚约为 1 厘米，底面左上角约 2.5 厘米×1 厘米，厚约为 1 厘米，右侧边约 1 厘米×2 厘米。

例如，彩绘文字陶砖Ⅴ①21－60 的尺寸为长 37.5 厘米～37.7 厘米，宽18.2 厘米～18.4 厘米，厚 7.5 厘米～9.4 厘米；质量为 9581.5 克；质地为陶制；制作工艺为手工模制。文物描述为：该文字砖保存基本完整，正面多条裂纹，右侧面朱书文字，字体模糊，并有“×“形刻画符号，背面有硬结物，通体存在泥土附着物。文物保存环境为陶砖出土后临时板房存放在考古工地现场三年，当地温度最高 40.7 ℃，最低温度－17.9 ℃；相对湿度在50%～90%间波动。2014 年 11 月搬运至文物保护库房，存放在文物架上。病害描述为：

其他附着物：通体存在黄褐色附着物分布。

剥落：正面右上边缘约 2.5 平方厘米，右上角约 1.5 厘米×6 厘米，右侧面下部约 3 厘米×4 厘米，背面右上角约 3 厘米×4.5 厘米，左侧面左上角约 2 厘米×4 厘米，底面右上角约 3 厘米×5 厘米，顶面左上角约 2 厘米×3 厘米。

泥土附着物：通体，程度不同。

硬结物：背面约占 85%，左侧面少许分布。

裂纹：正面多条细纹，最长约 25 厘米，延伸至顶面、底面，左侧面两条分别长约 12 厘米、4 厘米。

（二）病害图的绘制

文物保护修复绘图是运用制图投影原理与实际工作充分结合的科技手段。通过陶砖病害图的绘制，可有效科学保留出现在陶砖本体表面的病害信息，为后期陶砖的保护修复工作提供更直观的参考。陶砖病害图的绘制可以采用手工方法完成，也可以借助照相技术以及专业绘图软件来完成。照片资料虽然更直观、更真实，但却难以准确反映文物各部位的尺寸和空间关系。而病害图在反应陶砖表面病害的空间关系和尺寸上更准确、更清晰。病害图的绘制对保护修复人员的要求也更严格，需要耗费的工作时间也较多。

在标准的病害图图纸上绘制文物病变图，用规范性的符号描绘文物表面的各种病害，要求位置、面积准确。当同一位置出现多种病变时，不同符号可以交叉出现，但要保证图纸清晰，易于分辨。病害图的绘制也是保护修复人员更近一步认识了解文物的过程，对即将开展的修复工作有一个更全面的认识。病图的绘制须严格按照中华人民共和国文物保护行业标准(WW/T 0021－2010)《陶质彩绘文物病害与图示》执行。规范性符号的使用是保护修复工作者之间相互沟通信息以及对资料识别、读取的基本保证。陶质彩绘文物病害图类型共有19种，标准图例如下(见表2.1、表2.2、图2.34、图2.35、图2.36)：

表2.1 陶质彩绘文物病害图示符号表

编号	名称	图示符号	说明
01	龟裂	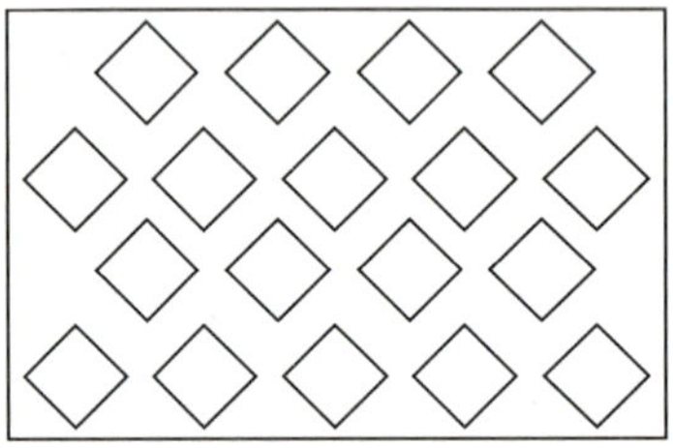	每平方厘米不少于四个符号。
02	起翘		每平方厘米不少于四个符号。
03	空鼓		闭合曲线表示空鼓范围，平行线段填充闭合曲线，每平方厘米不少于四行平行线段。

续表

编号	名称	图示符号	说明
04	脱落	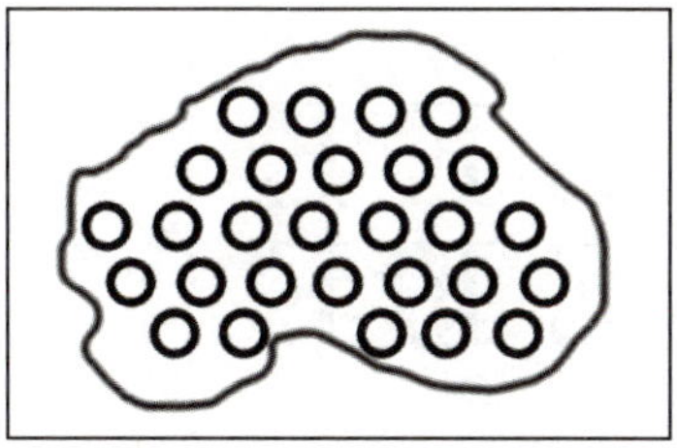	闭合曲线表示脱落范围，符号填充闭合曲线，每平方厘米不少于四个符号。
05	变色	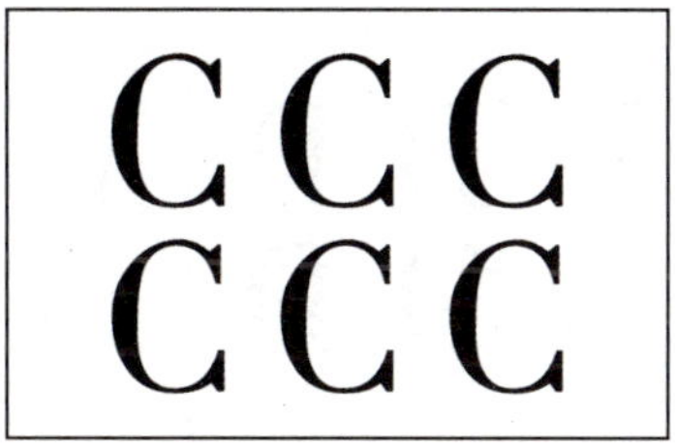	每平方厘米不少于四个符号。
06	剥落	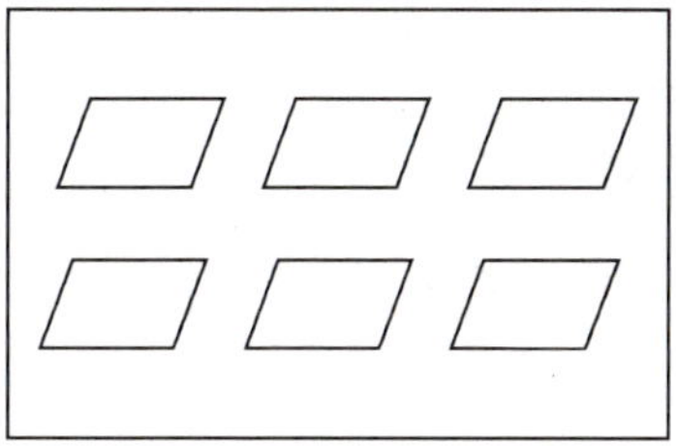	每平方厘米不少于四个符号。
07	残断	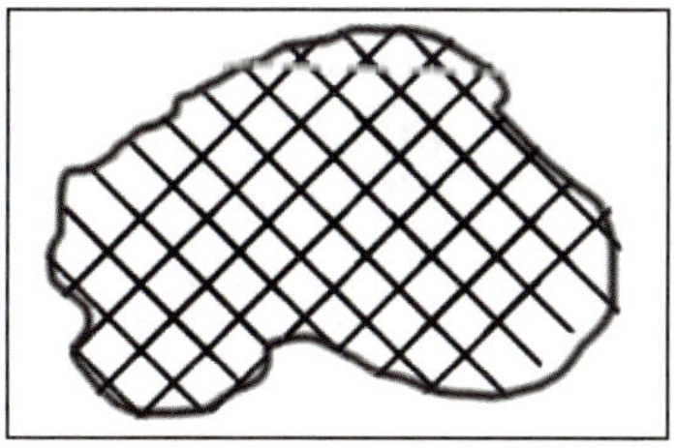	闭合曲线表示残断范围，交叉线填充闭合曲线，各方向线段平行，每平方厘米交叉点不少于四个。
08	变形	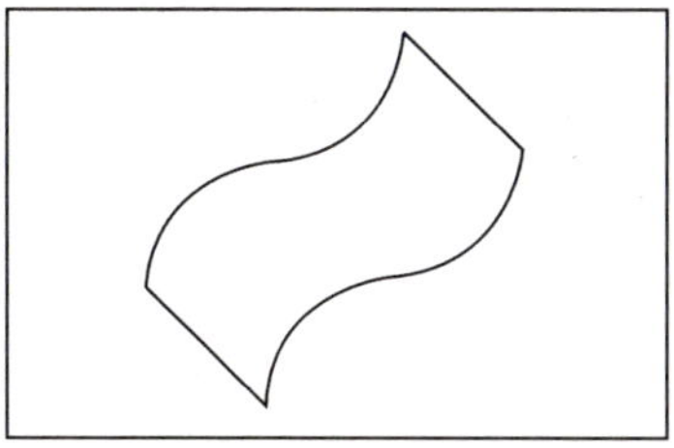	直线段表示变形起始点，曲线段表示变形走向。

续表

编号	名称	图示符号	说明
09	泥土附着物	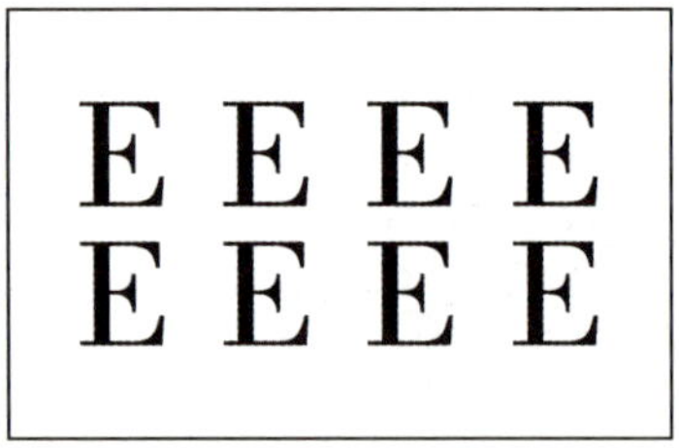	每平方厘米不少于四个符号。
10	硬结物		每平方厘米不少于四个符号。
11	结晶盐	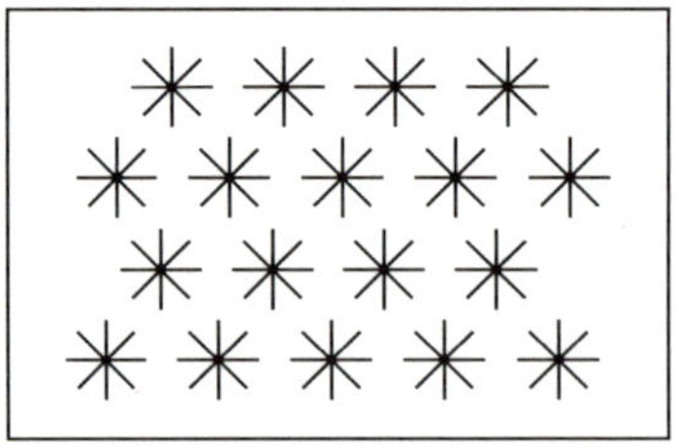	每平方厘米不少于四个符号。
12	其他附着物	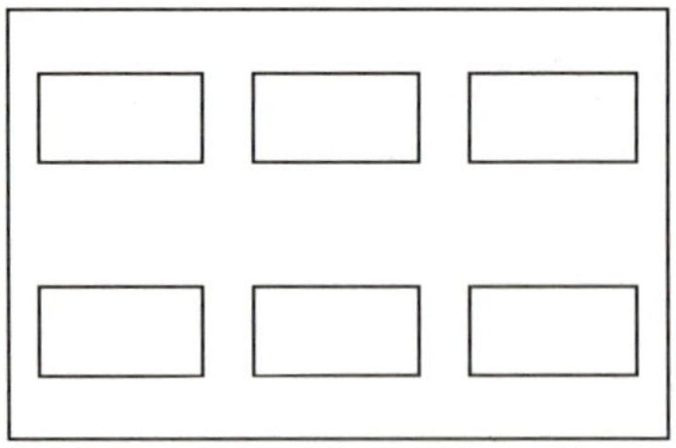	每平方厘米不少于四个符号。
13	裂纹	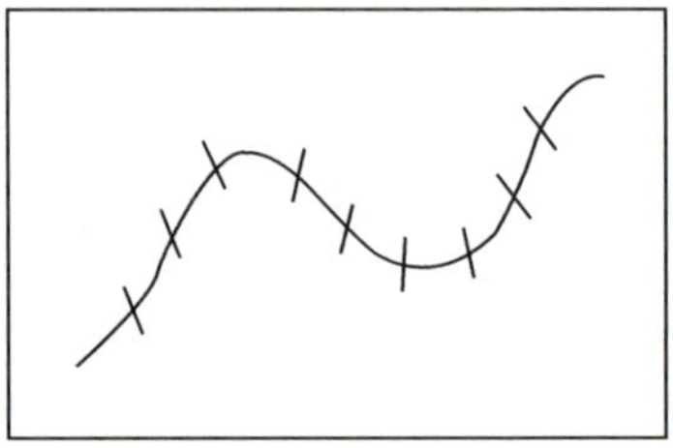	长线段随裂隙走向，短线段每厘米不少于两个。

续表

编号	名称	图示符号	说明
14	裂缝	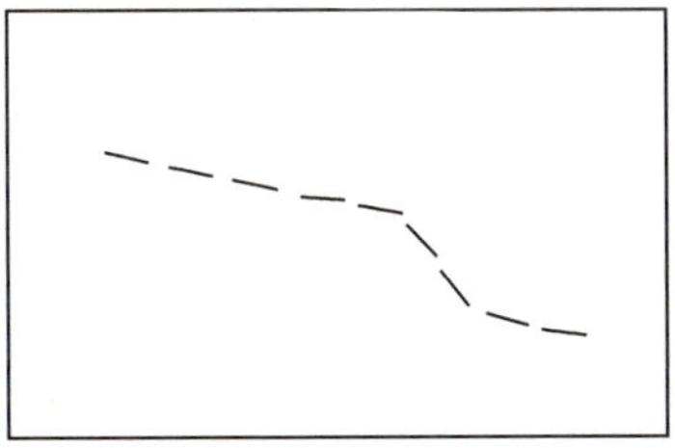	随裂缝走向，每厘米不少于两个符号。
15	酥粉	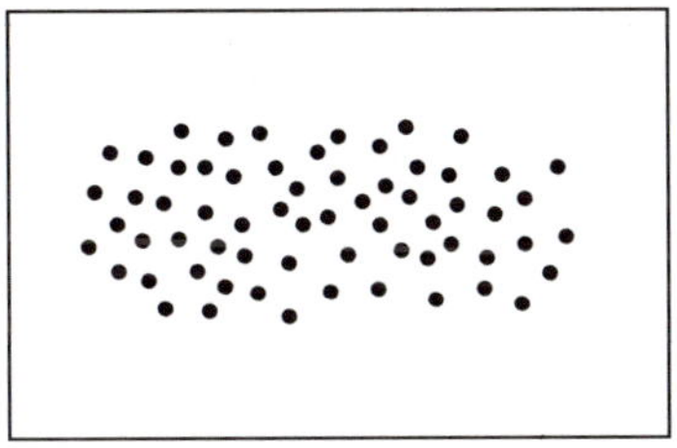	每平方厘米不少于十个符号。
16	刻画	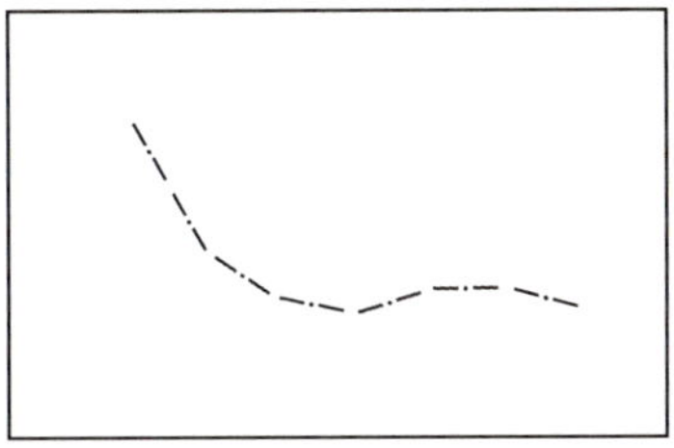	随划痕走向，每厘米不少于一个符号。
17	植物损害	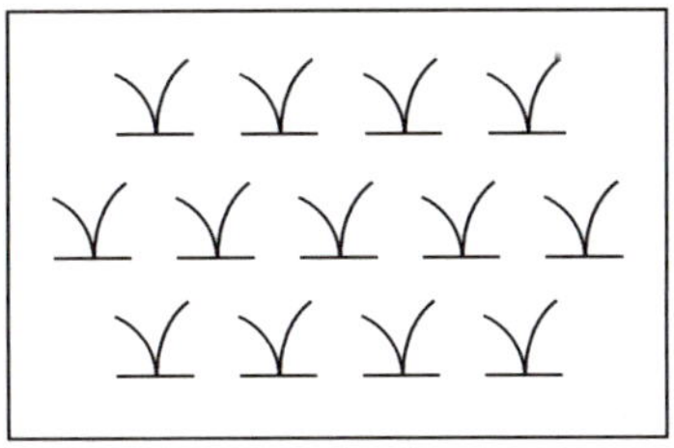	每平方厘米不少于四个符号。
18	动物损害	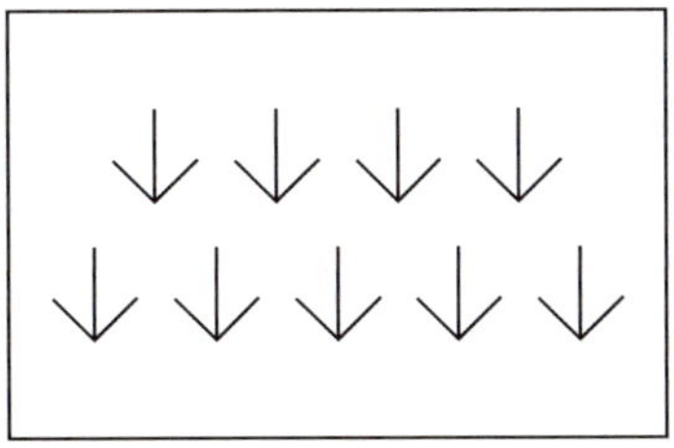	每平方厘米不少于四个符号。

续表

编号	名称	图示符号	说明
19	微生物损害	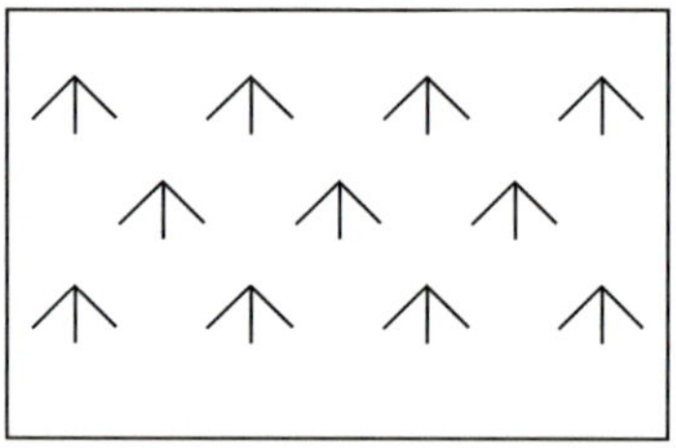	每平方厘米不少于四个符号。

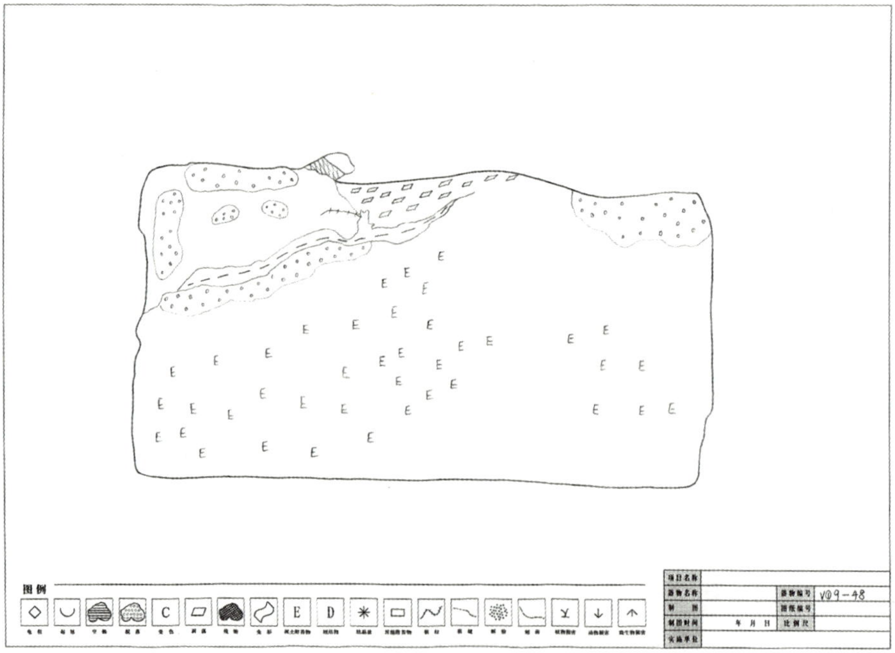

图 2.34　彩绘文字砖病害图(一)

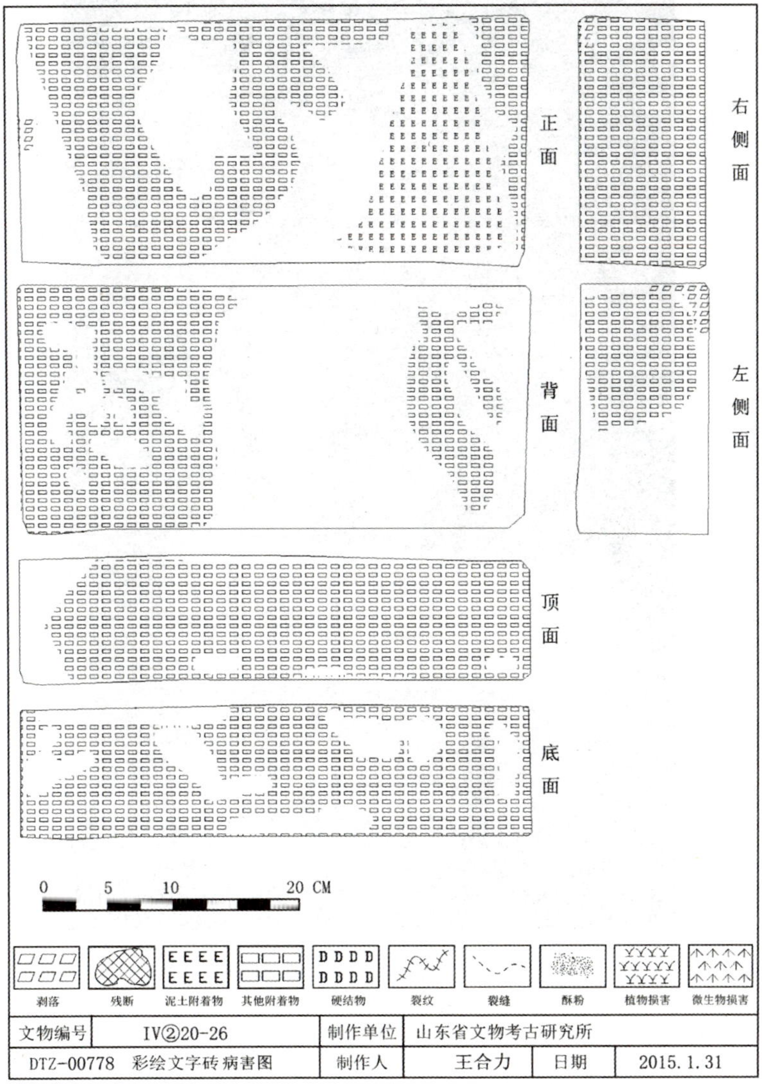

文物编号	IV②20-26	制作单位	山东省文物考古研究所	
DTZ-00778 彩绘文字砖病害图	制作人	王合力	日期	2015.1.31

图 2.35　彩绘文字砖病害图(二)

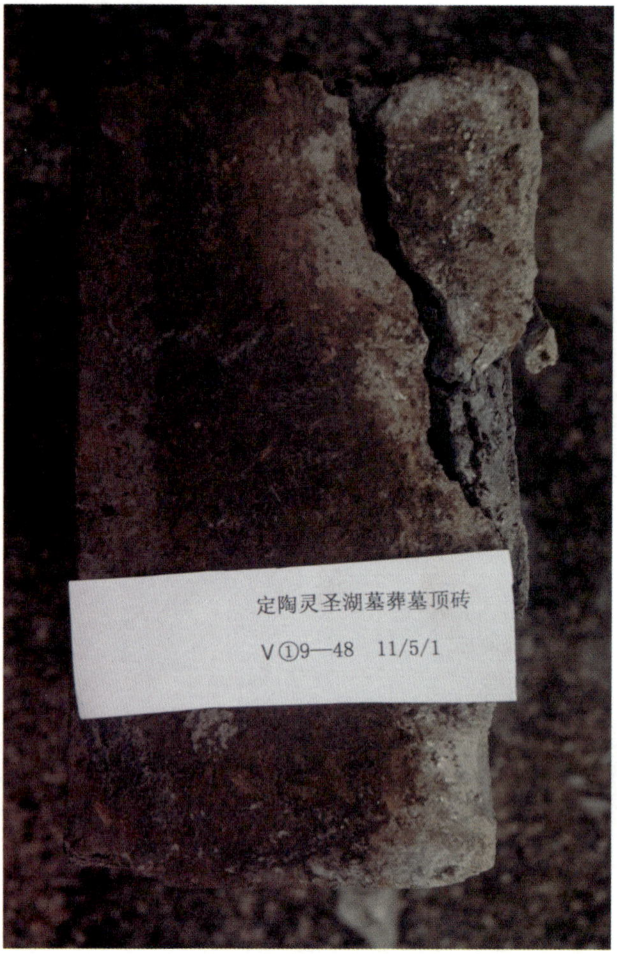

图 2.36 彩绘文字砖实物照片

表 2.2 彩绘文字砖病害统计表

样品编号	V①9－48		
病害程度	重度		
彩绘病害		陶胎病害	
病害类型	所占比例	病害类型	所占比例
起翘	—	裂缝	6％
脱落	20％	表面硬结物	—

彩绘病害		陶胎病害	
空臌	—	其他附着物	—
剥落	8%	泥土附着物	60%
变色	—	微生物损害	—
		裂纹	2%
		断裂	—
		残缺	—
		划痕	—
		酥粉	—
		结晶盐	—
		植物损害	—

（三）陶砖修复前后照片（见图 2.36、图 2.37、图 2.38）

陶砖的图像信息主要是通过使用相机、显微镜等设备对文物保存状况、病害类型及分布、文物表面残留历史信息所做的图像记录。陶砖的影像信息是陶砖保护修复档案的重要组成部分。影像资料的拍摄应与文字描述和病害图的绘制相结合并保持高度的一致性。陶砖的保护修复摄影关注的重点是陶砖的保存状况，也就是陶砖本体在保护修复工程中需要解决的问题。另外，分析采样的具体位置、产品的形态等也是陶砖保护修复摄影的一部分。

陶砖保护修复前照相，主要目的是记录陶砖保护修复前的基本状况，从陶砖各个方位真实准确反映陶砖修复前的外部形态特征。

照相前应首先对陶砖的修复编号号、出土编号以及档案信息进行认真核对，对不完善的信息要及时进行补充完善。对砖体进行摄影时，要以陶砖器形图的坐标位置为参考，与器形图相对应分别对空间 6 个面进行拍摄记录。残断的砖块要拍断面，并记入修复档案。如果陶砖残破为多块，需首先进行试拼，将相连或相邻的残块尽量放在一起进行拍摄，以便与修复后的照片进行对比，也可以对后期的拼接工作提供帮助。

图 2.36　彩绘文字陶砖修复前照片

图 2.37　彩绘文字陶砖修复后照片

对病害的照片记录是对陶砖现状文字描述的有力补充，比文字描述更直观、更清晰、更易于理解。特别是对一些无法用病害图或文字描述清楚的病害类型，图片的补充则更加重要。如表面硬结物可能因为环境或其他因素的不同而在陶砖表面表现差别较大，都需要用照片加以补充说明，才能更为清晰完整。陶砖制作痕迹、戳印、刻痕符号的照片资料，是对陶砖展开更深层次研究的重要依据。

文物编号	III②14-4	制作单位	山东省文物考古研究所		
DTZ-01941 彩绘文字砖修复后		制作人	马翠莲	日期	2015.04.13

图 2.38 彩绘文字陶砖修复后照片

陶砖修复后拍照主要是对陶砖修复前后信息进行比对，完整保留修复后的信息，为陶砖后期保存和展示利用提供科学档案。

四、破碎、断裂陶砖的拼接

彩绘文字陶砖的拼接采取“相近互配法”原则，将编号相邻或相近的陶砖残片以10个为一组进行互配。这种速配法的最大特征就是根据编号相近其位置必然相近的原理进行拼接。这样可以节省拼对的时间，进一步提高工作效率。本部分的工作分拼对、黏合、固定三个部分。

1.残块拼对（见图2.39）

对于破碎、断裂的陶砖要首先进行拼对处理，为下一步的黏接做准备。断裂块数较少的陶砖拼接相对简单。对破碎严重的陶砖要按照先大块再小块的原则进行拼接。陶砖在现场提取时，基本按照一砖一盒进行编号存放，偶尔也会有工作人员因疏忽放错盒子的现象。在对较大体积的陶砖残块拼接完承后，再对剩余残块进行拼接。剩余不能拼接上的残片，采取出土编号相近砖体进行拼接，直至全部拼接上为止。残缺不能拼接的部位放到下一环节进行补配。

图2.39 陶砖残块拼对

2.砖体黏接加固

(1)黏接固定夹具设计（见图2.40至图2.44）：根据砖的大小，设计黏接固定夹具，运用在修复过程中。定陶汉墓文字砖—断砖修复专用夹板工具由刘建国设计及制作。

修复断砖需要在一个平面上进行，根据文字砖整砖尺寸20厘米×

39 厘米×10 厘米设计了平板托盘，平盘尺寸 23 厘米×45 厘米×1.2 厘米，并在平盘底部加两条腿便于搬运和堆放。

图 2.40 平板托盘

将断砖断茬面涂胶放于平盘之上，茬口对齐。

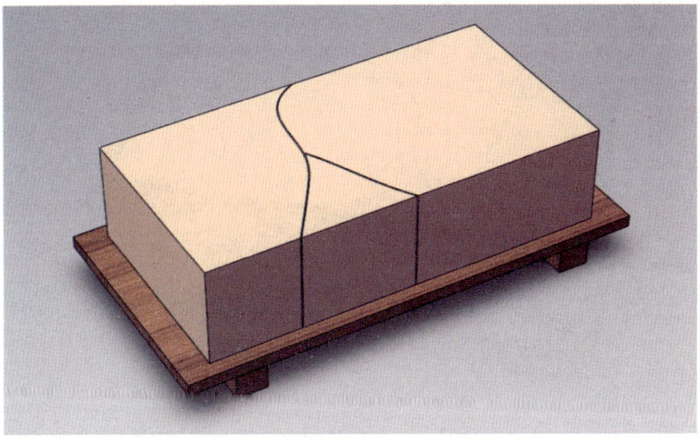

图 2.41 涂胶后的断砖放在托盘之上

夹板设计宽度 25 厘米，比砖的端面宽 5 厘米(两侧平均各超出砖宽 2.5 厘米)。夹板高度 10.5 厘米，比砖高 0.5 厘米，为增加夹板强度，设计厚度 1 厘米。在夹板两端中心点、由边沿向内 2.5 厘米处开槽，槽宽 1.1 厘米，选择直径 1 厘米丝杠，长度 45 厘米，两端各配螺母垫圈。

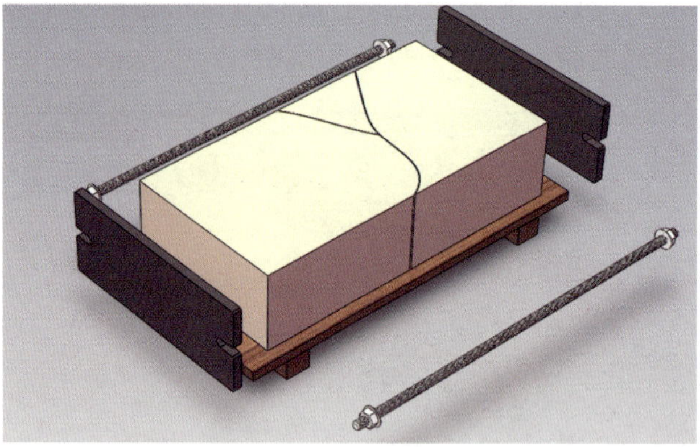

图 2.42　夹板与丝杠

先将螺母拧在丝杠两端，再将夹板与断砖两端贴紧，同时把螺母丝杠推入槽中慢慢拧紧。以茬口吻合为准，并将挤出的胶清理干净。

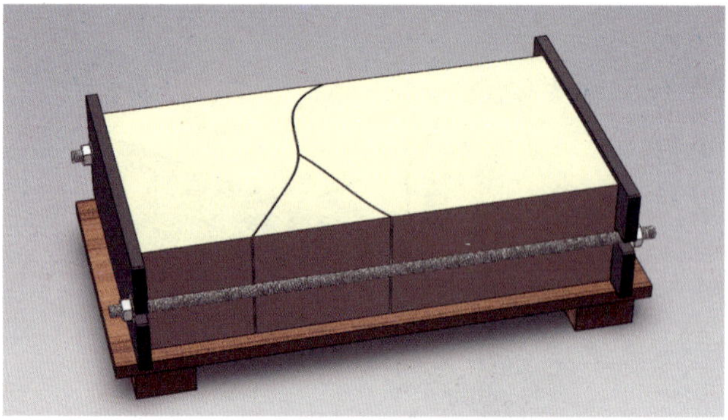

图 2.43　夹板在修复中的使用效果

断砖黏接后需要时间固化，设计这种夹板与托盘组合，使用在修复中，更能准确地将茬口吻合并黏接牢固。在移动中对托盘上修复中的砖无影响。

根据胶的固化时间和修复场地的限制，再将托盘的底脚加宽并向两端移，距两端边沿 1.5 厘米，正好略大于夹板的外边宽度，由于夹板高度高于文字砖 0.5 厘米，这样可将修复后等待胶固化的断砖叠放，减少使用空间。

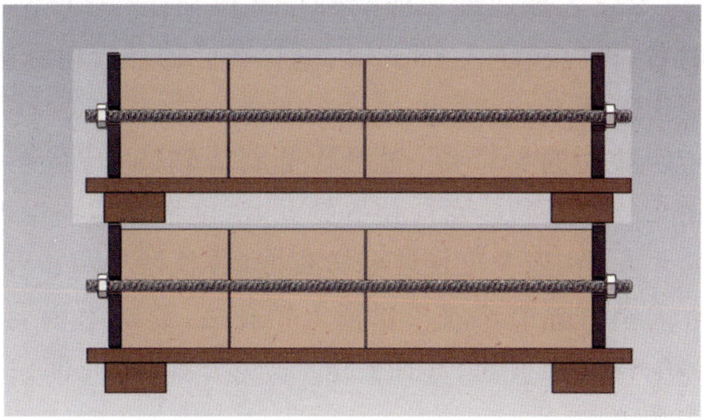

图 2.44　修复后的断砖等待胶的固化，叠放可减少使用空间

(2)陶砖在黏接前首先要去除黏接面上的尘土及污垢，以确保黏接效果。黏接过程中，应将黏合剂均匀地涂抹在界面上，使胶料完全溶入断面。黏合剂必须加热至液态，这样既方便工作，也可使黏合剂达到理想的强度。如果涂抹不均匀，会产生气泡，使黏合强度下降。根据陶砖的强度，要采取先整体加固再黏接或直接将断口预加固再黏接的方式。具体来说就是采用溶剂型加固黏接剂逐级浓度升高处理断口作为隔离层，待隔离层完全干燥后，涂施环氧树脂黏合剂进行黏接。黏接前需在断缝两边预先粘贴 3 厘米宽纸胶带，防止黏接剂溢出后污染陶砖表面。

根据彩绘文字陶残断部位及残损程度的不同，可采取以下几种不同的黏接加固方式(见图 2.45 至图 2.50)：

①残断为两块的文字砖：用软毛刷清理断茬口附着物和多余颗粒。用 5%B72 乙酸乙酯溶液封护、加固断面，10～20 分钟后，残断面边缘粘上纸胶带，用环氧树脂和固化剂(1∶1)混合，搅拌均匀，用热风枪加热，融化成液态状，均匀涂在其中一个断面上，和另一块断砖拼接，放在特制木托板上，砖两侧垫上塑料垫片，以免损伤砖体，用特制的夹板固定住砖体。用扳手旋转夹板两侧螺母，均匀用力，待断茬对齐、合拢后即可。固定 24 小时后，卸掉夹板，记上砖号。把工具放在原处，清理现场。

②残断多处的文字砖：先用毛刷清理残断面，并在每小块砖上记上顺序号，用 10% B72 乙酸乙酯溶液封护、加固，用环氧树脂依次黏接每个断块，拼接好放在专用工具上，固定 24 小时后，检查加固状况。

③酥松，裂纹大，松动的文字砖：先用软毛刷清理砖体，再用滴管吸入

5%、10%、20% B72乙酸乙酯溶液滴酥松部位加固，用U形夹和橡皮胶带加固半小时后，再以次注入18 ml丙酮稀释后的环氧树脂进行黏接、加固，观察，黏接牢固即可。

④砖体中间缺失的文字砖：先用软毛刷清理砖体，封护、加固同上。选用合适的钻头分别对断砖对应位置钻孔，深度根据残损程度而定，并用气泵把孔内砖尘吹净，用卷尺量好断砖长度(砖长约40 cm)，取适宜长度直径为8 mm的销钉蘸取环氧树脂插人钻孔后，放在木板上。再用胶带和木板把砖体的背面和顶面、底面封起，以免外漏，中间部位用袋中碎砖屑拌环氧树脂加固。

图2.45 陶砖黏合加固

陶砖的酥粉现象在陶砖断面、剥落处及砖体表面最为常见。断面、剥落处酥粉情况严重的用B72乙酸乙酯溶液加固多遍，并采用B72乙酸乙酯溶液3遍滴渗加固，浓度分别为2%、3%、5%。状况较差且B72乙酸乙酯溶液加固效果不佳的，再用滴管滴入10%、20%、30% B72乙酸乙酯溶液加固。砖体表面有酥粉现象的，用软毛刷将其表面浮土刷掉后，先后用2%、3% B72乙酸乙酯溶液各封护一次。

图 2.46　砖体残块黏接

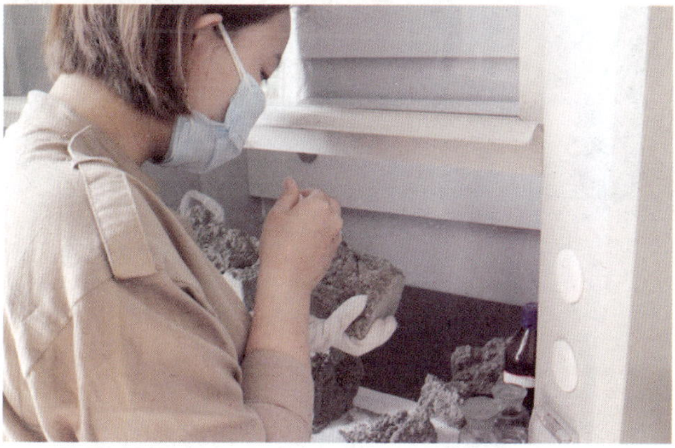

图 2.47　残断多块文字砖黏接

图 2.48　砖体表面酥粉加固

剥落现象以砖体边缘处、残断处与砖角处最为常见。在软毛刷清理剥落处的浮土后，用 2%、3% B72 乙酸乙酯溶液封护、加固，面积较大、掉渣严重的，逐步增加浓度，分别用 5%、10%、20%、30% B72 溶液封护加固，效果良好的进行补配；面积较小且不疏松的，暂不做处理。

裂隙现象主要存在砖体表面。用软毛刷清理砖体裂纹处浮土后，用针管注入的方式，对其注入 B72 乙酸乙酯溶液，浓度为 5%、10%、20%、30%、50%不等，边注入边观察，间隔 10 分钟。裂纹较大的，用大针管注入成液态状的环氧树脂(用丙酮稀释环氧树脂)加固裂纹。

图 2.49　陶砖裂隙加固

在对断裂陶砖进行加固时，首先用软毛刷将断面表面浮土清理干净，断面泥土附着物较多的，用竹签、手术刀、吸耳球等工具逐一清理。如在清理过程中发现草梗、骨头、陶片等附着物，要取样后装入密封袋并拍照。清理后分别用 2%、3%、5% B72 乙酸乙酯溶液封护加固，掉渣严重的观察后再用 10%、20%、50% B72 乙酸乙酯溶液封护加固；观察 30 分钟后，效果良好的再进行黏接。

图 2.50　断裂陶砖加固

对朱书、墨书、白书彩绘字迹进行加固，要根据彩绘形式及保存状况的不同，采用喷涂、点涂、包裹敷浸等保护工艺。先对文字面表面的病害（对于顽固的病害可以保留）清除后缓慢干燥，用 2% B72 乙酸乙酯溶液对文字面加固一遍，观察 10 分钟并注意变化、记录，再用 3% B72 乙酸乙酯溶液加固一遍，观察记录。

（3）砖体中间缺失的文字砖加固处理（见图 2.51、图 2.52、图 2.53）：先用软毛刷清理砖体，封护、加固同上。选用合适的钻头分别对断砖对应位置钻孔，深度根据残损程度而定，并用气泵把孔内砖尘吹净，用卷尺量好断砖长度（砖长约 40 cm），取适宜长度直径为 8 mm 的销钉蘸取环氧树脂插入钻孔后，放在木板上。再用胶带和木板把砖体的背面和顶面、底面封起，以免外漏，中间部位用袋中碎砖屑拌环氧树脂加固，以下步骤如上述。

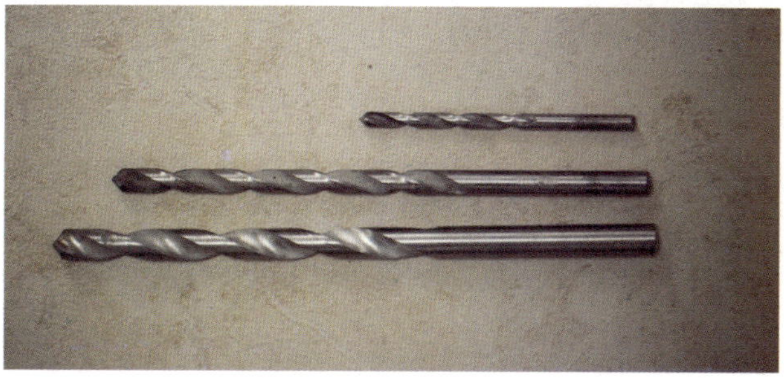

图 2.51　加固文字砖使用的钻头

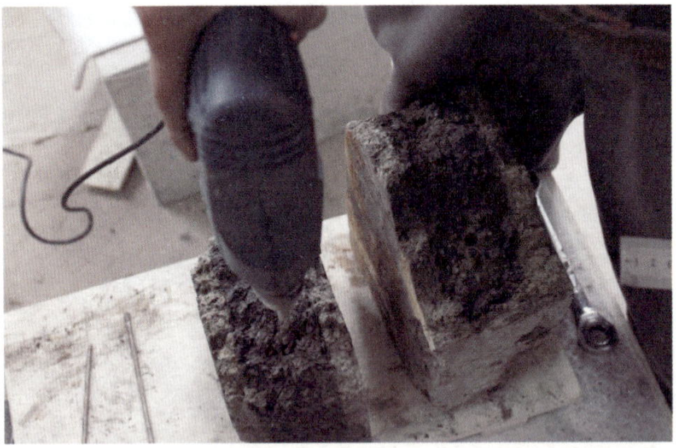

图 2.52　中间部位缺失文字砖加固实施

图 2.53　彩绘文字砖加固

3.砖体固定(见图 2.54、图 2.55、图 2.56)

残破砖体黏合后,由于黏合材料环氧树脂凝固速度较慢,黏合后的砖体易出现松动变形现象,不利于后期保护修复工作的开展。需要对黏合砖体进行加固处理。由于陶砖保存完好程度不同,因而采取的具体加固方法也有所不相同。一般采用化学材料加固和物理加固两种方法。

化学材料加固操作时,通过陶砖内部结构疏密状况确定加固剂及加固方法。加固前先经过预处理,目的是清除陶器表面的灰尘和部分内部水分。具体做法是先用水清洗、晾干,再用酒精或丙酮清洗,然后用自然干燥方式完全脱去内部的水分。一般加固陶胎采用整体浸泡和减压渗透方法。初步测试结果表明,陶砖吸水率较大,孔隙率较大,较为酥松,应采用整体浸泡和减压渗透方法进行整体加固,同时应协同考虑彩绘加固和黏接材料的适配性。采用无机—有机原位复合材料[制样过程:将 TEOS(正硅酸乙酯)、PDMS-OH(端羟基聚二甲氧基硅烷)以 20∶17 的体积比进行混合,室温下搅拌 2 小时,而后再加入 1%的 DBTL(二丁基二月桂酸锡),混合搅拌 5 分钟]和丙烯酸改性材料(PrimalSF016+7%的二氧化硅纳米材料)进行加固。

物理加固方法是在砖体拼接黏合后,用特制的长方形钢板夹对砖体进行整体加固。钢板夹四面的钢板宽度与陶砖厚度基本一致。两侧较短钢板长度与砖体宽度一致,较长的两块钢板比陶砖长度略长,两侧有长螺丝杆贯穿连接,用于紧固钢板夹。经过黏合的陶砖在固定 24 小时完全加固后才能进入补配环节。

图 2.54　黏合砖体的物理加固(一)

图 2.55　黏合砖体的物理加固(二)

图 2.56　黏合加固后的彩绘文字陶砖

五、陶砖缺损部位的补配

陶砖在补配之前必须做补配实验。具体实验过程如下:

材料:聚乙烯醇、水硬性石灰、研磨砖粉。

实验砖号:DTZ—06998、Ⅴ①22—4。

在同一块陶砖上做三个实验块:(见图 2.57 至图 2.60)

第一个实验块在断裂茬口处刷一层 1%聚乙烯醇。约 10 分钟后,用 2%聚乙烯醇调和水硬性石灰和研磨砖粉(2∶3)成糊状(稀稠程度根据砖的硬度、密度、烧制情况等确定),均匀涂在残缺处。用木棒震动使其不留缝隙，抹平表面，稍高于砖面，以便于修整。24 小时后进行表面修整，使其与砖面平齐。72 小时后能轻微移动，能临摹，一周以后能照相、拓片。

第二个实验块在断裂茬口处刷一层 2% 聚乙烯醇，约 10 分钟后，用 1% 聚乙烯醇调和水硬性石灰和研磨砖粉（3∶2）成糊状（稀稠程度根据砖的硬度、密度、烧制情况等确定），均匀涂在残缺处，用木棒震动使其不留缝隙，抹平表面，稍高于砖面，以便于修整。24 小时后进行表面修整，表面有细小裂纹，使其与砖面平齐。72 小时后能轻微移动，能临摹，一周以后能照相、拓片。

第三个实验块在断裂茬口处刷一层 2% 聚乙烯醇，约 10 分钟后，用 1% 聚乙烯醇调和水硬性石灰和研磨砖粉（1∶1）成糊状（稀稠程度根据砖的硬度、密度、烧制情况等确定），均匀涂在残缺处，用木棒震动使其不留缝隙，抹平表面，稍高于砖面，以便于修整。24 小时后进行表面修整，表面有细小裂纹，使其与砖面平齐。72 小时后能轻微移动，能临摹，一周以后能照相、拓片。

图 2.57　在砖茬口处涂一层 1% 聚乙烯醇

图 2.58　砖体补配完成

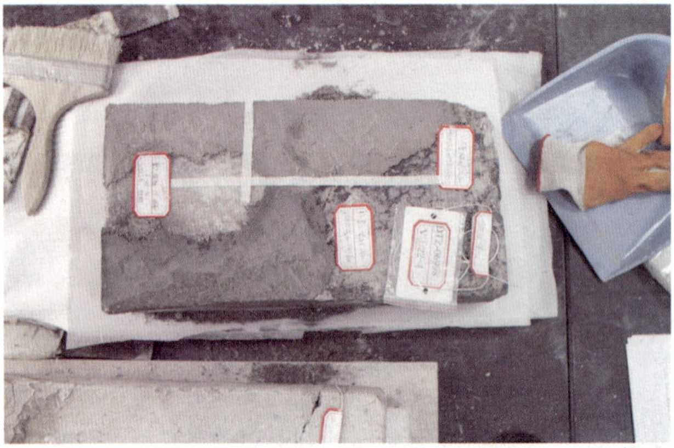

图 2.59　补配 24 小时后

图 2.60　补配 72 小时之后

经过实验发现第一种试验块大块的补配用水硬性石灰、砖粉、中沙（2∶3∶1）比只用水硬石灰和砖粉干得较快，12个小时可以修正表面。

补配工作要结合每块陶砖的具体情况有针对性地开展（见图2.61、图2.62、图2.63）。需要补配的陶砖大致分三种情况：①小块剥落茬口处掉渣的；②大块剥落，剥落处能看出砖面的；③部分缺失、茬口掉渣的。

在对陶砖进行补配之前，需清理断裂面茬口。首先用喷壶加纯净水喷断茬口，再用软毛刷涂3%聚乙烯醇对茬口进行处理。然后根据需要选择大小合适的模具，用橡皮绳固定模具。取适量补配材料到残缺部位，20～30分钟后修整表面，观察一周后放入库房。

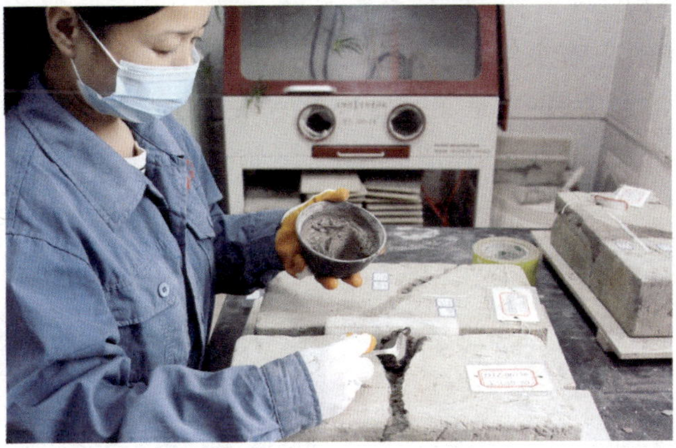

图2.61　补配砖体（一）

图2.62　补配砖体（二）

根据专家的意见，经过反复试验，进一步完善和改进了保护修复材料及其工艺，采用水硬性石灰替代原来所用的石膏填补材料。天然水硬性石灰成分主要由二钙硅石（$2CaO \cdot SiO_2$，简写成 C_2S）、熟石灰 $Ca(OH)_2$、部分生石灰 CaO、部分没有烧透的石灰石 $CaCO_3$ 及少量黏土矿物、石英等组成。水硬石灰兼具石灰和水泥的优点，低收缩、耐盐、适中的抗压和抗折强度、水溶盐含量低，是一种天然、无污染、耐老化的无机材料。试验结果说明，填补粘结材料可以提供一定的粘结强度，并且具有使用方便、污染小的特点。

主要配比：用 2% 聚乙烯醇调水硬石灰和研磨砖粉（2∶3）补配剥落位置，小块补配 1～2 个小时后修整表面，大块补配 5～24 个小时后修整表面，每天用喷壶喷水维护并观察变化，10 天后进入库房。补配时遵守“尽量少补”的原则（特别是文字面），避免对文物造成人为的材料性伤害，剥落面积小且茬口表面不掉渣的文字砖，暂不做补配。

图 2.63　00023—Ⅳ②15—26 保护修复前后对照

六、陶砖彩绘文字临摹及刻画图案拓片制作

1.彩绘文字临摹(见图 2.64 至图 2.68)

(1)临摹需要的工具:天然描图纸(钻石系列,880 厘米×90 厘米)、2B 铅笔、油笔、橡皮、高度透明玻璃板、透明塑料片、羊毛刷、烧杯、纯净水、裁剪刀、直尺、裁纸板、放大镜。

(2)临摹步骤:

①裁纸,根据文字所在砖体位置所定,一般把文字所在面规定为右侧面,部分砖左、右侧面均有文字。文字砖左、右侧面尺寸是 30 厘米×15 厘米,文字多在右侧面,顶面、底面尺寸是 45 厘米×15 厘米,正、背面尺寸是 45 厘米×25 厘米。

②先整体观察,包括它的名称、结构笔画、颜色和清晰程度,其颜色有朱色、黑色和白色三种。如果字体清楚,就把描图纸放在字面上,用 2B 铅笔描下来,保持原笔画,线条要均匀、流畅,要沿着字体边缘上描写,不要脱离字体,以致变形,失其神彩。

③砖体上朱书和墨书模糊不清的字,可以用软毛刷蘸纯净水刷一下,字迹会清楚一些,或者用透明塑料片放在上面用油笔临摹。有些砖吸水性不好,水渍多,不宜用塑料片,可以用高透明玻璃板放在上面,其中间有空隙,可以看见字体形状及笔画,再用油笔临摹。等字迹风干后,再用素描纸覆其上面临摹。白书不能用纯净水,用后反而不清楚,应在高倍放大镜下临摹。

图 2.64　陶砖彩绘文字临摹

临摹完成后，按照原砖面尺寸画上边框，并注明该砖的实验室编号、文物编号、文字颜色（朱、墨、白书）和位置（左、右、顶、底面、背面、正面），再按登记序号由小到大排列，整齐放置在档案盒内，交档案室，扫描打印并黏贴到原始档案。

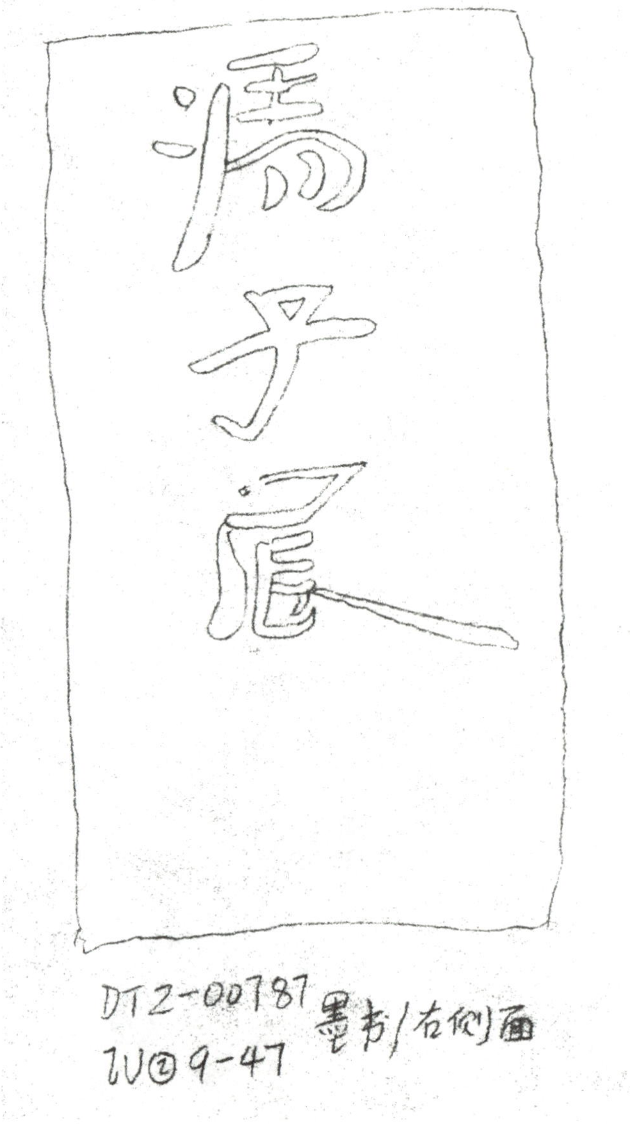

图 2.65　彩绘文字陶砖Ⅳ②9－47 右侧面墨书临摹

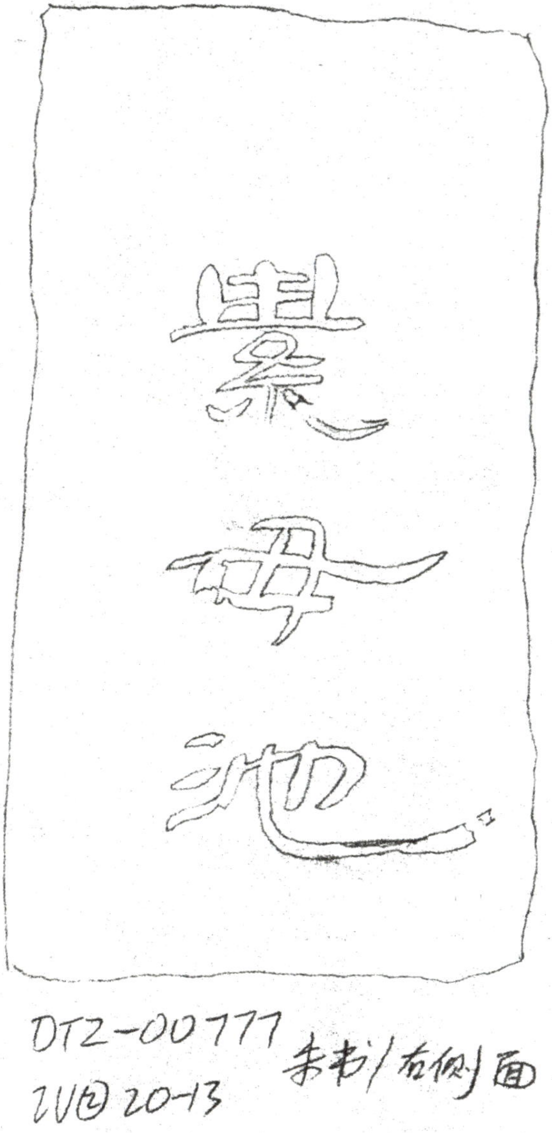

图 2.66　彩绘文字陶砖Ⅳ②20－13 右侧面朱书临摹

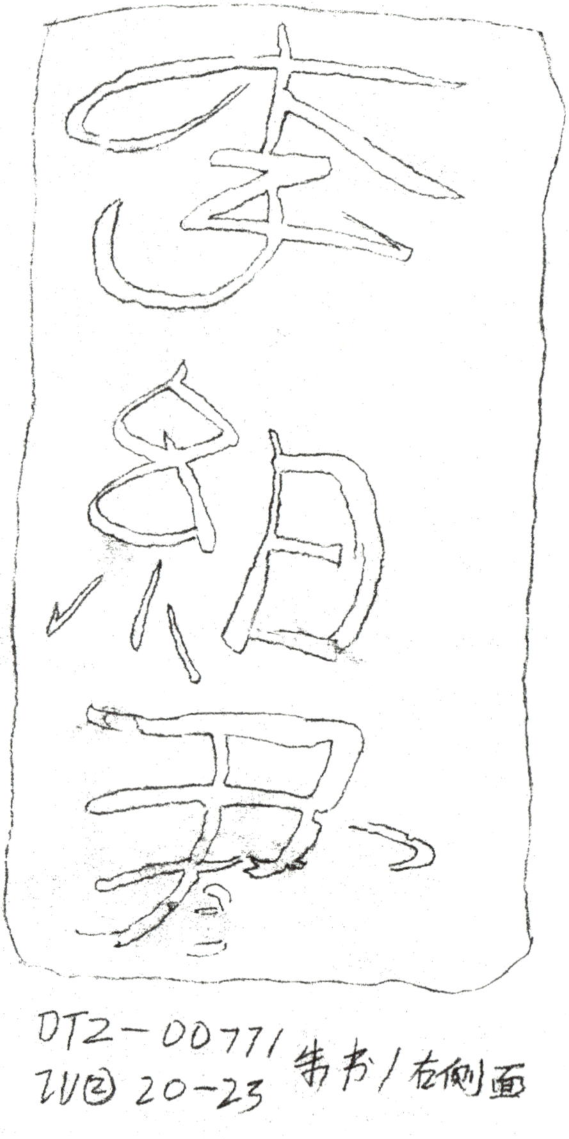

图 2.67　彩绘文字陶砖Ⅳ②20—23 右侧面朱书临摹

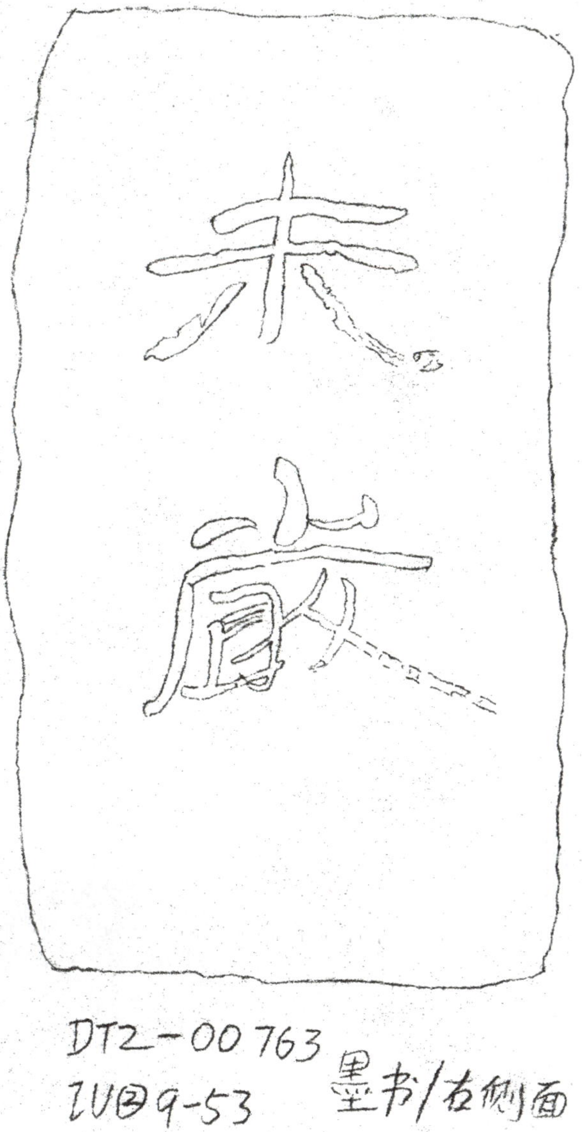

图 2.68　彩绘文字陶砖Ⅳ②9－53 右侧面墨书临摹

2.刻画图案拓片的制作(见图 2.69 至图 2.76)

(1)拓片需要的工具:宣纸(吸水性好、拉力好、纤维长)、墨汁、棕刷、砸刷、拓包(用平纹的棉布、医用棉花、塑料薄膜、棉绳,做成直径 8～10 厘米拓包)、小型塑料喷壶、软毛刷、白芨水、毛巾(用来吸干多余的水分)、塑料薄膜、工具刀、一米直尺。

(2)拓片制作过程:拓印刻画、戳印、植物痕迹、手指印纹等信息。

①裁纸:把宣纸裁成长宽比文字砖表面多出1厘米的长方形,尺寸是10厘米×20厘米、10厘米×40厘米、20厘米×40厘米的三种。

②上纸:用软毛刷清理文字砖的表面,刷上白芨水,选择大小合适的宣纸,铺在所拓砖面上,用喷壶调成雾装喷湿,让纸充分膨胀,用软毛刷把纸刷平,让纸和砖体充分结合,用毛巾吸去多余的水分。砸刷包上塑料薄膜,从中间向两边均匀用力砸实,使阴刻文字、刻画符号和戳印清晰显现,多余的纸向下封边即完成。

③上墨:每块砖的含水量不同,上墨时间在30～60分钟,7～8成干最好,根据实际操作。用两个拓包,一个拓包、一个扑包,用扑包蘸少量墨,两个包来回擦动,均匀用力,反复多次,让墨均匀。先用拓包在空白纸上试一下,看看拓包的墨是否均匀,第一次上墨要浅,以后逐渐加深,直到清晰显现出刻画和戳印等。

④完成:拓印出砖的整体外形,取下拓片,放在事先准备的宣纸上,平面放置,自然晾干。在下部标注原始编号、实验室编号(若一个砖上有多个拓片,编号后注明位置,如DTZ00005－Ⅳ16－23左)。扫描并打印,并粘贴到原始档案内,电子档案以实验室编号命名。

图2.69　陶砖刻画图案拓片制作(一)

图 2.70 陶砖刻画图案拓片制作(二)

图 2.71 陶砖刻画图案拓片制作(二)

图 2.72 陶砖刻画图案拓片制作(四)

图 2.73　彩绘文字陶砖Ⅲ①10－18 左侧刻画符号拓片

图 2.74　彩绘文字陶砖Ⅱ②27－27 右侧五铢钱和方孔钱拓片

图 2.75　彩绘文字陶砖 N5:10 右侧铺首拓片

图 2.76　彩绘文字陶砖Ⅴ②38－10 右侧圆环拓片

七、彩绘文字陶砖修复档案的完善

彩绘文字陶砖保护修复档案的完善是文物保护修复工作一个必不可

少的重要环节。它既是对陶砖保护修复工作过程的一个科学系统记录，也是对陶砖本身所蕴含的重要信息的采集，对下一步考古发掘资料的整理和科学研究的进一步开展提供科学、系统的理论依据。

修复保护档案分电子档案和纸质档案两种类型。两种档案内容基本一致，但保存方式不同。纸质档案作为陶砖保护修复过程中的手写档案，在按一定顺序和要求归类完善后，需存放于文物资料室的资料橱内，做好防火、防虫等工作，进行妥善保管。电子档案和纸质档案的归类方式一致，需按照纸质档案的要求，制作成统一编号分类的文件夹，存储于专门的硬盘和电脑内。电子档案虽占用空间小，但也存在存储安全的问题。一定要指定专人进行管理和维护，而且必须备份多份，以防数据丢失。

彩绘文字陶砖的纸质和电子档案虽然是在保护修复过程中逐渐完善的，但由于人员轮换、岗位交接、工作环节多等因素，难免存在不一致或不完善的情况。因此，在陶砖保护修复工作即将结束时，保护修复档案的整理完善工作尤为重要。

完善保护修复方案需要由专人在各修复环节人员的积极配合下完成，确保做到信息完善、编号分类科学。彩绘文字陶砖的保护修复方案要求每一块砖都有一份完整的修复保护档案，包括纸质档案和电子档案。档案内容包括文物名称、文物编号、实验室编号、收藏单位、文物来源、文物年代、文物尺寸、文物质地、文物质量、文物级别、修复工艺、文物描述、修复前后照片、方案设计及保护修复单位信息记录、文物保存现状、文物检测分析、文物保护修复过程记录、文物保护修复自评估和验收、绘图登记、影像资料登记、陶砖保存彩绘文字信息等内容。在保护修复档案整理时，各项内容都需要进行完善。

每块彩绘文字陶砖修复前、后共 12 面的照片，需要用 Photoshop 软件拼成修复前、后对比照片进行整理。对文字及刻画符号的临摹、拓片要进行扫描并保存为 jpg 格式。电子档案和纸质档案在整理过程中要相互对照补充完善，缺少的信息要由相关保护修复环节的工作人员进行完善。

制作完成的电子档案示例如下：

实验室编号：DTZ—00251

陶质彩绘文物保护修复档案

文物名称：彩绘文字砖

文物编号：Ⅳ②16－24

2014 年 12 月

中华人民共和国国家文物局制

表 1　文物基本信息表

文物名称	彩绘文字砖			
收藏单位	定陶县文物局		文物编号	Ⅳ②16－24
来源	考古发掘		年代	汉代
尺寸/cm	长	38.3～38.9	质量/g	10415.5
	宽	18.7～19.3	质地	陶
	厚	9.3～10	级别	未定级
照片	100－修复前正面(3297)、右侧面(3298)、背面(3299)、左侧面(3300)、顶面(3301)、底面(3302)断面。 100－修复后正面(6630)、右侧面(6631)、背面(6632)、左侧面(6633)、顶面(6634)、底面(6635)断面。			
工艺	手工模制、毛笔书写。			
文物描述	该文字砖保存完整，背面有一处明显剥落及少量硬结物；右面有墨书，字迹模糊并有刻画符号；正面有木质遗迹。			
备注	修复后：长 38.3～38.9 cm，宽 18.7～19.3 cm，厚 9.3～10 cm，重量 10493 g。			

表 2　方案设计及保护修复单位信息记录表

文物名称:彩绘文字砖　　　　　　　　　　　　　　　　　　文物编号:Ⅳ②16－24

<table>
<tr><td>方案名称</td><td colspan="4">定陶汉墓出土彩绘陶砖文物保护修复方案</td></tr>
<tr><td>批准单位及时间</td><td colspan="2">国家文物局 2013 年</td><td>批准文号</td><td>文物博函
〔2013〕812 号</td></tr>
<tr><td rowspan="4">方案设计单位</td><td>名称</td><td colspan="3">秦始皇帝陵博物院</td></tr>
<tr><td>所在地</td><td colspan="3">陕西西安临潼</td></tr>
<tr><td>通讯地址</td><td>陕西省西安市临潼区</td><td>邮编</td><td>710000</td></tr>
<tr><td>资质证书</td><td>甲级</td><td>代码</td><td></td></tr>
<tr><td rowspan="12">保护修复单位</td><td>名称</td><td colspan="3">秦始皇帝陵博物院</td></tr>
<tr><td>所在地</td><td colspan="3">中国陕西西安市临潼区</td></tr>
<tr><td>通讯地址</td><td>中国陕西临潼</td><td>邮编</td><td>710000</td></tr>
<tr><td>资质证书</td><td>一级</td><td>代码</td><td></td></tr>
<tr><td>名称</td><td colspan="3">山东省文物考古研究所</td></tr>
<tr><td>所在地</td><td colspan="3">山东济南</td></tr>
<tr><td>通讯地址</td><td>济南市市中区上新街
51 号</td><td>邮编</td><td>250012</td></tr>
<tr><td>资质证书</td><td>二级</td><td>代码</td><td></td></tr>
<tr><td>名称</td><td colspan="3">定陶县文物局</td></tr>
<tr><td>所在地</td><td colspan="3">定陶县文化中心</td></tr>
<tr><td>通讯地址</td><td>定陶县文化中心</td><td>邮编</td><td></td></tr>
<tr><td>资质证书</td><td></td><td>代码</td><td></td></tr>
<tr><td>提取日期</td><td colspan="2">2014.12.27</td><td>提取经办人</td><td>朱桐</td></tr>
<tr><td>返还日期</td><td colspan="2">2015.1.20</td><td>返还经办人</td><td>秦文浩、王克瑞</td></tr>
</table>

表 3 文物保存现状表

文物名称：彩绘文字砖 文物编号：Ⅳ②16－24

文物保存环境	陶砖出土后临时板房存放在考古工地现场三年，当地温度最高 40.7 ℃，最低温度－17.9 ℃；相对湿度 50%～90%。 2014 年 11 月搬运至文物保护库房，存放在文物架上。
历次保护修复情况	无
病害描述	该砖主要存在以下病害： 泥土附着物：各面均有，程度不一。 硬结物：背面中部多处，最大约 4 cm^2。 剥落：背面左下部，约 5 cm×15 cm，厚约 1.5 cm。
影像资料	修复前、修复后照片
备注	

表 4 文物检测分析表

样品编号	样品名称	样品描述	分析目的	分析方法	分析结果	报告代码	分析时间	备注
DTZ－00244	地仗层	黄色块状						

表 5　文物保护修复过程记录表

<table>
<tr><td colspan="4">综述(材料、工艺步骤及操作条件,附影像资料)
①建档,做病害及现状描述。
②拍照、称重、测量。
③清理:a.用软毛刷清理彩绘文字端泥土附着物,棉签蘸取 2A 溶液滚动清理;b.同样方法清理其他面泥土附着物;c.竹签、手术刀等机械方法清理泥土附着物、硬结物。
④封护、加固:a.使用 2% B72 丙酮溶液对文字面和底面封护一次;b.使用 3% B72 丙酮溶液对文字面和底面封护一次;c.石膏补配。
⑤自查、拍照、完善档案并输入电子档案后入库。</td></tr>
<tr><td>技术变更</td><td colspan="3">无</td></tr>
<tr><td>项目负责人</td><td>吴双成</td><td>保护修复人</td><td>王娟</td></tr>
<tr><td>完成日期</td><td>2015.1.20</td><td>审核</td><td>马翠莲</td></tr>
<tr><td colspan="4">日志</td></tr>
<tr><td>文物名称</td><td>彩绘文字砖</td><td>保护修复人</td><td>王娟</td></tr>
<tr><td>编号</td><td>Ⅳ②16－24</td><td>日期</td><td>2015.1.4</td></tr>
<tr><td colspan="4">2014.12.27　提取档案,做现状及病害描述。　(朱桐)
测量、拍照,称重。　(刘建国、徐建)
2015.1.4　首先用软毛刷清理彩色文字端(右侧面)泥土附着物,用棉签蘸取 2A 溶液滚动清理,使用 2% B72 丙酮溶液对彩绘文字面和底面封护一次,3% B72 丙酮溶液对彩绘文字面和底面封护一次。　(王娟)
2015.1.4　用同样方法清理其他侧面及正面硬结物用竹签、手术刀等机械方法清理硬结物。　(王娟)
2015.1.14　石膏补配。　(王哲)
2015.1.18　照相、称重、测量、填写修复后入库档案。　(秦文浩、王克瑞)</td></tr>
</table>

表 6　文物保护修复自评估与验收表

文物名称：彩绘文字砖　　　　文物编号：Ⅳ②16－24

<table>
<tr><td colspan="4">自评估意见：
　　该砖主要存在泥土附着物、硬结物等病害，清理后效果良好，彩绘文字面、剥落位置用 B72 丙酮溶液封护效果良好，医用石膏补配做旧效果良好，整体基本达到博物馆陈列要求。

签章：王娟
日期：2015.1.20</td></tr>
<tr><td colspan="4">专家验收意见</td></tr>
<tr><td>时间</td><td>2018.1.27</td><td>组织单位</td><td>定陶区文物局</td></tr>
<tr><td>专家名单</td><td colspan="3">郑同修、王永波、常兴照、王永波、张启龙、郑捷</td></tr>
<tr><td colspan="4">验收意见：
同意结项。</td></tr>
</table>

表 7　绘图登记表

文物名称:彩绘文字砖　　　　　　　　　　　　文物编号:Ⅳ②16—24

编号	图纸类别	简单描述	绘图人	时间
DTZ—00251	临摹	用硫酸纸对砖上的文字临摹。	张庆玉	2015.1.16
DTZ—00251	拓片	拓印文字砖上的刻画符号。	张庆玉	2015.1.17
DTZ—00251	病害图	根据文字砖上的病害绘图。	朱桐	2015.1.12

表 8　影像资料登记表

文物名称:彩绘文字砖　　　　　　　　　　　　文物编号:Ⅳ②16—24

编号	影像类别	内容表述	介质	时长/min	提交人	采集时间
DTZ—00251	照片	修复前照片拼图			徐建	2015.1.2
DTZ—00251	照片	修复后照片拼图			闫飞	2015.1.19

表 9 影像资料登记表

文物名称：彩绘文字砖　　　　文物编号：Ⅳ②16－24

文字：	墨书、右侧面		
刻画：	有“×”形符号（右侧面）		
戳印：	无		
填卡人：	朱桐	时间：	2014.12.27

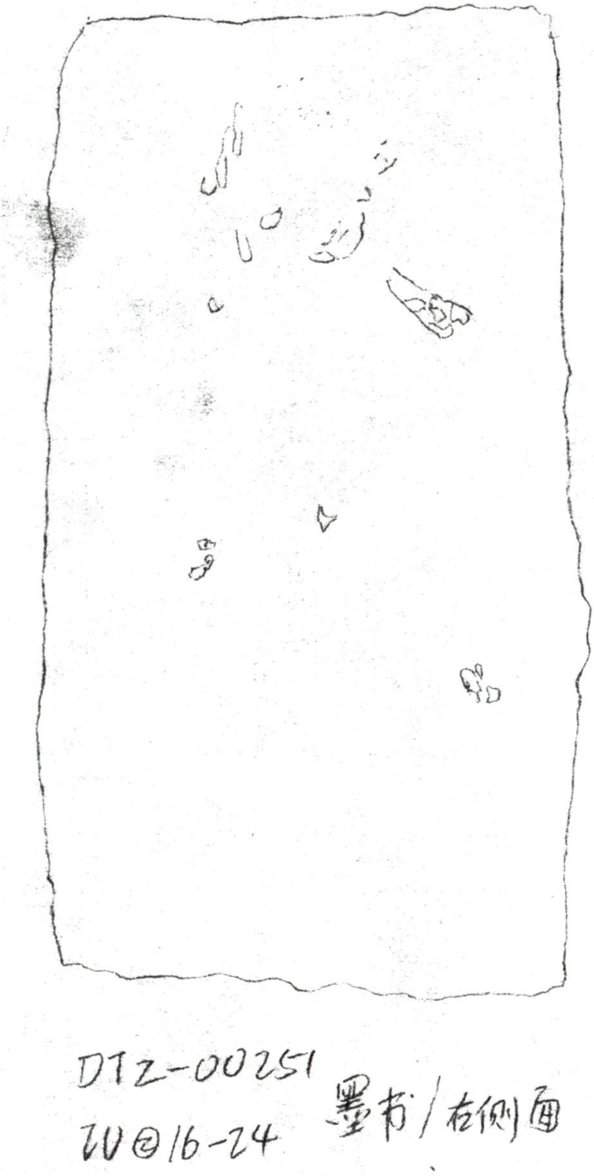
DTZ-00251
ZU②16-24
墨书/右侧面

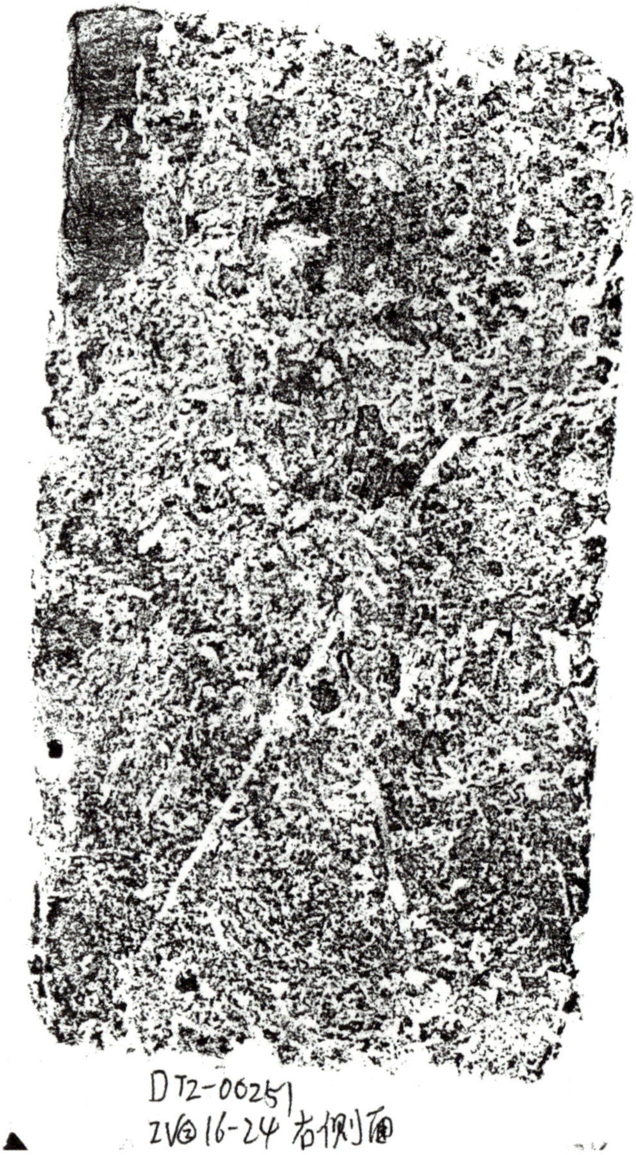
DT2-00251
ZV②16-24 右侧面

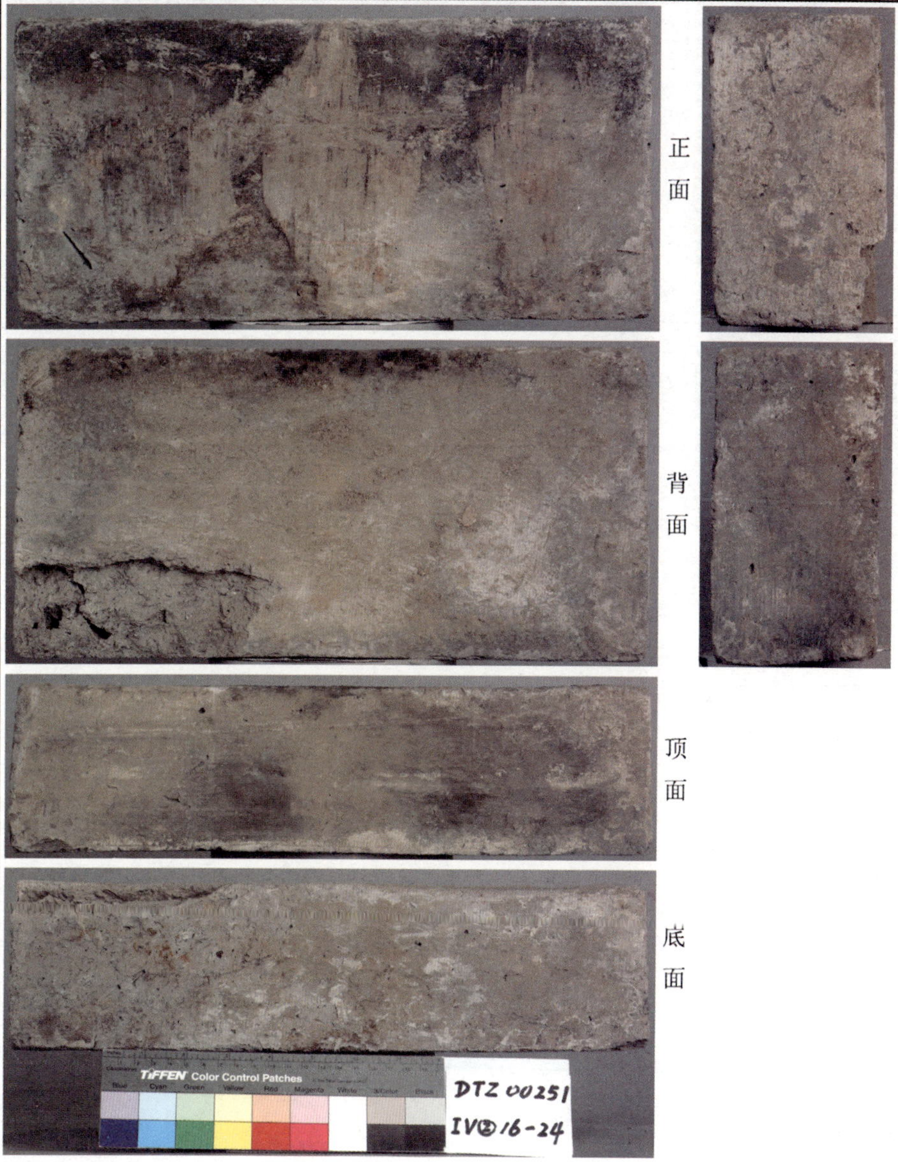

正面

背面

顶面

底面

右侧面

左侧面

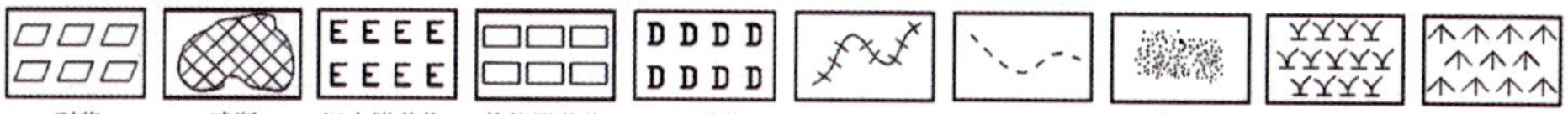

文物编号	IV②16—24	制作单位	山东省文物考古研究所		
DTZ—00251 彩绘文字砖保护修复后		制作人	徐建	日期	2015.1.2

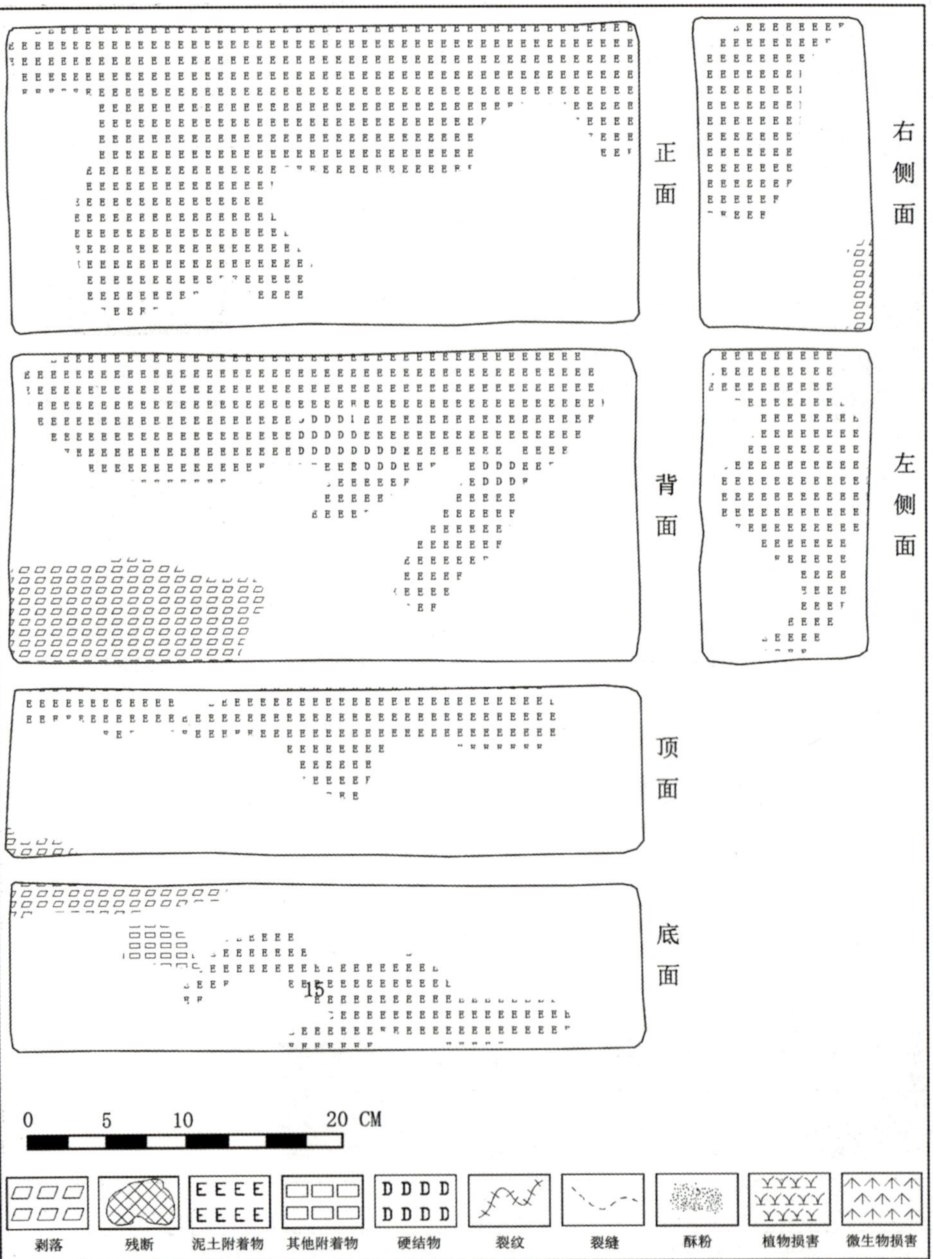

文物编号	IV②16—24	制作单位	山东省文物考古研究所		
DTZ—00251 彩绘文字砖病害图		制作人	朱桐	日期	2015. 1. 12

正面

右侧面

背面

左侧面

顶面

底面

<table>
<tr><td>文物编号</td><td>IV②16—24</td><td>制作单位</td><td colspan="4">山东省文物考古研究所</td></tr>
<tr><td colspan="2">DTZ—00251 彩绘文字砖 保护修复后</td><td>制作人</td><td>闫飞</td><td>日期</td><td colspan="2">2015.1.19</td></tr>
</table>

实验室编号：DTZ—00255

陶质彩绘文物保护修复档案

文物名称：彩绘文字砖

文物编号：Ⅳ②16－22

2014 年 12 月

中华人民共和国国家文物局制

表1　文物基本信息表

文物名称	彩绘文字砖			
收藏单位	定陶县文物局		文物编号	Ⅳ②16－22
来源	考古发掘		年　代	汉代
尺寸/cm	长	38.5～38.9	质量/g	9646.5
	宽	18.2～19	质地	陶
	厚	9.8～10.1	级别	未定级
照片	100一修复前正面(3327)、右侧面(3328)、背面(3329)、左侧面(3330)、顶面(3331)、底面(3332)、断面(3333)。 100一修复后正面(5915)、右侧面(5916)、背面(5917)、左侧面(5918)、顶面(5919)、底面(5920)断面。			
工艺	手工模制、毛笔书写。			
文物描述	该文字砖中部残断，各面均有泥土附着物；背面有木质遗迹；右面有墨书，字迹相对清晰；右面还有“乂”形刻画符号；底面有黄色物质。			
备注	修复后：长 38.5～38.9 cm，宽 18.2～19 cm，厚 9.8～10.1 cm，重量 8922.5 g。			

表 2　方案设计及保护修复单位信息记录表

文物名称：彩绘文字砖　　　　　　　　　　　　　　　　　文物编号：Ⅳ②16－22

<table>
<tr><td>方案名称</td><td colspan="4">定陶汉墓出土彩绘陶砖文物保护修复方案</td></tr>
<tr><td>批准单位及时间</td><td colspan="2">国家文物局 2013 年</td><td>批准文号</td><td>文物博函〔2013〕812 号</td></tr>
<tr><td rowspan="4">方案设计单位</td><td>名称</td><td colspan="3">秦始皇帝陵博物院</td></tr>
<tr><td>所在地</td><td colspan="3">陕西西安临潼</td></tr>
<tr><td>通讯地址</td><td>陕西省西安市临潼区</td><td>邮编</td><td>710000</td></tr>
<tr><td>资质证书</td><td>甲级</td><td>代码</td><td></td></tr>
<tr><td rowspan="12">保护修复单位</td><td>名称</td><td colspan="3">秦始皇帝陵博物院</td></tr>
<tr><td>所在地</td><td colspan="3">中国陕西西安市临潼区</td></tr>
<tr><td>通讯地址</td><td>中国陕西临潼</td><td>邮编</td><td>710000</td></tr>
<tr><td>资质证书</td><td>一级</td><td>代码</td><td></td></tr>
<tr><td>名称</td><td colspan="3">山东省文物考古研究所</td></tr>
<tr><td>所在地</td><td colspan="3">山东济南</td></tr>
<tr><td>通讯地址</td><td>济南市市中区上新街 51 号</td><td>邮编</td><td>250012</td></tr>
<tr><td>资质证书</td><td>二级</td><td>代码</td><td></td></tr>
<tr><td>名称</td><td colspan="3">定陶县文物局</td></tr>
<tr><td>所在地</td><td colspan="3">定陶县文化中心</td></tr>
<tr><td>通讯地址</td><td>定陶县文化中心</td><td>邮编</td><td></td></tr>
<tr><td>资质证书</td><td></td><td>代码</td><td></td></tr>
<tr><td>提取日期</td><td colspan="2">2014.12.27</td><td>提取经办人</td><td>朱桐</td></tr>
<tr><td>返还日期</td><td colspan="2">2015.1.15</td><td>返还经办人</td><td>秦文浩、闫飞、王铮</td></tr>
</table>

表 3　文物保存现状表

文物名称：彩绘文字砖　　　　　　　　　　　　　　文物编号：Ⅳ②16－22

文物保存环境	陶砖出土后临时板房存放在考古工地现场三年，当地温度最高 40.7 ℃，最低温度－17.9 ℃；相对湿度 50%～90%。 2014 年 11 月搬运至文物保护库房，存放在文物架上。
历次保护修复情况	无
病害描述	该砖主要存在以下病害： 泥土附着物：各面均有，程度不一。 残断：正面中部。 剥落：断面周边，最大处在正面，约 5 cm×5 cm。 其他附着物：右面右侧约 2 cm×15 cm；底面左部，约占 20% 面积。
影像资料	修复前、修复后照片
备注	

表 4　文物检测分析表

样品编号	样品名称	样品描述	分析目的	分析方法	分析结果	报告代码	分析时间	备注
DTZ－00244	地仗层	黄色块状						

表 5　文物保护修复过程记录表

<table>
<tr><td colspan="4">综述(材料、工艺步骤及操作条件,附影像资料)
①建档,做病害及现状描述。
②拍照、称重、测量。
③清理:使用羊毛刷、竹签、手术刀等机械方法清理泥土附着物,棉签蘸取 2A 溶液滚动清理,同样方法清理其他侧面。
④封护、加固:使用 2%、3% B72 丙酮溶液进行表面封护一次(重点在于彩绘文字面),用 20%B72 加固残断面,用环氧树脂黏接。
⑤临摹彩绘文字,拓片。
⑥自查、拍照、完善档案并输入电子档案后入库。</td></tr>
<tr><td>技术变更</td><td colspan="3"></td></tr>
<tr><td>项目负责人</td><td>吴双成</td><td>保护修复人</td><td>邵桂花</td></tr>
<tr><td>完成日期</td><td>2015.1.15</td><td>审核</td><td>马翠莲</td></tr>
<tr><td colspan="4">日志</td></tr>
<tr><td>文物名称</td><td>彩绘文字砖</td><td>保护修复人</td><td>邵桂花</td></tr>
<tr><td>编号</td><td>Ⅳ②16－22</td><td>日期</td><td>2015.1.4</td></tr>
<tr><td colspan="4">2014.12.27　提取档案,做现状及病害描述。(朱桐)
测量、拍照,称重。(刘建国、徐建)
2015.1.4　首先用软毛刷清理彩色文字端(右侧面)泥土附着物,用棉签蘸取 2A 溶液滚动清理,使用 2%B72 丙酮溶液对彩绘文字面封护一次,3% B72 丙酮溶液对彩绘文字面封护一次。用同样方法清理其他侧面。(邵桂花)
2015.1.4　用 20% B72 加固残断面,再用环氧树脂黏接。(夏兆来、王永建)
2015.1.15　照相、称重、测量、填写修复后入库档案。(秦文浩、闫飞、王铮)</td></tr>
</table>

表 6　文物保护修复自评估与验收表

文物名称：彩绘文字砖　　　　文物编号：Ⅳ②16－22

<table>
<tr><td colspan="4">自评估意见：
该砖主要存在泥土附着物、硬结物等病害，彩绘文字面和剥落位置用 B72 丙酮溶液封护效果良好，环氧树脂加固裂纹黏接效果良好，医用石膏补配做旧效果良好。整体基本达到博物馆陈列要求。
签章：邵桂花
日期：2015.1.20</td></tr>
<tr><td colspan="4">专家验收意见</td></tr>
<tr><td>时间</td><td>2018.1.27</td><td>组织单位</td><td>定陶区文物局</td></tr>
<tr><td>专家名单</td><td colspan="3">郑同修、王永波、常兴照、王永波、张启龙、郑捷</td></tr>
<tr><td colspan="4">验收意见：
同意结项。</td></tr>
</table>

表 7　绘图登记表

文物名称：彩绘文字砖　　　　文物编号：Ⅳ②16－22

编号	图纸类别	简单描述	绘图人	时间
DTZ－00255	临摹	用硫酸纸对砖上的文字临摹。	张庆玉	2015.1.13
DTZ－00255	拓片	拓印文字砖上的刻画符号。	张庆玉	2015.1.14
DTZ－00255	病害图	根据文字砖上的病害绘图。	朱桐	2015.1.11

表 8　影像资料登记表

文物名称：彩绘文字砖　　　　文物编号：Ⅳ②16－22

编号	影像类别	内容表述	介质	时长(分)	提交人	采集时间
DTZ－00255	照片	修复前拼图照片			徐建	2015.1.3
DTZ－00255	照片	修复后拼图照片			徐建	2015.1.16

表 9　影像资料登记表

文物名称：彩绘文字砖　　　　文物编号：Ⅳ②16－22

文字：	墨书、右侧面		
刻画：	有“×”形符号（右侧面）		
戳印：	无		
填卡人：	朱桐	时间：	2014.12.27

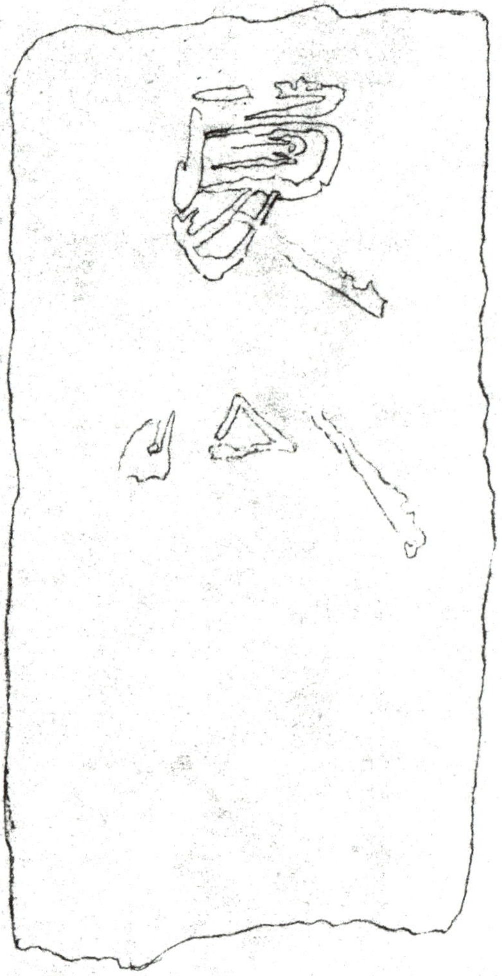

DTZ-00255
LV②16-22 墨书/右侧面

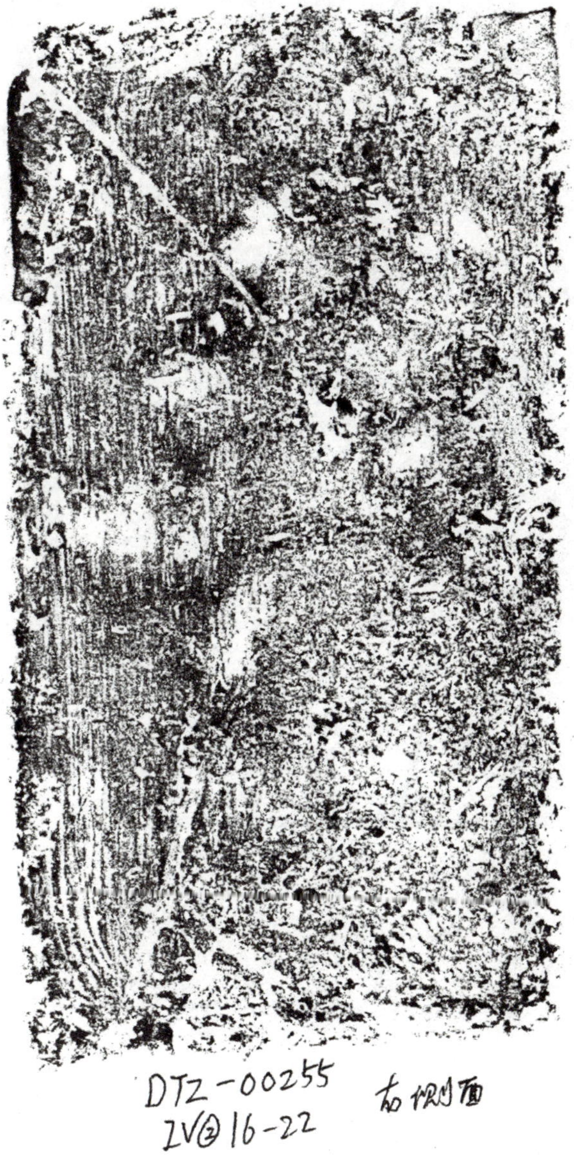
DTZ-00255
IV②16-22
右侧面

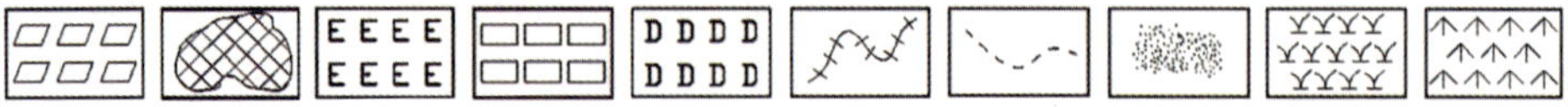

文物编号	IV②16—22	制作单位	山东省文物考古研究所		
DTZ—00255 彩绘文字砖 保护修复后		制作人	徐建	日期	2015.1.3

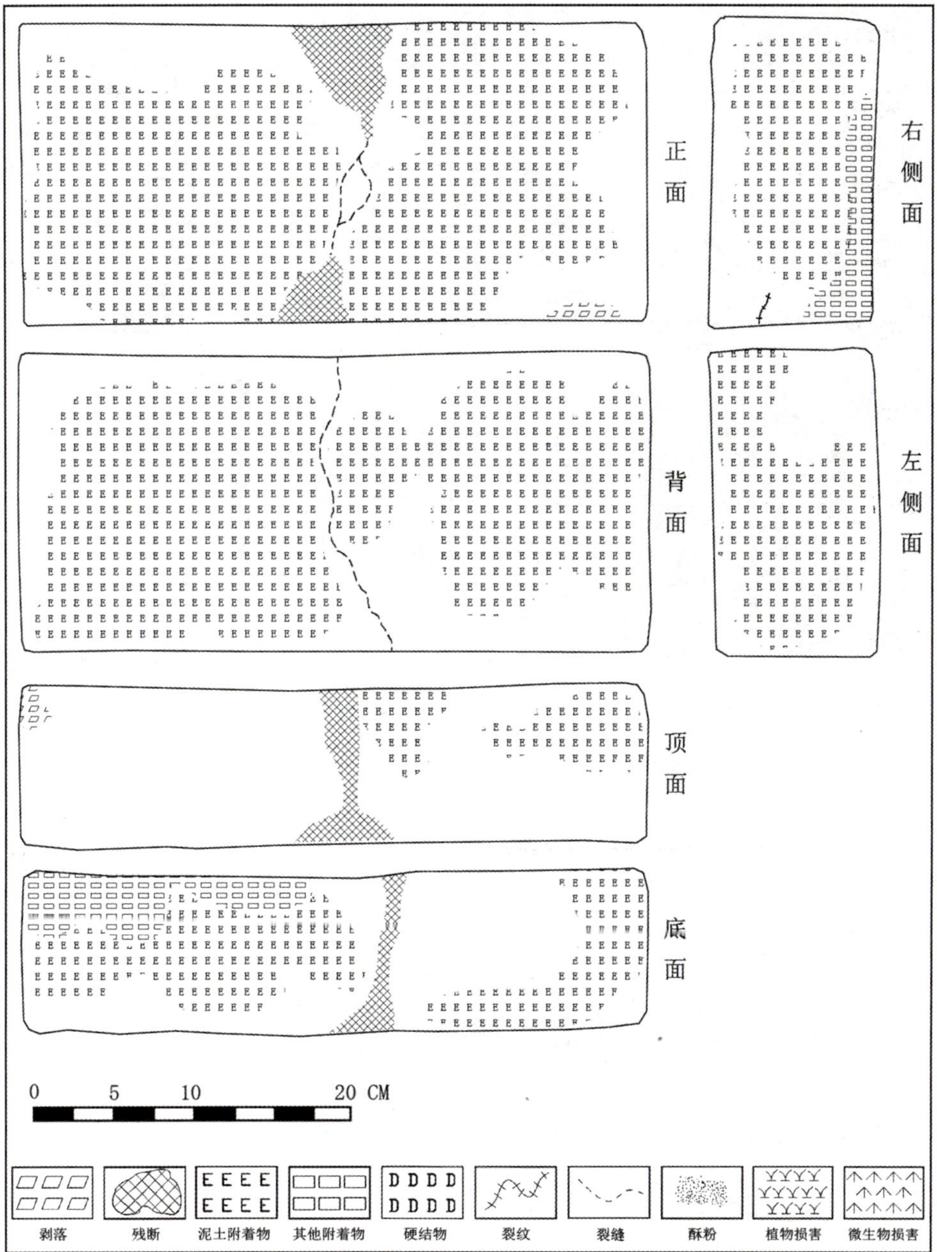

文物编号	IV②16—22	制作单位	山东省文物考古研究所		
DTZ—00255　彩绘文字砖病害图		制作人	朱桐	日期	2015.1.11

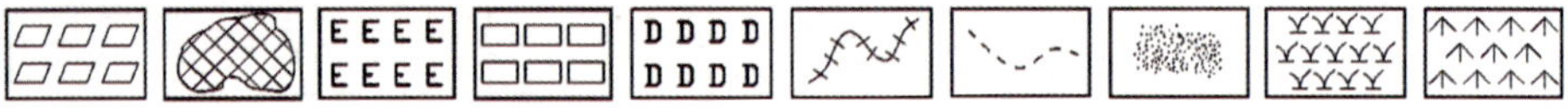

文物编号	IV②16—22	制作单位	山东省文物考古研究所		
DTZ—00255 彩绘文字砖修复后		制作人	徐建	日期	2015. 1. 16

实验室编号：DTZ—00701

陶质彩绘文物保护修复档案

文物名称：彩绘文字砖

文物编号：Ⅳ②21—54

2015 年 1 月

中华人民共和国国家文物局制

表 1 文物基本信息表

文物名称	彩绘文字砖			
收藏单位	定陶县文物局		文物编号	Ⅳ②21－54
来源	考古发掘		年代	汉代
尺寸/cm	长	38.8～39.4	质量/g	11376.5
	宽	19.0～19.1	质地	陶
	厚	9.8～10.0	级别	未定级
照片	100—修复前正面(9312)、右侧面(9313)、背面(9314)、左侧面(9315)、顶面(9316)、底面(9317)断面。 101—修复后正面(1349)、右侧面(1350)、背面(1351)、左侧面(1352)、顶面(1353)、底面(1354)断面。			
工艺	手工模制、毛笔书写。			
文物描述	该文字砖保存完整，正面有黄色附着物和木质痕迹，右侧面有朱书文字，背面有硬结物，左侧面右上角剥落，顶面右中边缘剥落，通体有泥土附着物，各面程度不一。			
备注	修复后：长 38.8～39.4 cm，宽 19.0～19.1 cm，厚 9.8～10.0 cm，重 11195 g。			

表 2　方案设计及保护修复单位信息记录表

文物名称：彩绘文字砖　　　　　　　　　　　　　　　　　　文物编号：Ⅳ②21－54

<table>
<tr><td>方案名称</td><td colspan="4">定陶汉墓出土彩绘陶砖文物保护修复方案</td></tr>
<tr><td>批准单位及时间</td><td colspan="2">国家文物局　2013 年</td><td>批准文号</td><td>文物博函〔2013〕812 号</td></tr>
<tr><td rowspan="4">方案设计单位</td><td>名称</td><td colspan="3">秦始皇帝陵博物院</td></tr>
<tr><td>所在地</td><td colspan="3">陕西西安临潼</td></tr>
<tr><td>通讯地址</td><td>陕西省西安市临潼区</td><td>邮编</td><td>710000</td></tr>
<tr><td>资质证书</td><td>甲级</td><td>代码</td><td></td></tr>
<tr><td rowspan="12">保护修复单位</td><td>名称</td><td colspan="3">秦始皇帝陵博物院</td></tr>
<tr><td>所在地</td><td colspan="3">中国陕西西安市临潼区</td></tr>
<tr><td>通讯地址</td><td>中国陕西临潼</td><td>邮编</td><td>710000</td></tr>
<tr><td>资质证书</td><td>一级</td><td>代码</td><td></td></tr>
<tr><td>名称</td><td colspan="3">山东省文物考古研究所</td></tr>
<tr><td>所在地</td><td colspan="3">山东济南</td></tr>
<tr><td>通讯地址</td><td>济南市市中区上新街 51 号</td><td>邮编</td><td>250012</td></tr>
<tr><td>资质证书</td><td>二級</td><td>代码</td><td></td></tr>
<tr><td>名称</td><td colspan="3">定陶县文物局</td></tr>
<tr><td>所在地</td><td colspan="3">定陶县文化中心</td></tr>
<tr><td>通讯地址</td><td>定陶县文化中心</td><td>邮编</td><td></td></tr>
<tr><td>资质证书</td><td></td><td>代码</td><td></td></tr>
<tr><td>提取日期</td><td colspan="2">2015.1.29</td><td>提取经办人</td><td>王哲</td></tr>
<tr><td>返还日期</td><td colspan="2">2015.2.6</td><td>返还经办人</td><td>马翠莲</td></tr>
</table>

表 3　文物保存现状表

文物名称：彩绘文字砖　　　　文物编号：Ⅳ②21—54

文物保存环境	陶砖出土后临时板房存放在考古工地现场三年，当地温度最高 40.7 ℃，最低温度－17.9 ℃；相对湿度 50%～90%。 2014 年 11 月搬运至文物保护库房，存放在文物架上。
历次保护修复情况	无
病害描述	该文字砖主要存在以下病害： 剥落：顶面右边缘约 4 cm^2，左侧面右上角约 7 cm^2。 其他附着物：正面左中部约 20%。 硬结物：背面零星分布约 8 cm^2。 泥土附着物：各面均有，程度不同。
影像资料	修复前、修复后照片
备　注	

表 4　文物检测分析表

样品编号	样品名称	样品描述	分析目的	分析方法	分析结果	报告代码	分析时间	备注

表 5　文物保护修复过程记录表

<table>
<tr><td colspan="4">综述（材料、工艺步骤及操作条件，附影像资料）
建档，使用羊毛刷，竹签手术刀等机械方法清理泥土附着物，硬结物。棉签蘸取2A 滚动清理彩绘文字面。
封护/加固使用低浓度 B72 丙酮溶液进行表面加固/封护（重点在于彩绘文字面）。
临摹彩绘文字。
自查，拍照、完善档案，并输入电子档案后入库。</td></tr>
<tr><td>技术变更</td><td colspan="3">无</td></tr>
<tr><td>项目负责人</td><td>吴双成</td><td>保护修复人</td><td>张燕平</td></tr>
<tr><td>完成日期</td><td>2015.2.5</td><td>审核</td><td>马翠莲</td></tr>
<tr><td colspan="4">日志</td></tr>
<tr><td>文物名称</td><td>彩绘文字砖</td><td>保护修复人</td><td>张燕平</td></tr>
<tr><td>编号</td><td>Ⅳ②21－54</td><td>日期</td><td>2015.1.29</td></tr>
<tr><td colspan="4">2015.1.29　提取建档，做现状及病害信息描述。（王哲）
拍照，测量，称重（秦文浩，王铮）
2015.1.29　首先软毛刷清理彩绘文字端（右侧面）泥土附着物，棉签蘸取 2A 滚动清理，使用 2%B72 丙酮溶液进行表面封护一次，3%B72 丙酮溶液进行表面封护一次。（张燕平）
2015.1.29　同样方法清理其他侧面泥土附着物，竹签，手术刀等机械方法清理背面硬结物。（张燕平）
2015.2.3　拍照，称重，测量，填写修复后入库档案（闫飞，王哲，朱雨露）
2015.2.5　临摹文字（张庆玉）</td></tr>
</table>

表 6　文物保护修复自评估与验收表

文物名称：彩绘文字砖　　　　文物编号：Ⅳ②21－54

<table>
<tr><td colspan="4">自评估意见：
该砖主要存在泥土附着物，其他附着物，硬结物，清理效果良好，彩绘文字面用B72 丙酮溶液封护效果良好，整体基本达到博物馆陈列要求。
签章：张燕平
日期：2015.2.5</td></tr>
<tr><td colspan="4">专家验收意见</td></tr>
<tr><td>时　间</td><td>2018.1.27</td><td>组织单位</td><td>定陶区文物局</td></tr>
<tr><td>专家名单</td><td colspan="3">郑同修、王永波、常兴照、王永波、张启龙、郑捷</td></tr>
<tr><td colspan="4">验收意见：
同意结项。</td></tr>
</table>

表7 绘图登记表

文物名称:彩绘文字砖　　　　文物编号:Ⅳ②21—54

编号	图纸类别	简单描述	绘图人	时间
DTZ—00701	临摹	用硫酸纸对砖上的文字临摹。	张庆玉	2015.2.4
DTZ—00701	病害图	根据文字砖上的病害绘图。	牟浩东	2015.1.29

表8 影像资料登记表

文物名称:彩绘文字砖　　　　文物编号:Ⅳ②21—54

编号	影像类别	内容表述	介质	时长(分)	提交人	采集时间
DTZ—00701	照片	修复前照片拼图			2015.1.29	徐建
DTZ—00701	照片	修复后照片拼图			2015.2.4	秦文浩

表 9 影像资料登记表

文物名称：彩绘文字砖　　文物编号：Ⅳ②21－54

文字：	朱书/右侧面		
刻画：	无		
戳印：	无		
填卡人：	王哲	时间：	2015.1.29

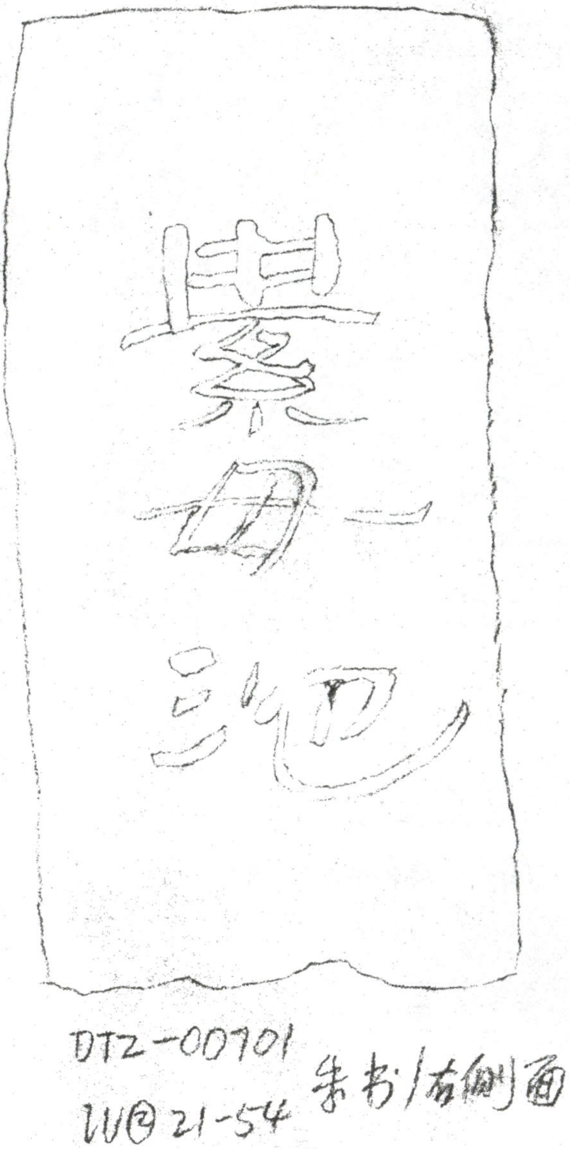
DTZ-00701
朱书/右侧面

正面

右侧面

背面

左侧面

顶面

底面

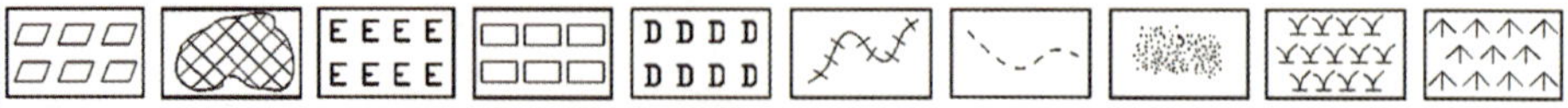

剥落 残断 泥土附着物 其他附着物 硬结物 裂纹 裂缝 酥粉 植物损害 微生物损害

文物编号	IV②21—54	制作单位	山东省文物考古研究所	
DTZ—00701 彩绘文字砖保护修复前	制作人	徐建	日期	2015.1.29

定陶汉墓出土彩绘文字砖文物保护修复项目

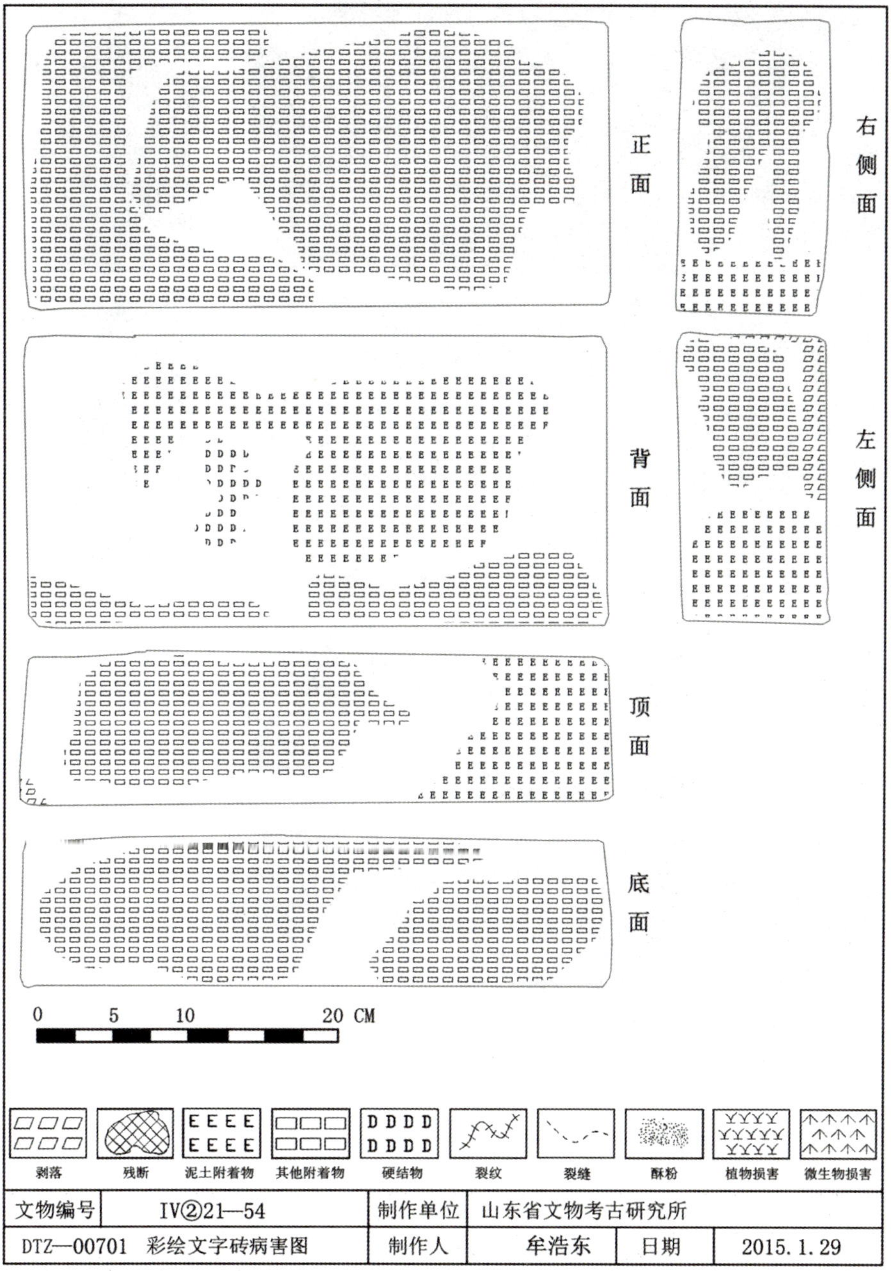

文物编号	IV②21—54	制作单位	山东省文物考古研究所		
DTZ—00701 彩绘文字砖病害图		制作人	牟浩东	日期	2015. 1. 29

正面

右侧面

背面

左侧面

顶面

底面

文物编号	IV②21—54	制作单位	山东省文物考古研究所

DTZ—00701	彩绘文字砖保护修复后	制作人	秦文浩	日期	2015. 2. 4

实验室编号：DTZ—00730

陶质彩绘文物保护修复档案

文物名称：彩绘文字砖

文物编号：Ⅳ②22－36

2015年1月

中华人民共和国国家文物局制

表 1　文物基本信息表

<table>
<tr><td>文物名称</td><td colspan="4">彩绘文字砖</td></tr>
<tr><td>收藏单位</td><td colspan="2">定陶县文物局</td><td>文物编号</td><td>Ⅳ②22－36</td></tr>
<tr><td>来源</td><td colspan="2">考古发掘</td><td>年代</td><td>汉代</td></tr>
<tr><td rowspan="3">尺寸/cm</td><td>长</td><td>38.4～38.6</td><td>质量/g</td><td>10516.5</td></tr>
<tr><td>宽</td><td>19.0～19.3</td><td>质地</td><td>陶</td></tr>
<tr><td>厚</td><td>9.6～10.1</td><td>级别</td><td>未定级</td></tr>
<tr><td>照片</td><td colspan="4">100－修复前正面(9495)、右侧面(9496)、背面(9497)、左侧面(9498)、顶面(9499)、底面(9500)、断面。

101－修复后正面(2270)、右侧面(2271)、背面(2272)、左侧面(2273)、顶面(2274)、底面(2275)断面。</td></tr>
<tr><td>工艺</td><td colspan="4">手工模制、毛笔书写。</td></tr>
<tr><td>文物描述</td><td colspan="4">该文字砖保存完整，正面有剥落，右侧面有朱书，背面有木痕和硬结物，左侧面有刻画符号，通体泥土附着物，各面程度不一。</td></tr>
<tr><td>备注</td><td colspan="4">修复后：长 38.4～38.6 cm，宽 19.0～19.3 cm，厚 9.6～10.1 cm，重 10274 g。</td></tr>
</table>

表 2　方案设计及保护修复单位信息记录表

文物名称：彩绘文字砖　　　　文物编号：Ⅳ②22－36

方案名称	定陶汉墓出土彩绘陶砖文物保护修复方案			
批准单位及时间	国家文物局　2013 年		批准文号	文物博函〔2013〕812 号
方案设计单位	名称	秦始皇帝陵博物院		
	所在地	陕西西安临潼		
	通讯地址	陕西省西安市临潼区	邮编	710000
	资质证书	甲级	代码	
保护修复单位	名称	秦始皇帝陵博物院		
	所在地	中国陕西西安市临潼区		
	通讯地址	中国陕西临潼	邮编	710000
	资质证书	一级	代码	
	名称	山东省文物考古研究所		
	所在地	山东济南		
	通讯地址	济南市市中区上新街 51 号	邮编	250012
	资质证书	二级	代码	
	名称	定陶县文物局		
	所在地	定陶县文化中心		
	通讯地址	定陶县文化中心	邮编	
	资质证书		代码	
提取日期	2015.1.29		提取经办人	王哲
返还日期	2015.2.10		返还经办人	马翠莲

表 3　文物保存现状表

文物名称：彩绘文字砖　　　　文物编号：Ⅳ②22－36：

文物保存环境	陶砖出土后临时板房存放在考古工地现场三年，当地温度最高 40.7 ℃，最低温度－17.9 ℃；相对湿度 50%～90%。 2014 年 11 月搬运至文物保护库房，存放在文物架上。
历次保护修复情况	无
病害描述	该文字砖主要存在以下病害： 泥土附着物：各面均有，程度不同。 剥落：正面左下部约 20 cm^2，右侧面上约 4 cm^2。 硬结物：背面三处，最大约 25 cm^2。
影像资料	修复前照片、修复后照片
备注	

表 4　文物检测分析表

样品编号	样品名称	样品描述	分析目的	分析方法	分析结果	报告代码	分析时间	备注

表 5　文物保护修复过程记录表

<table>
<tr><td colspan="4">综述(材料、工艺步骤及操作条件,附影像资料)
　　建档,使用羊毛刷,竹签,手术刀等机械方法清理泥土附着物,硬结物,棉签蘸取2A滚动清理彩绘文字面。
　　封护/加固使用低浓度B72丙酮溶液进行表面加固/封护(重点在于彩绘文字面)。医用石膏补配,做旧。
　　临摹彩绘文字,拓片。
　　自查,拍照、完善档案,并输入电子档案后入库。</td></tr>
<tr><td>技术变更</td><td colspan="3">无</td></tr>
<tr><td>项目负责人</td><td>吴双成</td><td>保护修复人</td><td>王娟</td></tr>
<tr><td>完成日期</td><td>2015.2.10</td><td>审核</td><td>马翠莲</td></tr>
<tr><td colspan="4">日志</td></tr>
<tr><td>文物名称</td><td>彩绘文字砖</td><td>保护修复人</td><td>王娟</td></tr>
<tr><td>编号</td><td>Ⅳ②22—36</td><td>日期</td><td>2015.1.30</td></tr>
<tr><td colspan="4">2015.1.29　提取建档,做现状及病害信息描述。(王哲)
拍照,测量,称重(秦文浩,王铮,张美美)
2015.1.30　首先软毛刷清理彩绘文字端(右侧面)泥土附着物,棉签蘸取2A滚动清理,使用2%B72丙酮溶液进行表面封护一次,3%B72丙酮溶液进行表面封护一次。(王娟)
2015.1.30　同样方法清理其他侧面泥土附着物。清理中发现顶面红色痕迹,封护顶面,背面。(王娟)
2015.2.3　医用石膏补配,做旧。(张宪英)
2015.2.5　拍照,称重,测量,填写修复后入库档案(闫飞,王哲,朱雨露)
2015.2.9　临摹文字(张庆玉)拓片(王铮)</td></tr>
</table>

表 6　文物保护修复自评估与验收表

文物名称：彩绘文字砖　　文物编号：Ⅳ②22－36

<table>
<tr><td colspan="4">自评估意见：
该砖主要存在泥土附着物，硬结物，剥落等病害清理效果良好，彩绘文字面，剥落位置用 B72 丙酮溶液封护效果良好，医用石膏补配，做旧效果良好，整体基本达到博物馆陈列要求。

签章：王娟
日期：2015.2.10</td></tr>
<tr><td colspan="4">专家验收意见</td></tr>
<tr><td>时间</td><td>2018.1.27</td><td>组织单位</td><td>定陶区文物局</td></tr>
<tr><td>专家名单</td><td colspan="3">郑同修、王永波、常兴照、王永波、张启龙、郑捷</td></tr>
<tr><td colspan="4">验收意见：

同意结项。</td></tr>
</table>

表 7　绘图登记表

文物名称：彩绘文字砖　　　　　　　　　　文物编号：Ⅳ②22－36

编号	图纸类别	简单描述	绘图人	时间
DTZ—00730	临摹	文字砖上的文字临摹	张庆玉	2015.2.9
DTZ—00730	拓片	文字砖上的刻画拓印	王铮	2015.2.9
DTZ—00730	病害图	根据文字砖上的病害绘图	牟浩东	2015.1.30

表 8　影像资料登记表

文物名称：彩绘文字砖　　　　　　　　　　文物编号：Ⅳ②22－36

编号	影像类别	内容表述	介质	时长（分）	提交人	采集时间
DTZ—00730	照片	修复前拼图照片			张美美	2015.1.30
DTZ—00730	照片	修复后拼图照片			徐建	2015.2.6

表 9　影像资料登记表

文物名称：彩绘文字砖　　　　文物编号：Ⅳ②22—36

文字：	朱书/右侧面		
刻画：	有/左侧面		
戳印：	无		
填卡人：	王哲	时间：	2015.1.29

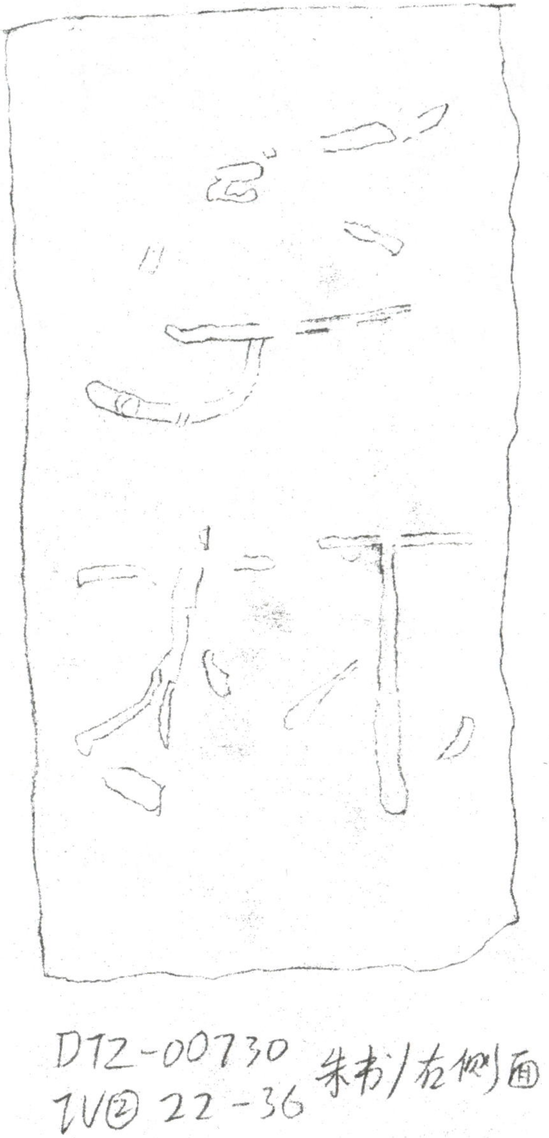
DT2-00730 朱书/右侧面
IV② 22-36

DTZ00730
IV② 22-36
左侧面

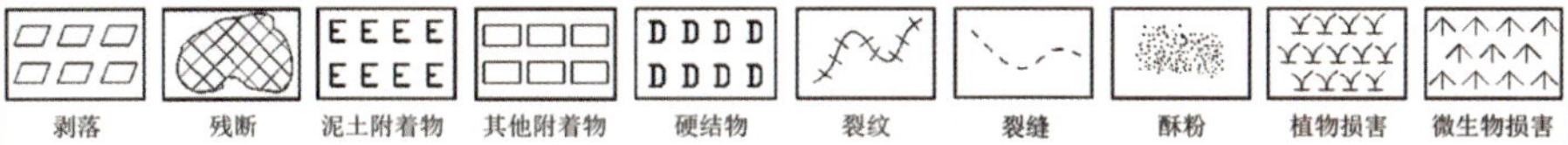

文物编号	IV②22—36	制作单位	山东省文物考古研究所		
DTZ—00730 彩绘文字砖 保护修复前		制作人	张美美	日期	2015.1.30

定陶汉墓出土彩绘文字砖文物保护修复项目

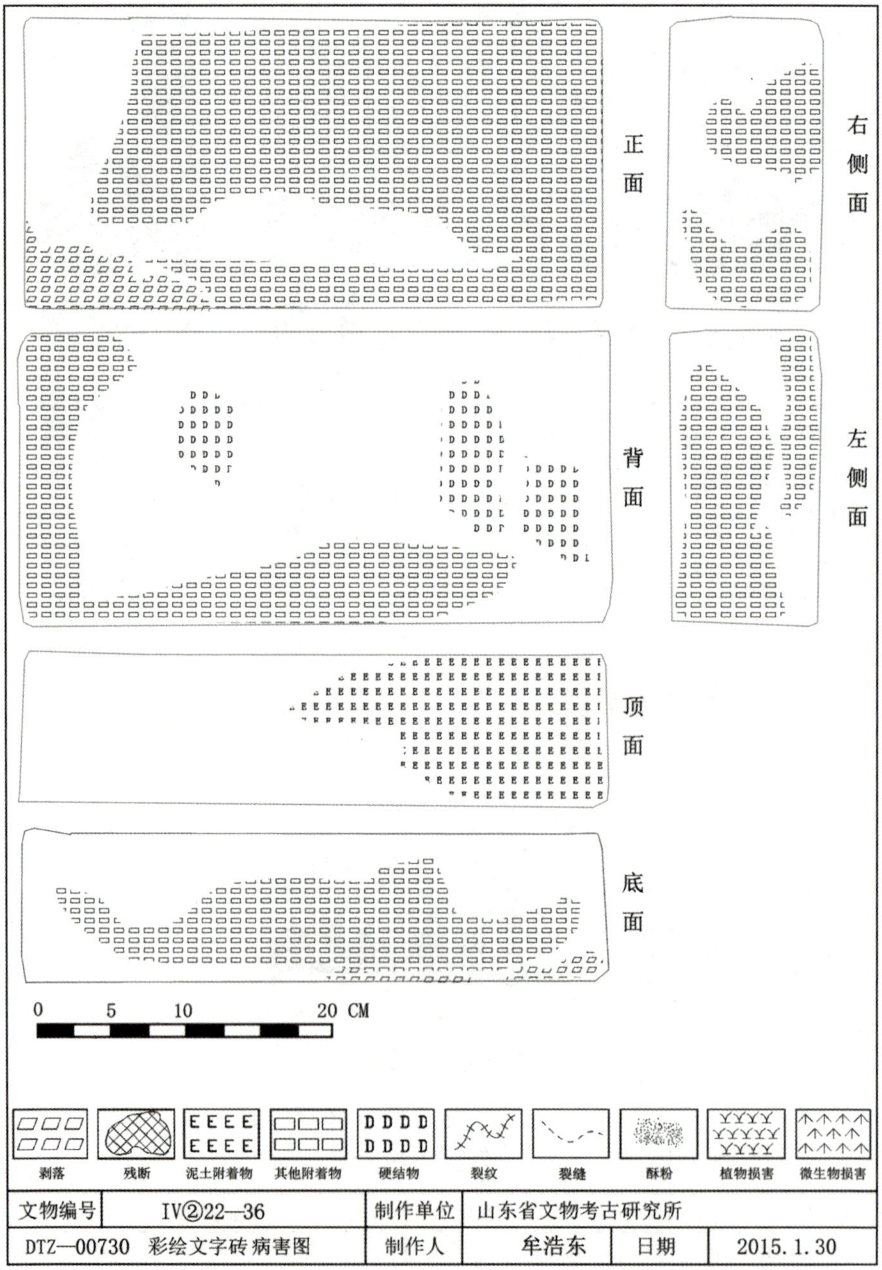

文物编号	IV②22—36	制作单位	山东省文物考古研究所		
DTZ—00730 彩绘文字砖病害图		制作人	牟浩东	日期	2015.1.30

正面

右侧面

背面

左侧面

顶面

底面

<table>
<tr><td>文物编号</td><td colspan="2">IV②22—36</td><td>制作单位</td><td colspan="3">山东省文物考古研究所</td></tr>
<tr><td colspan="3">DTZ—00730　彩绘文字砖 保护修复后</td><td>制作人</td><td>徐建</td><td>日期</td><td>2015. 2. 06</td></tr>
</table>

八、彩绘文字陶砖的保存

彩绘文字陶砖保护修复完成并完善修复档案以后，要重新检查核对陶砖的出土编号、修复编号及档案记录信息，确定无误后，工作人员用特制木板将保护修复完成的陶砖按照编号依次由文物保护修复室搬运至文物库房，按库房文物架编号依次存放(见图 2.77)。

为确保彩绘文字砖的安全，文物库房除具备人防、技防等安全防范条件外，鉴于彩绘文字砖的特殊性，库房内部需要保持一定的温湿度。库房温度一般为 25 ℃，变化范围在 17.3～31.3 ℃，库房相对湿度一般为 72%，变化范围在 34.4%～91%。

图 2.77　彩绘文字砖保护库房

彩绘文字陶砖文物库房按照文物库房管理制度派专人严格进行管理。在做好安全设施巡查、出入库登记等安全保卫日常管理工作的同时，订立定期巡查制度，按规定对文物库房进行巡查，尤其是陶砖的保存状况，要根据巡查情况认真登记，对异常情况及时上报，并制定科学合理的防范措施。

第三章

彩绘文字陶砖的检测分析研究

第一节　彩绘文字陶砖成分检测分析

第一批彩绘文字陶砖出土于2010～2012年，修复完成后存储在定陶区博物馆文物库房内。第二批陶砖出土后直接存放于发掘现场文字砖保护设施内，保护设施建有修复室和库房，库房东西长约34米，南北长约21米。室内温度一般为25 ℃，变化范围在17.3～31.3 ℃。库房相对湿度 般为72%，变化范围在34.4%～91%。陶砖均用长方形的白色塑料周转箱存放，大部分排列存放在铁架上，部分堆放在库房开阔处，另有少数立放在库房外研究室里进行保护和拓印处理。工作人员已用75%乙醇、5‰硝酸咪康唑溶液、5%硼酸硼沙溶液等分别对库房储存砖的表面进行擦拭处理，但砖的表面仍出现了明显的菌斑。

2021年7月21日至22日，南开大学生命科学学院潘皎老师一行四人到达定陶汉墓，开展微生物病害防治及研究工作。他们进行了现场取样，并召开了定陶汉墓微生物病害防治座谈会。潘皎老师对定陶汉墓前期的微生物病害防治情况进行了介绍总结，对以后现场的微生物病害防治提出了针对性的意见和建议。

南开大学师生对第一批出土彩绘文字陶砖的定陶区博物馆库房进行了空气采样和砖表面菌斑采样，并对库房中陶砖的储存环境的温度和适度及通风情况进行了调查。针对采集的样品，研究内容主要分为了两个方面进行：一方面，通过对采集样品进行扫描电镜观察、高通量分析、分离纯化培养和测序鉴定，基本掌握了砖体表面主要微生物组成；另一方面，在实验室的条件下，实验了库房现用抑菌方法的有效性，并筛选出了合适的抑菌剂，可以对砖表面的菌斑进行清除和防治。

第二批彩绘文字陶砖于 2019 年 10 月随着定陶汉墓拆解保护工作的启动开始大量出土。出土后存放在发掘现场专门建设的文字砖保护设施内(见图 3.1)。一是便于汉墓拆解保护工作的顺利开展和砖体的科学保护；二是有利于后期的考古资料整理和文物展示保护工作。

图 3.1 第二批彩绘文字砖现场保护库房

2021 年 12 月 4 日，山东省文物保护修复中心专业技术人员王云鹏等一行三人来到定陶汉墓，对第二批出土彩绘文字陶砖进行取样并带回济南实验室进行各项检测分析工作。

1.分析样品

选取墓葬不同位置的破碎青砖碎块，以及墓葬周边散落的破碎青砖(见图 3.2)进行分析，具体情况如表 3.1 所示。

表 3.1 分析样品编号、分析方法

序号	样品编号	取样部位及样品描述	分析方法
1	SZ-8-2	墓葬侧面封护转，上书“徐平”二字	扫描电子显微镜与能谱、X射线衍射
2	SZ-5-46	墓葬侧面封护转，上书“向行”二字	扫描电子显微镜与能谱、X射线衍射
3	SZ-10-3	墓葬侧面封护转，上书“盖君长”	扫描电子显微镜与能谱、X射线衍射
4	WZ-11-37	墓葬侧面封护转，上书“徐平”二字	扫描电子显微镜与能谱、X射线衍射
5	WZ-11-21	墓葬侧面封护转，上书“徐平”二字	扫描电子显微镜与能谱、X射线衍射
6	WZ-12-31	墓葬侧面封护转，上书“徐平”二字	扫描电子显微镜与能谱、X射线衍射
7	NZ-2-13	墓葬侧面封护转，上书“公泽子高”	扫描电子显微镜与能谱、X射线衍射
8	EZ-7-7	墓葬侧面封护转，上有刻画痕迹	扫描电子显微镜与能谱、X射线衍射
9	Wbh-1	墓边散落碎砖，上有白色文字	扫描电子显微镜与能谱、X射线衍射
10	Wbh-2	墓边散落碎砖，上有墨书	扫描电子显微镜与能谱、X射线衍射
11	Wbh-3	墓边散落碎砖，砖外缘为青色，砖芯还原反应不完全，呈红色	扫描电子显微镜与能谱、X射线衍射
12	Jgz	沙坑散落金刚砖，质地与文字青砖稍有不同，体积略大。	扫描电子显微镜与能谱、X射线衍射

图 3.2　样品照片

2.仪器型号与实验条件

按照样品特点与分析目的，本次样品分析所使用的设备与实验条件如表 3.2 所示。

表 3.2　分析所用设备与实验条件

序号	设备名称	目的	实验条件
1	飞纳（荷兰）Phenom XL 能谱版扫描电镜	文物样品元素测定	使用 15 kV 电压和配套电流条件结合能谱进行分析
2	帕纳科（荷兰）Aeris 台式 X-射线衍射仪	文物样品物相分析、定性分析	光管靶材 Cu，高压发生器设置 15 mA，40 kV

3.分析结果

(1)SZ-8-2：

①扫描电镜及能谱分析。

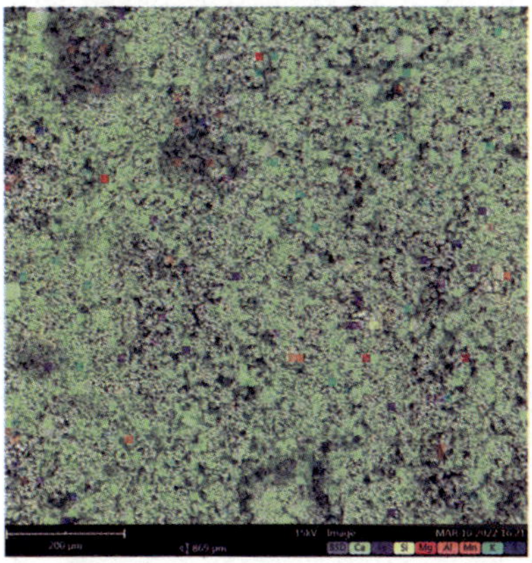

元素	原子百分比	质量百分比	氧化物	氧化物百分比
Ca	67.61	71.18	CaO	66.71
Fe	6.70	9.83	Fe_2O_3	9.41
Si	11.32	8.35	SiO_2	11.97
Mg	7.05	4.50	MgO	5.00
Al	5.51	3.90	Al_2O_3	4.94
Mn	0.96	1.39	MnO	1.20
K	0.67	0.69	K_2O	0.55
S	0.19	0.16	SO_2	0.21

红色颜料表面元素含量

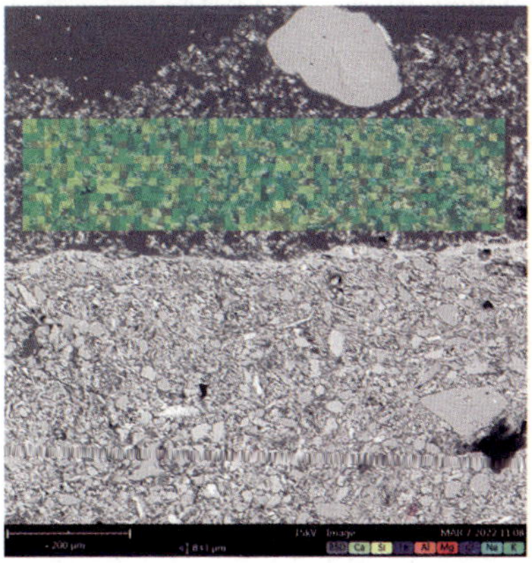

元素	原子百分比	质量百分比	氧化物	氧化物百分比
Si	58.74	55.44	SiO_2	63.38
Al	16.99	15.41	Al_2O_3	15.56
Ca	6.30	8.48	CaO	6.34
Fe	3.56	6.67	Fe_2O_3	4.59
K	4.36	5.73	K_2O	3.69
Mg	4.71	3.84	MgO	3.41
Na	4.02	3.57	Na_2O	2.57
Cl	0.71	0.85		

红色颜料剖面元素含量

元素	原子百分比	质量百分比	氧化物	氧化物百分比
Si	58.74	55.44	SiO_2	63.38
Al	16.99	15.41	Al_2O_3	15.56
Ca	6.30	8.48	CaO	6.34
Fe	3.56	6.67	FeO	4.59
K	4.36	5.73	K_2O	3.69
Mg	4.71	3.84	MgO	3.41
Na	4.62	3.57	Na_2O	2.57
Cl	0.71	0.85		

陶砖剖面元素含量

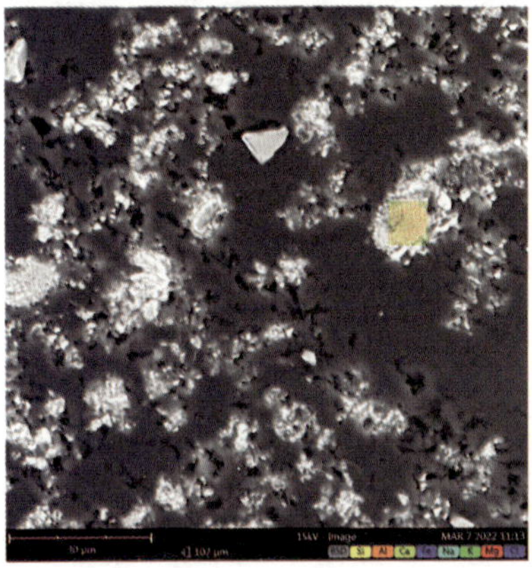

元素	原子百分比	质量百分比	氧化物	氧化物百分比
Si	42.58	39.89	SiO_2	46.34
Al	33.92	30.53	Al_2O_3	31.34
Ca	15.80	21.12	CaO	16.05
Fe	1.37	2.56	Fe_2O_3	1.99
Na	2.79	2.14	Na_2O	1.57
K	1.45	1.89	K_2O	1.23
Mg	1.61	1.31	MgO	1.18
Cl	0.48	0.56		

红色颜料层内部颗粒物元素含量

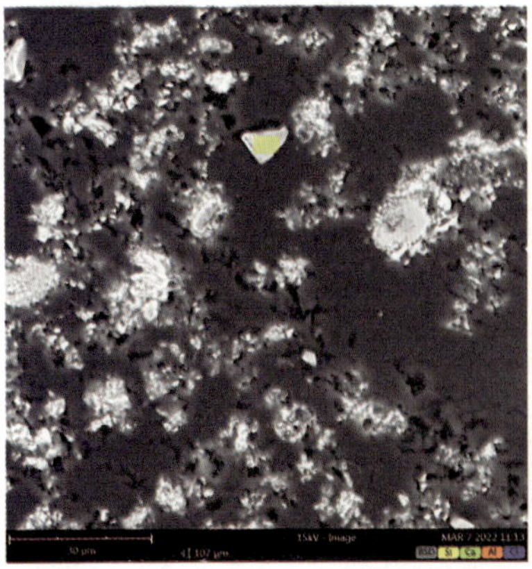

元素	原子百分比	质量百分比	氧化物	氧化物百分比
Si	97.24	96.55	SiO_2	97.57
Ca	1.63	2.31	CaO	1.53
Al	0.91	0.87	Al_2O_3	0.78
Cl	0.22	0.27		

红色颜料层内部颗粒物元素含量

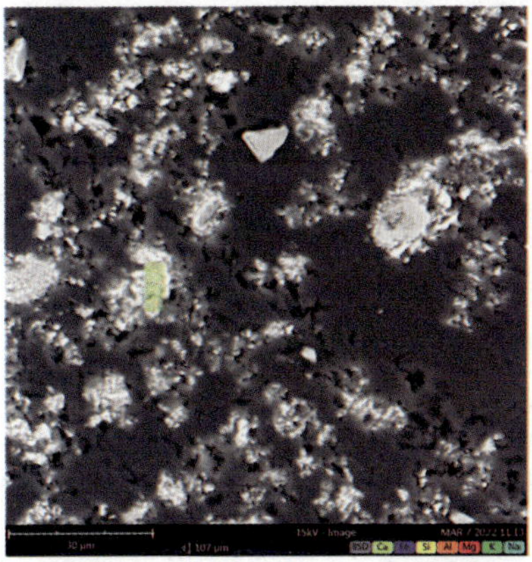

元素	原子百分比	质量百分比	氧化物	氧化物百分比
Ca	41.29	45.72	CaO	40.26
Fe	12.62	19.47	Fe_2O_3	17.52
Si	20.31	15.76	SiO_2	21.21
Al	16.13	12.03	Al_2O_3	14.30
Mg	6.82	4.58	MgO	4.78
K	1.48	1.60	K_2O	1.21
Na	1.34	0.85	Na_2O	0.72

红色颜料层内部颗粒物元素含量

元素	原子百分比	质量百分比	氧化物	氧化物百分比
Ca	35.16	39.86	CaO	34.84
Si	25.23	20.04	SiO_2	26.78
Fe	11.58	18.29	Fe_2O_3	14.70
Al	17.13	13.07	Al_2O_3	15.44
Mg	7.23	4.97	MgO	5.15
K	1.30	1.44	K_2O	1.08
Ti	0.75	1.01	TiO_2	1.05
Cl	0.75	0.75		
Na	0.87	0.57	Na_2O	0.48

红色颜料层内部颗粒物元素含量

元素	原子百分比	质量百分比	氧化物	氧化物百分比
Ca	38.82	46.40	CaO	38.75
Si	39.05	32.70	SiO_2	41.75
Al	8.20	6.60	$Al2O_3$	7.44
Fe	3.90	6.49	$Fe2O_3$	4.98
Mg	7.48	5.42	MgO	5.37
K	0.92	1.07	K_2O	0.77
Na	1.06	0.73	Na_2O	0.59
Cl	0.56	0.60		

红色颜料层内部颗粒物元素含量

元素	原子百分比	质量百分比	氧化物	氧化物百分比
Si	58.74	55.44	SiO_2	63.38
Al	16.99	15.41	Al_2O_3	15.56
Ca	6.30	8.48	CaO	6.34
Fe	3.56	6.67	FeO	4.59
K	4.36	5.73	K_2O	3.69
Mg	4.71	3.84	MgO	3.41
Na	4.62	3.57	Na_2O	2.57
Cl	0.71	0.85		

陶砖内部夹沙质地材料元素含量

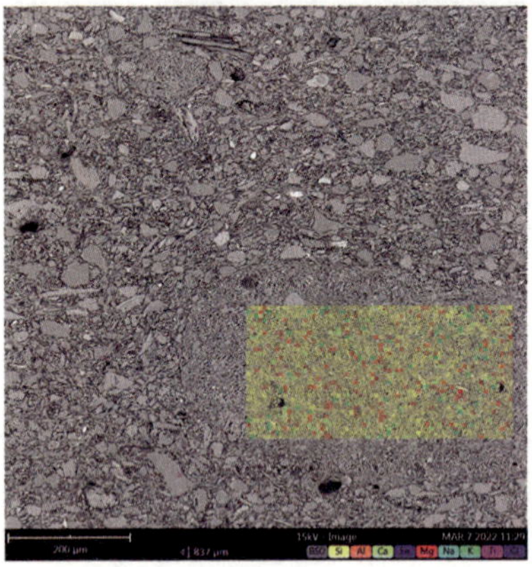

元素	原子百分比	质量百分比	氧化物	氧化物百分比
Si	52.27	48.91	SiO_2	56.40
Al	22.62	20.34	Al_2O_3	20.72
Ca	8.31	11.10	CaO	8.37
Fe	4.66	8.67	FeO	6.01
Mg	5.15	4.17	MgO	3.73
Na	4.37	3.35	Na_2O	2.43
K	1.93	2.51	K_2O	1.63
Ti	0.36	0.57	TiO_2	0.51
Cl	0.33	0.39		

陶砖内部黏土质地材料元素含量

元素	原子百分比	质量百分比	氧化物	氧化物百分比
Si	92.48	92.19	SiO_2	93.98
Al	3.65	3.50	Al_2O_3	3.15
Ca	0.99	1.41	CaO	0.94
K	0.87	1.20	K_2O	0.69
Mg	1.18	1.02	MgO	0.80
Na	0.83	0.68	Na_2O	0.43

陶砖内部沙砾元素含量

元素	原子百分比	质量百分比	氧化物	氧化物百分比
Si	57.17	55.09	SiO_2	62.19
Al	20.41	18.89	Al_2O_3	18.84
Ca	5.34	7.35	CaO	5.42
Fe	3.14	6.02	FeO	4.09
Mg	5.74	4.79	MgO	4.19
Na	5.53	4.36	Na_2O	3.10
K	2.17	2.92	K_2O	1.85
Cl	0.49	0.60		

陶砖内部沙砾间隙元素含量

元素	原子百分比	质量百分比	氧化物	氧化物百分比
Si	53.10	50.37	SiO_2	57.70
Al	23.15	21.09	Al_2O_3	21.35
Ca	7.39	10.00	CaO	7.49
Fe	3.84	7.25	FeO	5.00
Mg	4.85	3.98	MgO	3.53
Na	5.05	3.92	Na_2O	2.83
K	2.00	2.64	K_2O	1.70
Cl	0.62	0.74		

陶砖内部黏土质地材料元素含量

元素	原子百分比	质量百分比	氧化物	氧化物百分比
Si	75.10	74.27	SiO_2	78.98
Al	14.05	13.35	Al_2O_3	12.54
Ca	3.91	5.51	CaO	3.83
K	2.04	2.81	K_2O	1.68
Na	3.05	2.47	Na_2O	1.66
Mg	1.85	1.58	MgO	1.31

陶砖内部黏土质地中细沙粒元素含量

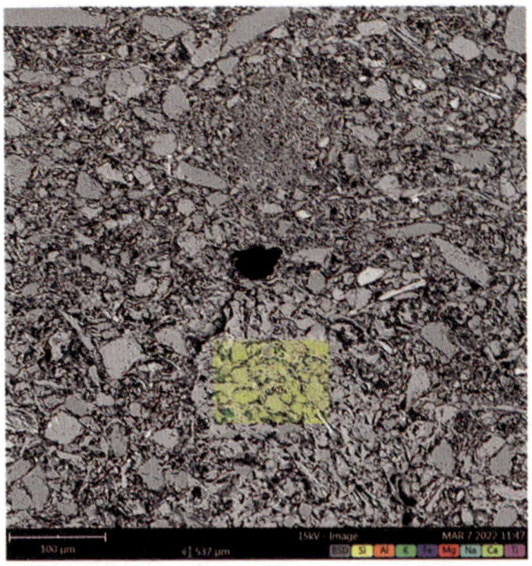

元素	原子百分比	质量百分比	氧化物	氧化物百分比
Si	62.49	59.66	SiO_2	66.71
Al	18.83	17.27	Al_2O_3	17.06
K	5.33	7.09	K_2O	4.46
Fe	3.72	7.06	FeO	4.75
Mg	4.20	3.47	MgO	3.01
Na	3.53	2.76	Na_2O	1.94
Ca	1.49	2.02	CaO	1.48
Ti	0.41	0.67	TiO_2	0.58

陶砖内部含玻璃态区域元素含量

元素	原子百分比	质量百分比	氧化物	氧化物百分比
Ca	58.15	66.53	CaO	58.89
Si	13.46	10.79	SiO_2	14.60
P	11.18	9.89	P_2O_5	14.33
Mg	5.18	3.59	MgO	3.77
Al	4.54	3.50	Al_2O_3	4.18
F	4.46	2.42		
Fe	1.28	2.03	FeO	1.65
Na	1.55	1.02	Na_2O	0.87
K	0.20	0.23	K_2O	0.17

陶砖内部玻璃态区域元素含量

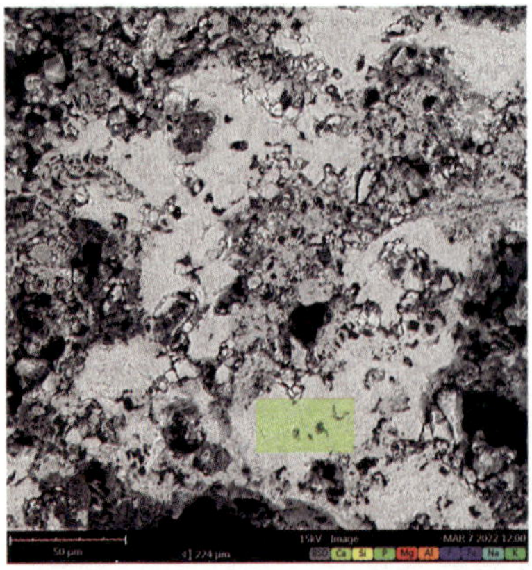

元素	原子百分比	质量百分比	氧化物	氧化物百分比
Ca	57.02	65.39	CaO	57.73
Si	14.87	11.95	SiO_2	16.13
P	10.90	9.66	P_2O_5	13.96
Mg	5.19	3.61	MgO	3.77
Al	4.33	3.35	Al_2O_3	3.99
F	5.13	2.79		
Fe	1.57	2.50	FeO	2.03
Na	0.78	0.52	Na_2O	0.44
K	0.21	0.23	K_2O	0.18

陶砖内部玻璃态区域元素含量

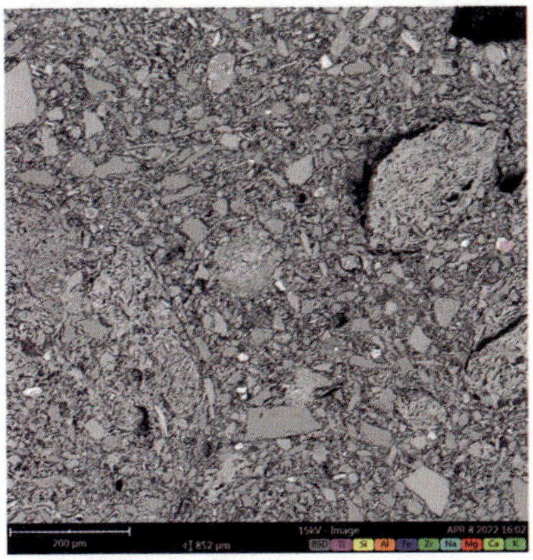

元素	原子百分比	质量百分比	氧化物	氧化物百分比
Ti	55.65	64.48	TiO_2	63.54
Si	19.43	13.21	SiO_2	16.69
Al	9.24	6.03	Al_2O_3	6.74
Fe	4.22	5.70	FeO	4.33
Zr	1.85	4.08	ZrO_2	3.25
Na	3.83	2.13	Na_2O	1.70
Mg	3.18	1.87	MgO	1.83
Ca	1.31	1.27	CaO	1.05
K	1.29	1.22	K_2O	0.87

陶砖内部矿物夹渣元素含量

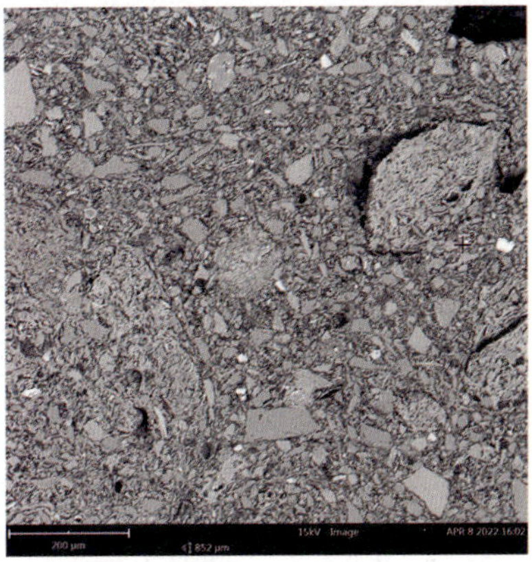

元素	原子百分比	质量百分比	氧化物	氧化物百分比
Fe	28.75	37.98	FeO	30.98
Ti	30.33	34.35	TiO_2	36.33
Si	19.47	12.94	SiO_2	17.55
Al	9.75	6.23	Al_2O_3	7.46
Mg	4.52	2.60	MgO	2.73
Na	3.93	2.14	Na_2O	1.83
K	1.14	1.05	K_2O	0.81
Mn	0.80	1.04	MnO	0.86
Ca	0.94	0.89	CaO	0.79
Zr	0.36	0.79	ZrO_2	0.67

陶砖内部矿物夹渣元素含量

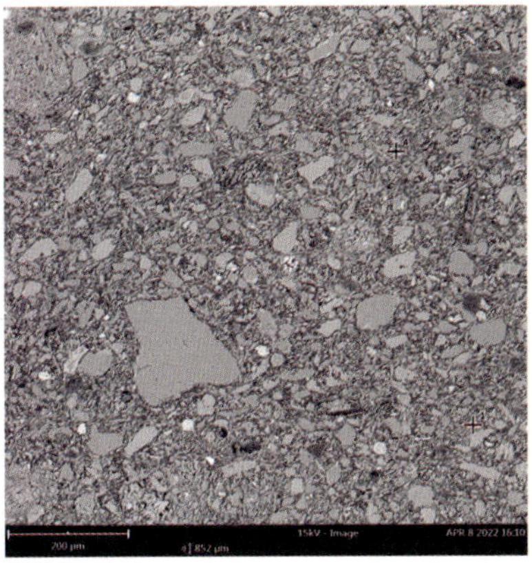

元素	原子百分比	质量百分比	氧化物	氧化物百分比
Zr	37.19	65.52	ZrO_2	56.08
Si	48.53	26.33	SiO_2	35.69
Al	6.32	3.29	Al_2O_3	3.94
Mg	2.43	1.14	MgO	1.20
Na	2.56	1.14	Na_2O	0.97
Fe	0.98	1.05	FeO	0.86
K	1.02	0.77	K_2O	0.59
Ca	0.97	0.75	CaO	0.67

陶砖内部矿物夹渣元素含量

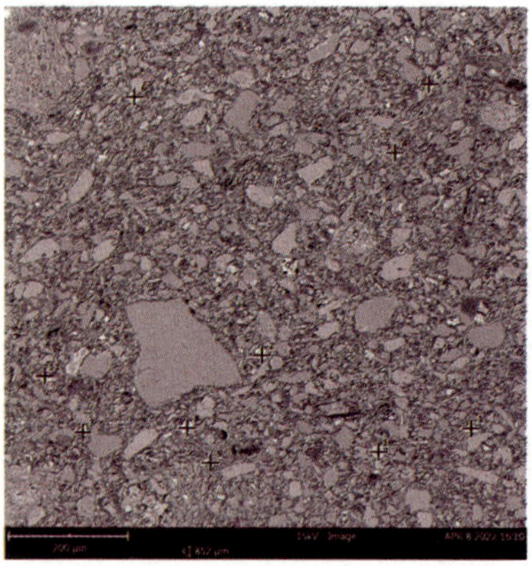

元素	原子百分比	质量百分比	氧化物	氧化物百分比
Fe	62.42	76.94	FeO	69.13
Si	20.17	12.51	SiO_2	18.68
Al	9.89	5.89	Al_2O_3	7.77
Na	4.28	2.17	Na_2O	2.05
K	1.39	1.20	K_2O	1.01
Ca	0.88	0.77	CaO	0.76
Mg	0.98	0.53	MgO	0.61

陶砖内部矿物夹渣元素含量

②衍射分析。

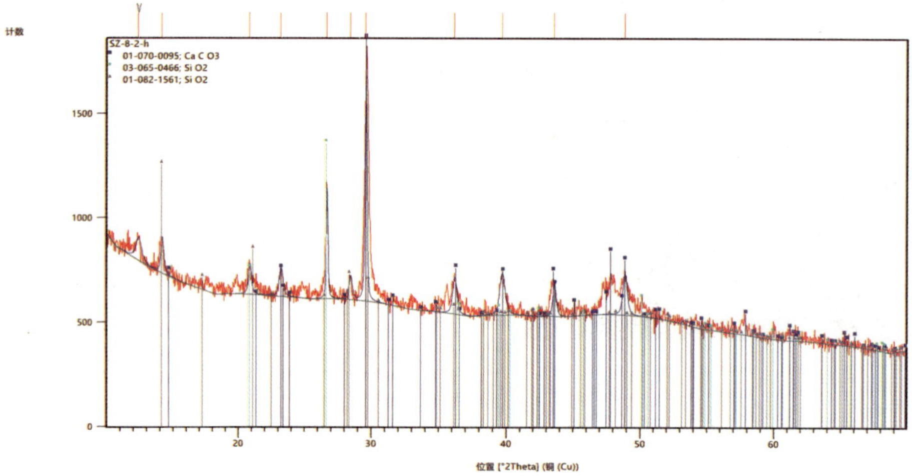

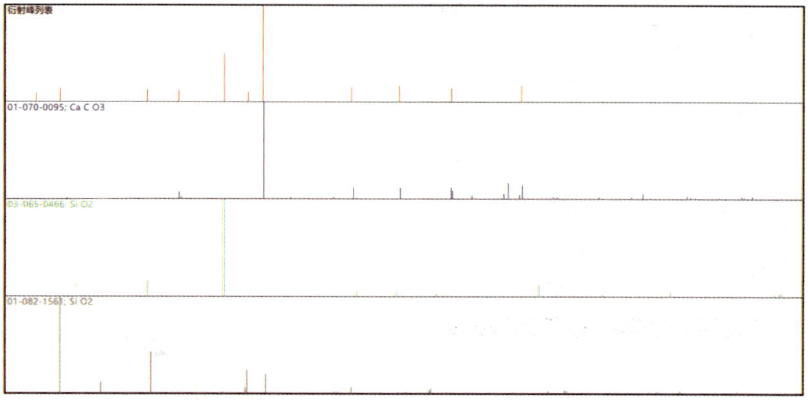

卡片号码	得分	化合物名称	化学式	矿物名称	半定量/%
01-070-0095	66	Calcium Carbonate	$CaCO_3$		70
03-065-0466	47	Silicon Oxide	SiO_2	Quartz low，syn	19
01-082-1561	21	Silicon Oxide	SiO_2		11

陶砖表面红色颜料层衍射分析

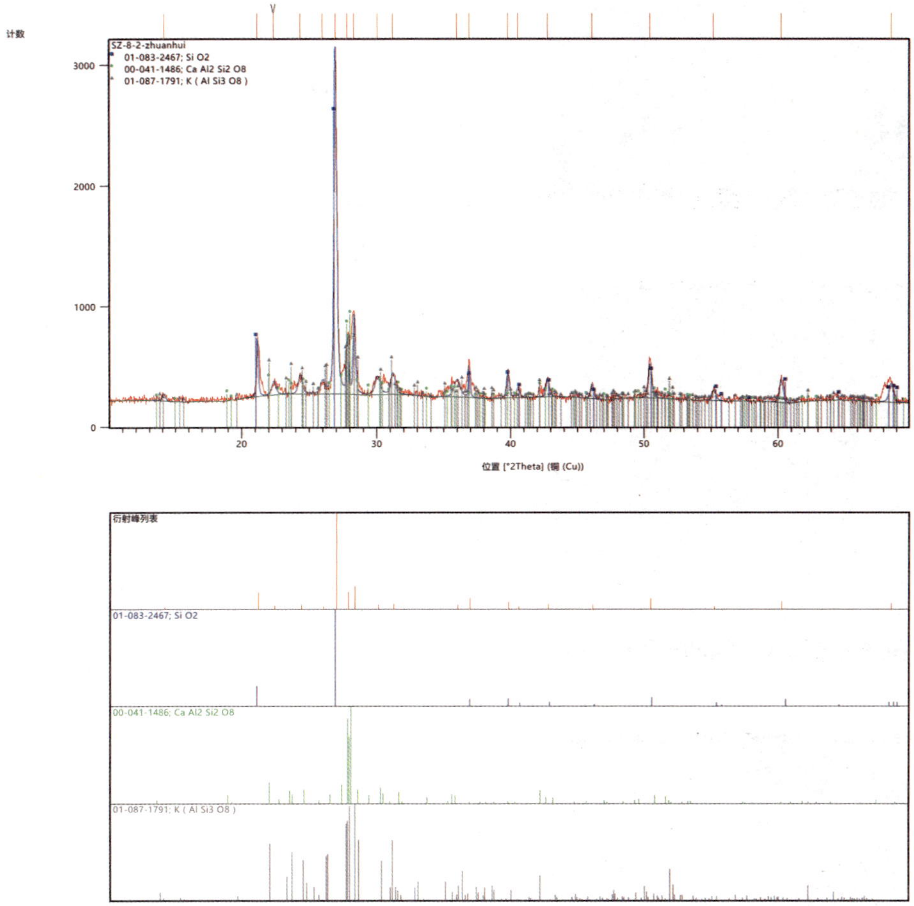

卡片号码	得分	化合物名称	化学式	矿物名称	半定量/%
01-070-0095	66	Calcium Carbonate	$CaCO_3$		70
03-065-0466	47	Silicon Oxide	SiO_2	Quartz low，syn	19
01-082-1561	21	Silicon Oxide	SiO_2		11

陶砖基体衍射分析

(2)SZ-5-46：

①扫描电镜及能谱分析。

元素	原子百分比	质量百分比	氧化物	氧化物百分比
Si	61.19	58.18	SiO_2	65.39
Al	17.73	16.20	Al_2O_3	16.08
Fe	3.22	6.08	FeO	4.57
K	4.56	6.04	K_2O	3.82
Ca	3.56	4.84	CaO	3.55
Na	4.64	3.61	Na_2O	2.56
Mg	3.53	2.90	MgO	2.53
Cl	0.92	1.10		
Ti	0.65	1.05	TiO_2	0.92

陶砖内部夹沙质地材料元素含量

元素	原子百分比	质量百分比	氧化物	氧化物百分比
Si	57.16	54.71	SiO_2	61.51
Al	22.48	20.67	Al_2O_3	20.53
Fe	4.05	7.70	FeO	5.79
K	4.66	6.21	K_2O	3.93
Mg	5.62	4.66	MgO	4.06
Na	3.52	2.75	Na_2O	1.95
Ca	1.73	2.36	CaO	1.73
Cl	0.78	0.94		

陶砖内部黏土质地材料元素含量

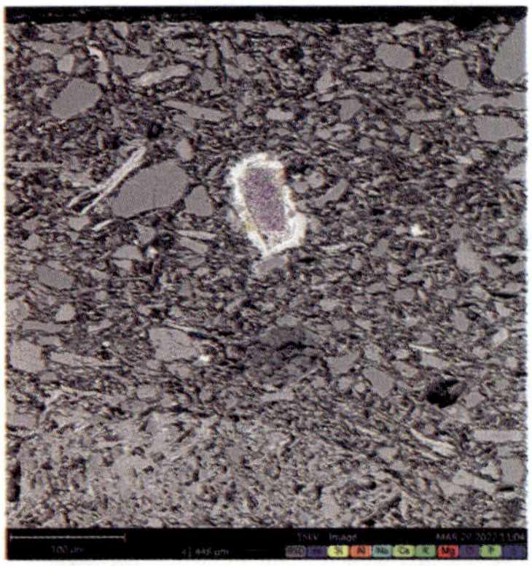

元素	原子百分比	质量百分比	氧化物	氧化物百分比
Fe	58.13	73.33	FeO	67.73
Si	21.34	13.54	SiO_2	18.71
Al	9.48	5.78	Al_2O_3	7.05
Na	4.61	2.39	Na_2O	2.08
Ca	1.63	1.48	CaO	1.34
K	1.58	1.39	K_2O	1.08
Mg	1.82	1.00	MgO	1.07
Cl	0.98	0.79		
P	0.24	0.17	P_2O_5	0.25
S	0.19	0.14	SO_2	0.18

陶砖内部矿物夹渣元素含量

元素	原子百分比	质量百分比	氧化物	氧化物百分比
Ca	42.27	51.59	CaO	44.76
Si	29.32	25.08	SiO_2	33.27
Al	11.65	9.57	Al_2O_3	11.22
F	7.86	4.55		
Fe	2.07	3.53	FeO	3.13
Mg	3.20	2.37	MgO	2.44
Cl	1.60	1.73		
Na	1.68	1.18	Na_2O	0.98
K	0.33	0.40	K_2O	0.30

陶砖内部玻璃态区域元素含量

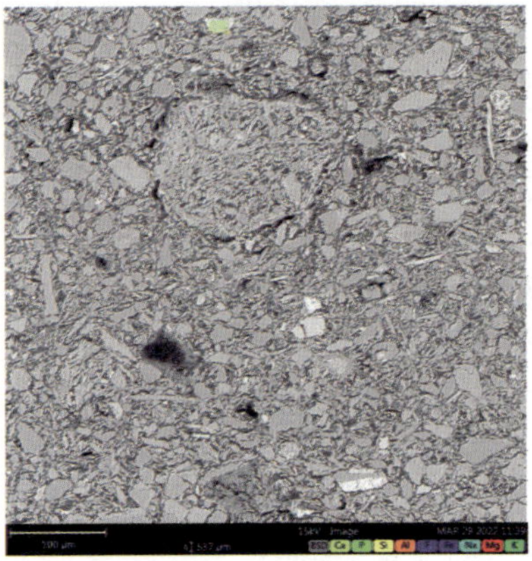

元素	原子百分比	质量百分比	氧化物	氧化物百分比
Ca	32.79	40.73	CaO	32.36
P	26.15	25.10	P_2O_5	32.66
Si	20.29	17.67	SiO_2	21.46
Al	6.26	5.23	Al_2O_3	5.61
F	8.48	4.99		
Fe	1.43	2.48	FeO	2.01
Na	1.94	1.38	Na_2O	1.06
Mg	1.77	1.33	MgO	1.26
K	0.90	1.09	K_2O	0.74

陶砖内部矿物夹渣元素含量

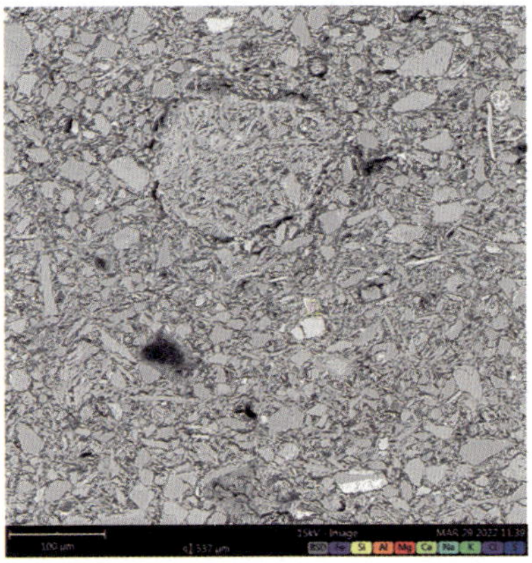

元素	原子百分比	质量百分比	氧化物	氧化物百分比
Fe	36.24	53.25	FeO	45.85
Si	32.47	23.99	SiO_2	30.91
Al	17.76	12.61	Al_2O_3	14.35
Mg	5.96	3.81	MgO	3.80
Ca	2.59	2.73	CaO	2.30
Na	3.54	2.14	Na_2O	1.74
K	1.26	1.30	K_2O	0.94
Cl	0.18	0.17		
S	0.00	0.00	SO_2	0.00

陶砖内部矿物夹渣元素含量

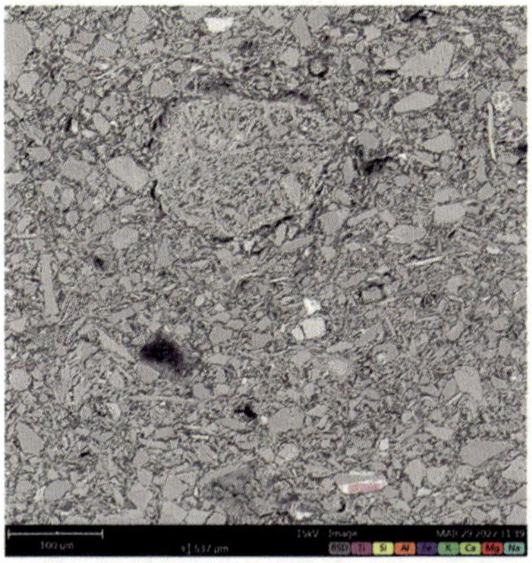

元素	原子百分比	质量百分比	氧化物	氧化物百分比
Ti	51.87	63.61	TiO_2	60.37
Si	26.34	18.95	SiO_2	23.07
Al	13.64	9.43	Al_2O_3	10.14
Fe	2.44	3.48	FeO	2.83
K	1.39	1.39	K_2O	0.95
Ca	1.21	1.24	CaO	0.99
Mg	1.72	1.07	MgO	1.01
Na	1.38	0.82	Na_2O	0.63

陶砖内部矿物夹渣元素含量

元素	原子百分比	质量百分比	氧化物	氧化物百分比
Ca	40.87	49.61	CaO	40.79
P	29.94	28.09	P_2O_5	37.81
Si	9.85	8.38	SiO_2	10.53
F	10.60	6.10		
Al	3.86	3.15	Al_2O_3	3.50
Fe	0.80	1.35	FeO	1.02
Mg	1.59	1.17	MgO	1.14
Na	1.66	1.15	Na_2O	0.91
K	0.84	0.99	K_2O	0.70
Cl	0.00	0.00		

陶砖内部矿物夹渣元素含量

②衍射分析。

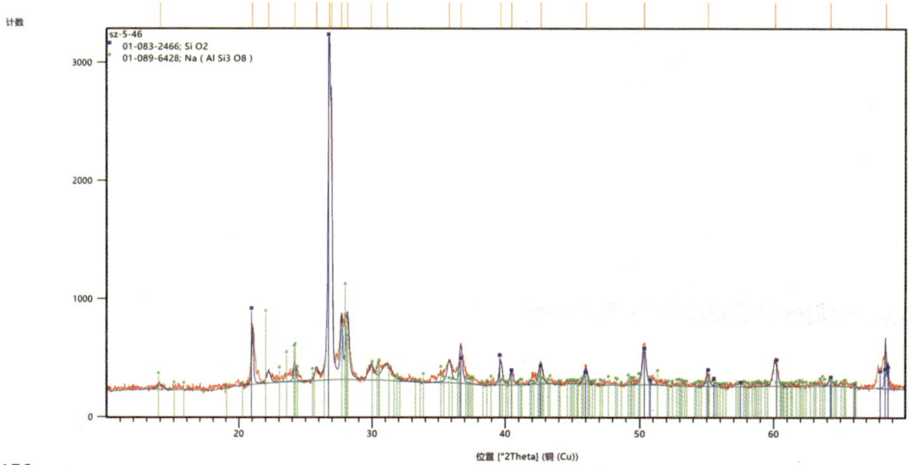

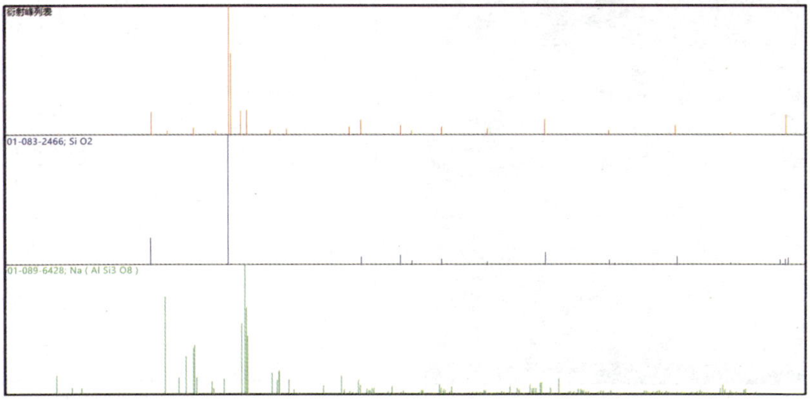

卡片号码	得分	化合物名称	化学式	矿物名称	半定量/%
01-083-2466	69	Silicon Oxide	SiO_2	Quartz low，syn	43
01-089-6428	27	Sodium Aluminum Silicate	$Na(AlSi_3O_8)$	Albite (heat-treated)	57

陶砖基体衍射分析

(3)SZ-10-3：

①扫描电镜及能谱分析。

元素	原子百分比	质量百分比	氧化物	氧化物百分比
Si	60.33	57.10	SiO_2	64.70
Al	16.82	15.30	Al_2O_3	15.31
Ca	6.24	8.43	CaO	6.25
Fe	2.99	5.62	FeO	3.83
K	3.86	5.08	K_2O	3.24
Na	4.45	3.45	Na_2O	2.46
Mg	3.94	3.23	MgO	2.84
Cl	0.70	0.83		
Ti	0.45	0.73	TiO_2	0.64
P	0.22	0.23	P_2O_5	0.28

陶砖内部夹沙质地材料元素含量

元素	原子百分比	质量百分比	氧化物	氧化物百分比
Si	49.44	46.22	SiO_2	53.92
Al	22.28	20.01	Al_2O_3	20.62
Ca	10.08	13.45	CaO	10.26
Fe	3.74	6.95	FeO	4.87
Mg	6.43	5.20	MgO	4.70
K	2.69	3.50	K_2O	2.30
Na	4.21	3.22	Na_2O	2.37
Cl	0.86	1.01		
Ti	0.28	0.45	TiO_2	0.41

陶砖内部黏土质地材料元素含量

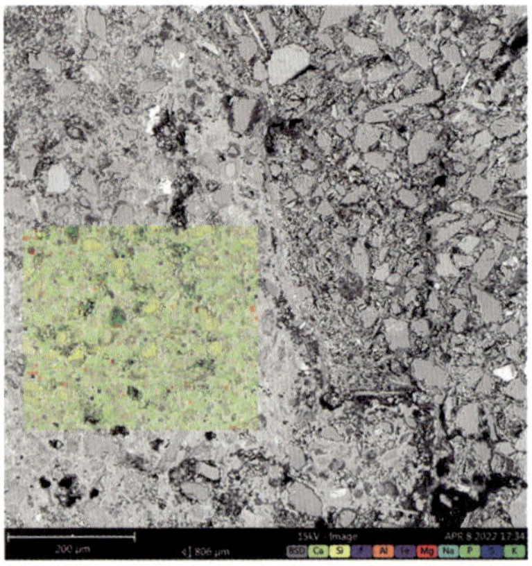

元素	原子百分比	质量百分比	氧化物	氧化物百分比
Ca	33.41	43.81	CaO	38.36
Si	30.00	27.57	SiO_2	36.90
F	20.18	12.55		
Al	7.30	6.44	Al_2O_3	7.62
Fe	1.44	2.64	FeO	2.12
Mg	3.10	2.46	MgO	2.56
Na	1.49	1.12	Na_2O	0.94
P	1.08	1.09	P_2O_5	1.57
S	0.83	0.87	SO_2	1.08
K	0.57	0.73	K_2O	0.55
Cl	0.61	0.71		

陶砖内部玻璃态夹沙区域元素含量

元素	原子百分比	质量百分比	氧化物	氧化物百分比
Ti	27.79	33.96	TiO_2	35.96
Fe	19.63	27.98	FeO	22.85
Si	19.96	14.31	SiO_2	19.43
Na	13.42	7.87	Na_2O	6.74
Al	8.33	5.73	Al_2O_3	6.88
Cl	3.41	3.08		
Mn	1.37	1.92	MnO	1.58
Ca	1.72	1.76	CaO	1.57
K	1.76	1.76	K_2O	1.34
Mg	2.61	1.62	MgO	1.70

陶砖内部矿物夹渣元素含量

元素	原子百分比	质量百分比	氧化物	氧化物百分比
Ti	64.42	74.12	TiO_2	72.04
Si	20.30	13.70	SiO_2	17.08
Al	6.39	4.15	Al_2O_3	4.57
Fe	2.55	3.43	FeO	2.57
Ca	1.41	1.36	CaO	1.11
Mg	1.88	1.10	MgO	1.06
K	1.08	1.02	K_2O	0.71
Na	1.80	1.00	Na_2O	0.78
Cl	0.16	0.13		

陶砖内部矿物夹渣元素含量

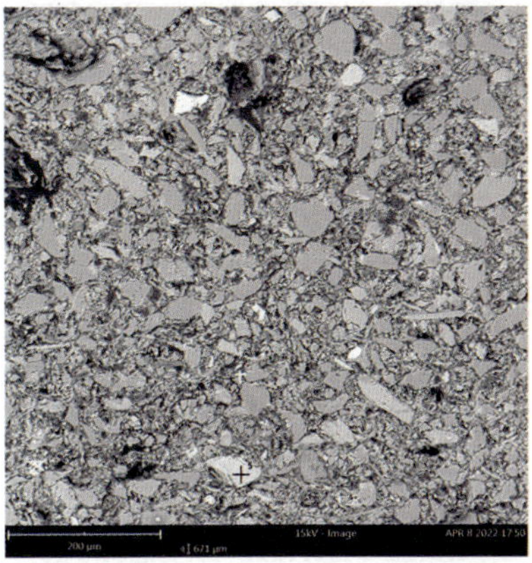

元素	原子百分比	质量百分比	氧化物	氧化物百分比
Si	51.82	49.54	SiO_2	57.54
Mg	24.37	20.16	MgO	18.15
Ca	8.33	11.36	CaO	8.63
Fe	4.89	9.30	FeO	6.49
Al	8.06	7.40	Al_2O_3	7.59
Na	2.05	1.60	Na_2O	1.17
K	0.48	0.64	K_2O	0.42

陶砖内部矿物夹渣元素含量

元素	原子百分比	质量百分比	氧化物	氧化物百分比
Ca	41.77	51.11	CaO	42.12
P	31.21	29.51	P_2O_5	39.83
F	12.56	7.28		
Si	8.16	7.00	SiO_2	8.81
Al	3.02	2.49	Al_2O_3	2.77
Na	1.56	1.10	Na_2O	0.87
Mg	1.20	0.89	MgO	0.87
K	0.52	0.62	K_2O	0.44

陶砖内部矿物夹渣元素含量

元素	原子百分比	质量百分比	氧化物	氧化物百分比
Si	44.34	39.83	SiO_2	47.36
Fe	13.74	24.53	FeO	17.55
Al	25.74	22.21	Al_2O_3	23.34
Mg	12.68	9.85	MgO	9.08
Ca	1.34	1.72	CaO	1.34
Na	1.67	1.23	Na_2O	0.92
K	0.49	0.61	K_2O	0.41

陶砖内部矿物夹渣元素含量

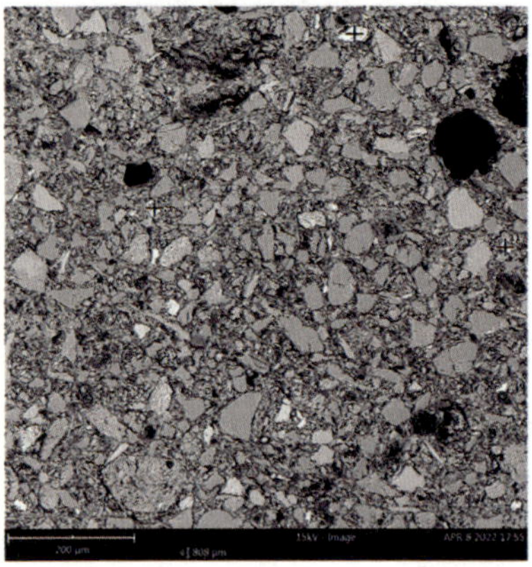

元素	原子百分比	质量百分比	氧化物	氧化物百分比
Si	41.14	36.38	SiO_2	44.53
Fe	12.08	21.24	FeO	15.64
Al	24.09	20.46	Al_2O_3	22.13
K	7.21	8.87	K_2O	6.11
Mg	9.94	7.60	MgO	7.21
Na	3.16	2.29	Na_2O	1.77
Ca	1.12	1.42	CaO	1.14
Ti	0.84	1.26	TiO_2	1.20
Cl	0.42	0.47		

陶砖内部矿物夹渣元素含量

②衍射分析。

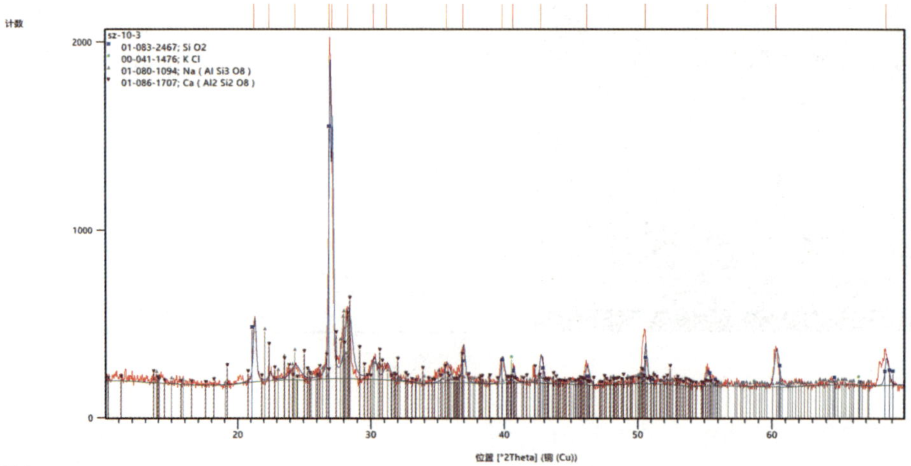

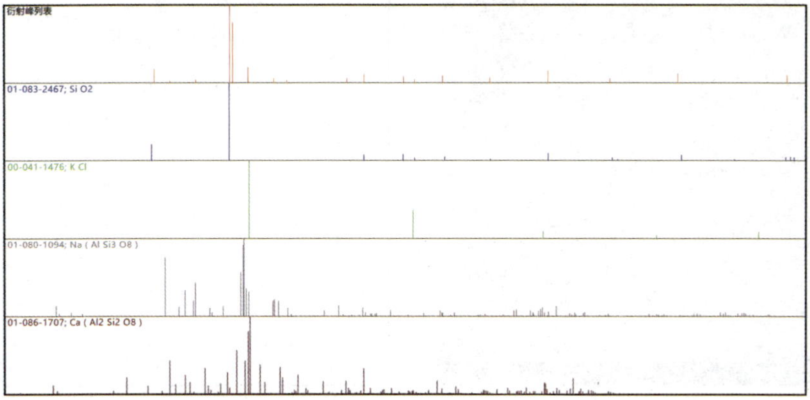

卡片号码	得分	化合物名称	化学式	矿物名称	半定量/%
01-083-2467	51	Silicon Oxide	SiO_2	Quartz low，syn	—
00-041-1476	41	Potassium Chloride	KCl	Sylvite，syn	—
01-080-1094	17	Sodium Aluminum Silicate	$Na(AlSi_3O_8)$	Albite low	—
01-086-1707	15	Calcium Aluminum Silicate	$Ca(Al_2Si_2O_8)$	Anorthite	—

陶砖基体衍射分析

（4）WZ-11-37：

①扫描电镜及能谱分析。

元素	原子百分比	质量百分比	氧化物	氧化物百分比
Si	61.36	58.53	SiO_2	65.48
Al	17.36	15.91	Al_2O_3	15.72
Fe	3.37	6.38	FeO	4.77
Ca	3.80	5.17	CaO	3.78
K	3.45	4.59	K_2O	2.89
Mg	5.05	4.16	MgO	3.61
Na	4.23	3.30	Na_2O	2.33
Ti	0.69	1.13	TiO_2	0.98
Cl	0.70	0.84		

陶砖内部夹沙质地材料元素含量

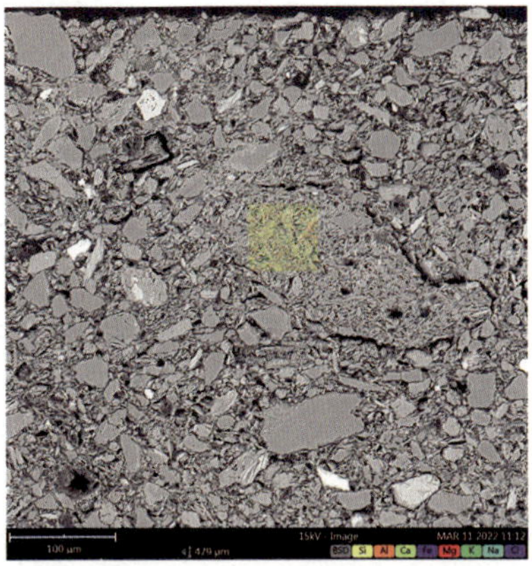

元素	原子百分比	质量百分比	氧化物	氧化物百分比
Si	52.80	49.27	SiO_2	56.47
Al	22.31	20.01	Al_2O_3	20.25
Ca	9.33	12.43	CaO	9.32
Fe	4.32	8.02	FeO	6.15
Mg	5.58	4.51	MgO	4.00
K	2.29	2.98	K_2O	1.92
Na	2.81	2.15	Na_2O	1.55
Cl	0.54	0.63		

陶砖内部黏土质地材料元素含量

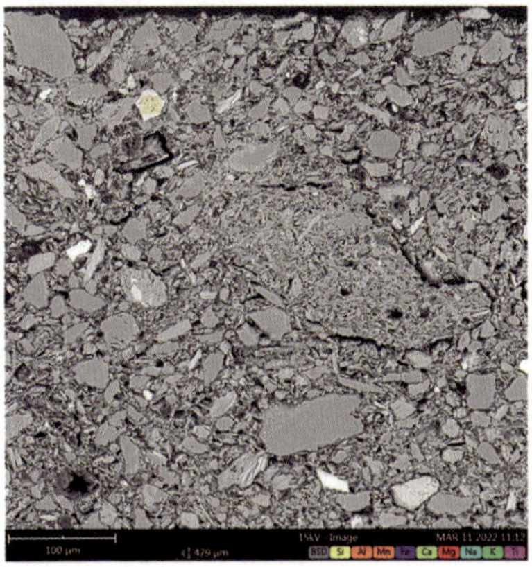

元素	原子百分比	质量百分比	氧化物	氧化物百分比
Si	47.00	39.70	SiO_2	47.68
Al	25.59	20.77	Al_2O_3	22.04
Mn	11.61	19.18	MnO	13.91
Fe	6.10	10.24	FeO	8.22
Ca	5.69	6.86	CaO	5.39
Mg	2.09	1.53	MgO	1.42
Na	1.27	0.88	Na_2O	0.66
K	0.37	0.44	K_2O	0.30
Ti	0.28	0.40	TiO_2	0.37

陶砖内部矿物夹渣元素含量

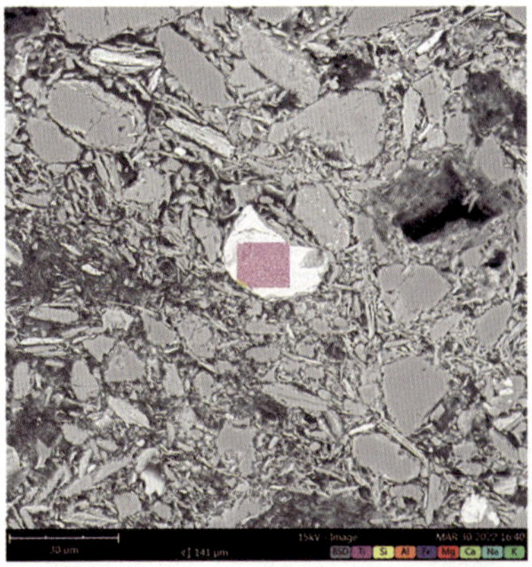

元素	原子百分比	质量百分比	氧化物	氧化物百分比
Ti	71.28	80.24	TiO_2	78.43
Si	13.99	9.24	SiO_2	11.58
Al	6.55	4.15	Al_2O_3	4.60
Fe	1.25	1.64	FeO	1.37
Mg	2.69	1.54	MgO	1.50
Ca	1.61	1.52	CaO	1.25
Na	1.97	1.07	Na_2O	0.84
K	0.66	0.61	K_2O	0.43

陶砖内部矿物夹渣元素含量

元素	原子百分比	质量百分比	氧化物	氧化物百分比
Fe	43.31	57.18	FeO	52.07
Si	17.79	11.81	SiO_2	16.09
Ti	10.03	11.35	TiO_2	12.06
Al	11.22	7.15	Al_2O_3	8.61
Mg	9.42	5.41	MgO	5.71
Cr	2.36	2.90		
Na	3.35	1.82	Na_2O	1.56
Ca	1.80	1.70	CaO	1.52
K	0.72	0.67	K_2O	0.51

陶砖内部矿物夹渣元素含量

元素	原子百分比	质量百分比	氧化物	氧化物百分比
Si	42.82	37.05	SiO_2	44.84
Fe	13.44	23.12	FeO	18.70
Al	19.20	15.96	Al_2O_3	17.06
K	7.63	9.19	K_2O	6.26
Mg	10.38	7.77	MgO	7.29
Ti	1.99	2.94	TiO_2	2.77
Na	3.10	2.20	Na_2O	1.68
Ca	1.44	1.78	CaO	1.41
Ca	1.44	1.78	CaO	1.41

陶砖内部矿物夹渣元素含量

元素	原子百分比	质量百分比	氧化物	氧化物百分比
Ti	51.89	63.35	TiO_2	61.21
Si	21.69	15.53	SiO_2	19.25
Al	11.12	7.65	Al_2O_3	8.38
Fe	3.37	4.79	FeO	3.97
Mg	4.50	2.79	MgO	2.68
Na	3.87	2.27	Na_2O	1.77
Ca	1.97	2.01	CaO	1.63
K	1.60	1.59	K_2O	1.11

陶砖内部矿物夹渣元素含量

②衍射分析。

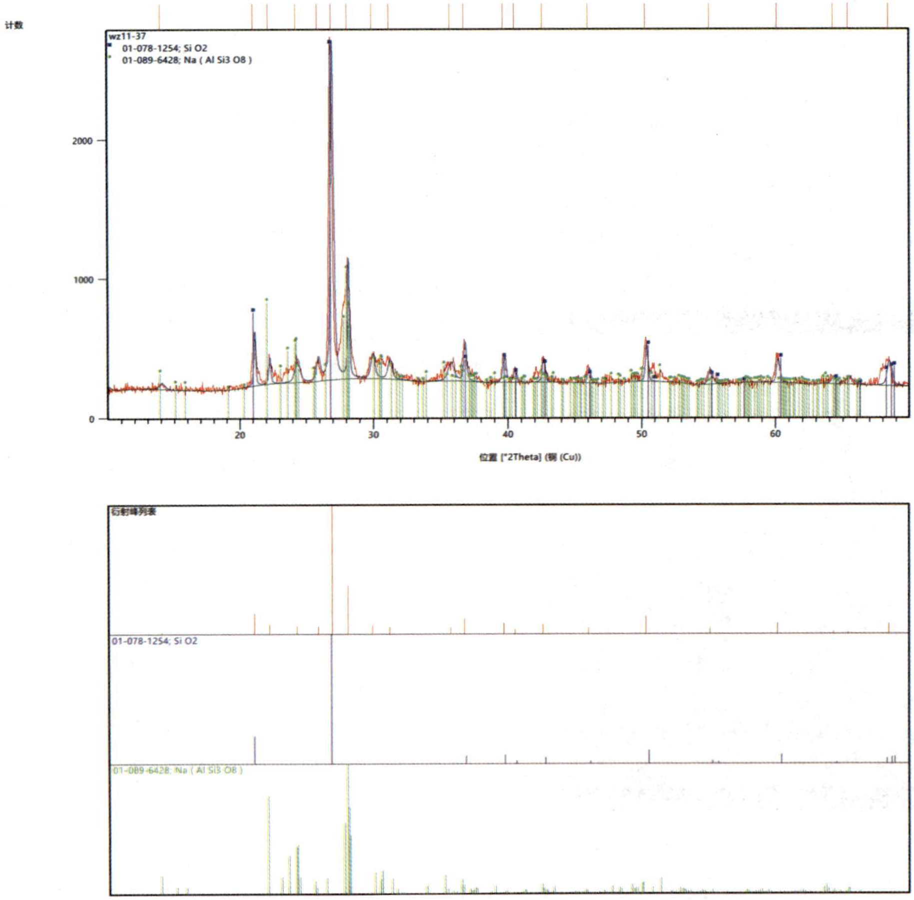

卡片号码	得分	化合物名称	化学式	矿物名称	半定量/%
01-078-1254	52	Silicon Oxide	SiO_2	Quartz low, syn	41
01-089-6428	28	Sodium Aluminum Silicate	$Na(AlSi_3O_8)$	Albite (heat-treated)	59

陶砖基体衍射分析

(5)WZ-11-21：

①扫描电镜及能谱分析。

元素	原子百分比	质量百分比	氧化物	氧化物百分比
Si	57.75	54.17	SiO_2	61.62
Al	18.65	16.81	Al_2O_3	16.89
Fe	4.09	7.63	FeO	5.80
Ca	4.85	6.49	CaO	4.83
K	4.91	6.42	K_2O	4.11
Mg	4.27	3.46	MgO	3.05
Na	4.28	3.28	Na_2O	2.35
Ti	0.76	1.21	TiO_2	1.07
Cl	0.45	0.53		

陶砖内部夹沙质地材料元素含量

元素	原子百分比	质量百分比	氧化物	氧化物百分比
Si	58.46	55.89	SiO_2	62.43
Al	21.80	20.02	Al_2O_3	19.76
Fe	3.99	7.58	FeO	5.66
K	4.41	5.88	K_2O	3.70
Mg	5.70	4.72	MgO	4.09
Ca	1.87	2.56	CaO	1.87
Na	3.27	2.56	Na_2O	1.80
Ti	0.49	0.80	TiO_2	0.69

陶砖内部黏土质地材料元素含量

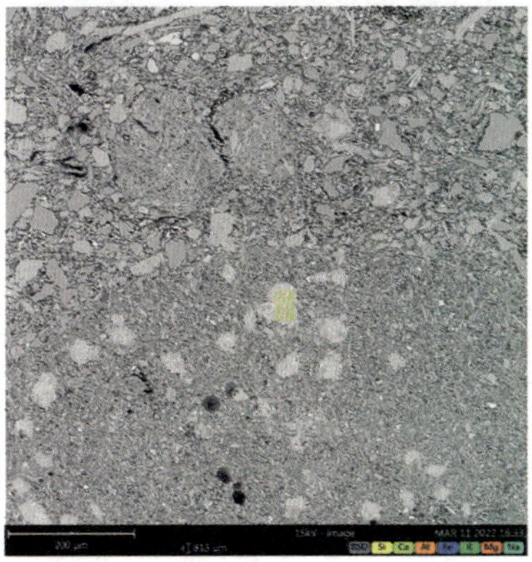

元素	原子百分比	质量百分比	氧化物	氧化物百分比
Si	39.32	34.26	SiO_2	42.25
Ca	25.99	32.32	CaO	26.07
Al	18.86	15.79	Al_2O_3	17.20
Fe	4.96	8.60	FeO	7.09
Mg	4.47	3.37	MgO	3.22
Na	4.20	2.99	Na_2O	2.33
K	2.20	2.67	K_2O	1.85

陶砖内部玻璃态区域元素含量

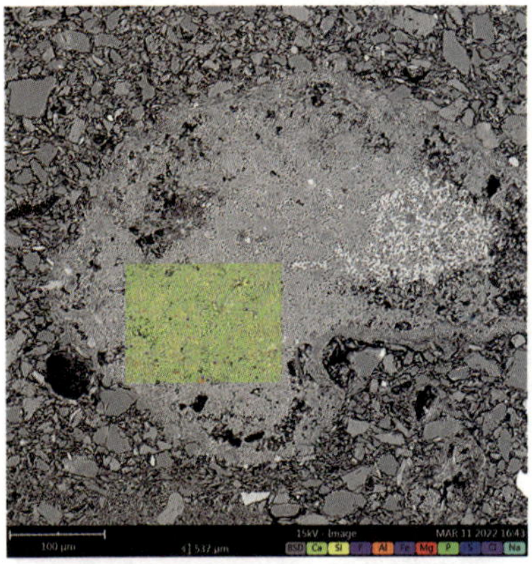

元素	原子百分比	质量百分比	氧化物	氧化物百分比
Ca	37.26	48.51	CaO	43.98
Si	22.77	20.78	SiO_2	28.80
F	24.23	14.96		
Al	6.82	5.98	Al_2O_3	7.32
Fe	1.64	2.97	FeO	2.75
Mg	2.82	2.23	MgO	2.39
P	1.25	1.26	P_2O_5	1.87
S	1.02	1.07	SO_2	1.38
Cl	0.72	0.83		
Na	0.95	0.71	Na_2O	0.62
K	0.32	0.41	K_2O	0.32
Ti	0.20	0.32	TiO_2	0.34

陶砖内部玻璃态区域元素含量

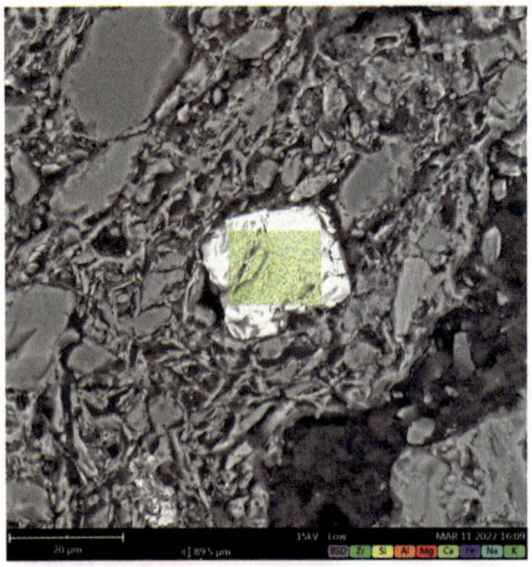

元素	原子百分比	质量百分比	氧化物	氧化物百分比
Zr	37.59	65.80	ZrO_2	56.38
Si	47.77	25.75	SiO_2	34.93
Al	6.74	3.49	Al_2O_3	4.18
Mg	2.51	1.17	MgO	1.23
Ca	1.48	1.14	CaO	1.01
Fe	1.02	1.10	FeO	0.99
Na	1.97	0.87	Na_2O	0.74
K	0.92	0.69	K_2O	0.53

陶砖内部矿物夹渣元素含量

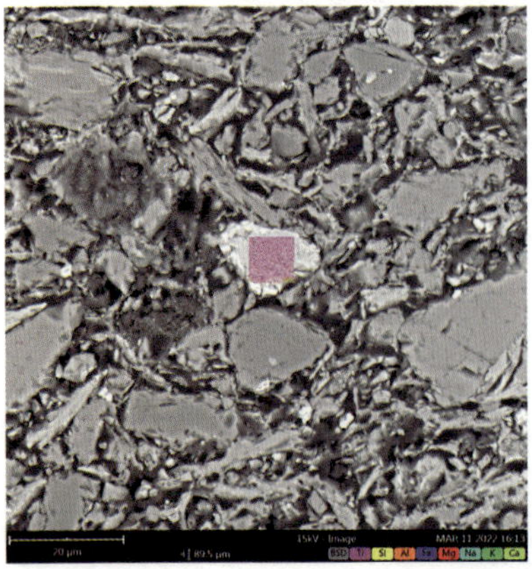

元素	原子百分比	质量百分比	氧化物	氧化物百分比
Ti	61.85	71.90	TiO_2	69.85
Si	18.40	12.55	SiO_2	15.63
Al	8.85	5.80	Al_2O_3	6.39
Fe	3.30	4.48	FeO	3.73
Mg	3.01	1.77	MgO	1.71
Na	2.27	1.27	Na_2O	0.99
K	1.24	1.18	K_2O	0.83
Ca	1.08	1.05	CaO	0.86

陶砖内部矿物夹渣元素含量

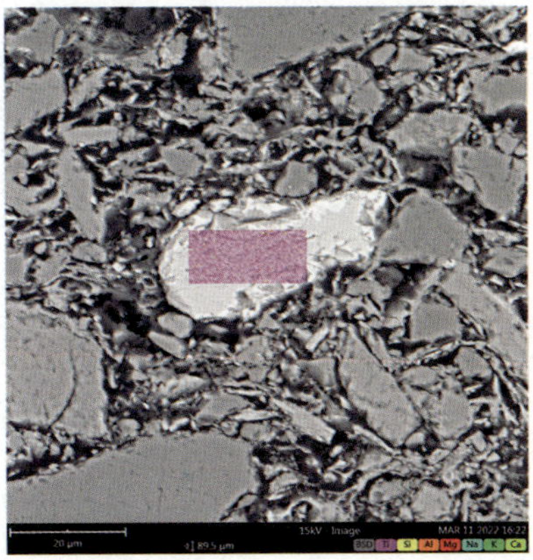

元素	原子百分比	质量百分比	氧化物	氧化物百分比
Ti	73.01	82.31	TiO_2	80.08
Si	14.97	9.90	SiO_2	12.36
Al	6.38	4.05	Al_2O_3	4.47
Mg	2.04	1.17	MgO	1.13
Na	2.01	1.09	Na_2O	0.86
K	0.91	0.84	K_2O	0.59
Ca	0.68	0.65	CaO	0.53

陶砖内部矿物夹渣元素含量

元素	原子百分比	质量百分比	氧化物	氧化物百分比
Zr	37.88	65.92	ZrO_2	56.59
Si	48.26	25.86	SiO_2	35.15
Al	5.39	2.78	Al2O_3	3.33
Ca	1.97	1.50	CaO	1.34
Fe	1.16	1.23	FeO	1.12
Mg	2.30	1.07	MgO	1.12
Na	2.00	0.88	Na_2O	0.75
K	1.03	0.77	K_2O	0.59

陶砖内部矿物夹渣元素含量

②衍射分析。

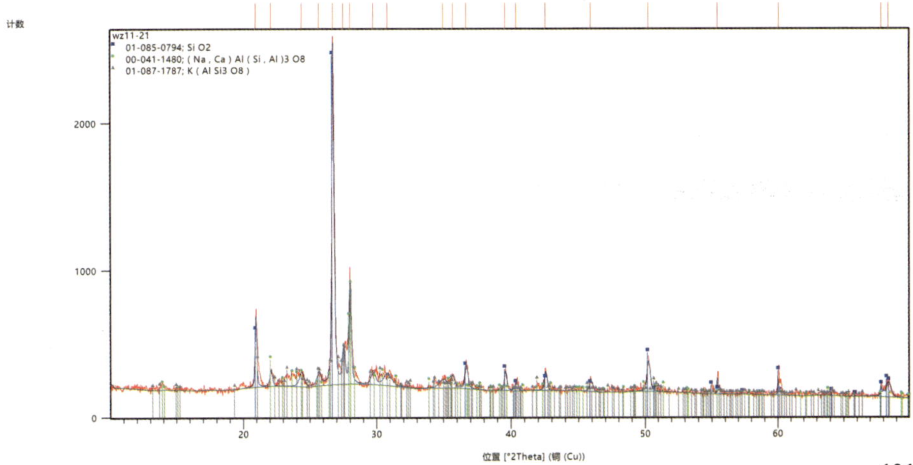

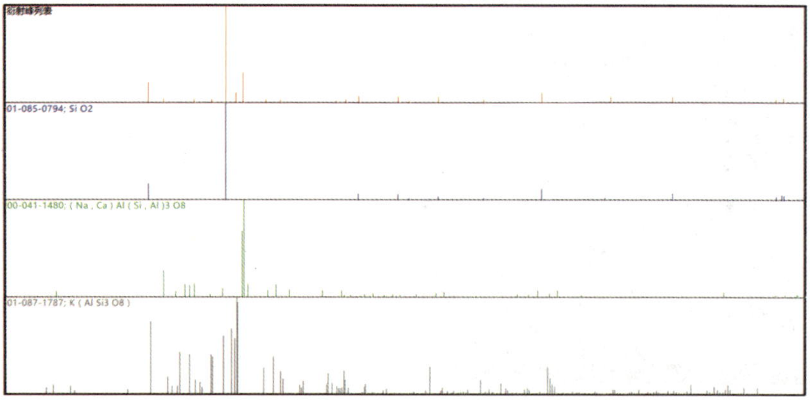

卡片号码	得分	化合物名称	化学式	矿物名称	半定量/%
01-085-0794	68	Silicon Oxide	SiO_2	Quartz	40
00-041-1480	32	Sodium Calcium Aluminum Silicate	$(Na,Ca)Al(Si,Al)_3O_8$	Albite, calcian, ordered	35
01-087-1787	21	Potassium Aluminum Silicate	$K(AlSi_3O_8)$	Microcline ordered	25

陶砖基体衍射分析

(6)WZ-12-31

①扫描电镜及能谱分析

元素	原子百分比	质量百分比	氧化物	氧化物百分比
Si	61.03	58.47	SiO_2	65.80
Al	18.20	16.75	Al_2O_3	16.66
Fe	3.12	5.95	FeO	4.03
K	4.24	5.65	K_2O	3.58
Ca	3.69	5.05	CaO	3.71
Mg	4.58	3.79	MgO	3.31
Na	4.43	3.47	Na_2O	2.46
Cl	0.71	0.86		

陶砖内部夹沙质地材料元素含量

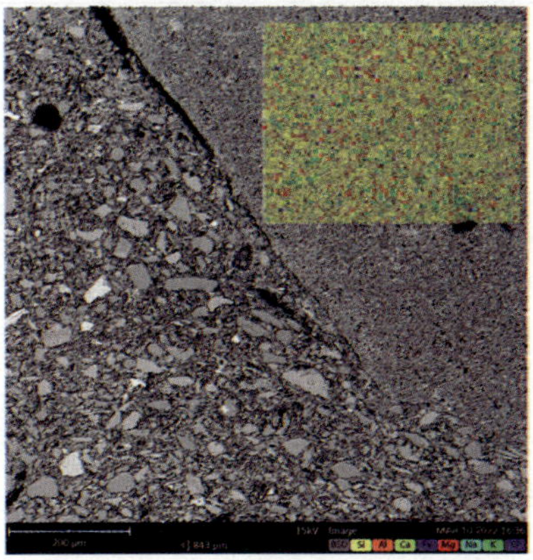

元素	原子百分比	质量百分比	氧化物	氧化物百分比
Si	48.97	45.24	SiO_2	52.93
Al	23.23	20.61	Al_2O_3	21.31
Ca	12.05	15.88	CaO	12.16
Fe	4.51	8.29	FeO	5.83
Mg	5.50	4.40	MgO	3.99
Na	3.25	2.45	Na_2O	1.81
K	1.89	2.43	K_2O	1.60
Cl	0.59	0.69		
Cl	0.59	0.69		

陶砖内部黏土质地材料元素含量

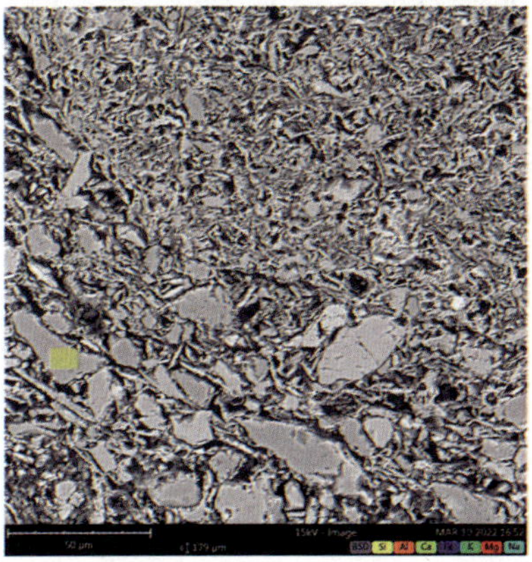

元素	原子百分比	质量百分比	氧化物	氧化物百分比
Si	90.31	89.40	SiO_2	91.99
Al	4.24	4.03	Al_2O_3	3.66
Ca	1.19	1.68	CaO	1.13
Fe	0.71	1.39	FeO	0.86
K	0.98	1.36	K_2O	0.79
Mg	1.37	1.17	MgO	0.94
Na	1.20	0.97	Na_2O	0.63

陶砖内部沙砾元素含量

元素	原子百分比	质量百分比	氧化物	氧化物百分比
Si	53.26	50.23	SiO_2	57.92
Al	21.45	19.44	Al_2O_3	19.80
Ca	8.23	11.08	CaO	8.36
Fe	3.57	6.69	FeO	4.64
Mg	4.91	4.01	MgO	3.58
Na	4.74	3.66	Na_2O	2.66
K	2.75	3.61	K_2O	2.34
Cl	1.09	1.29		

陶砖内部沙砾间隙元素含量

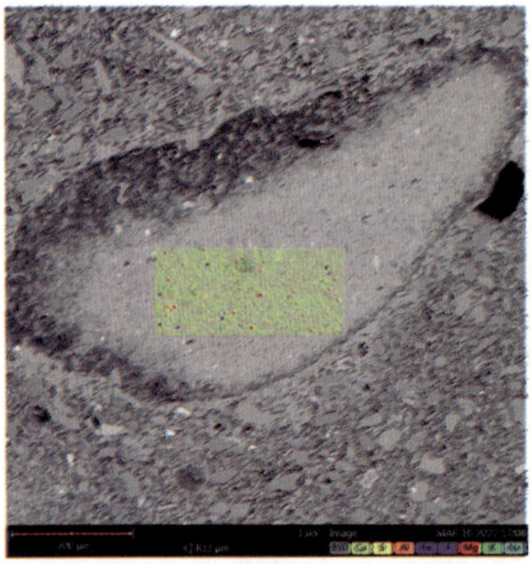

元素	原子百分比	质量百分比	氧化物	氧化物百分比
Ca	38.97	48.04	CaO	42.58
Si	26.39	22.79	SiO_2	30.88
Al	9.88	8.20	Al_2O_3	9.81
Fe	4.53	7.78	FeO	6.34
F	13.06	7.63		
Mg	5.89	4.40	MgO	4.62
K	0.51	0.62	K_2O	0.47
Na	0.77	0.54	Na_2O	0.46

陶砖内部玻璃态区域元素含量

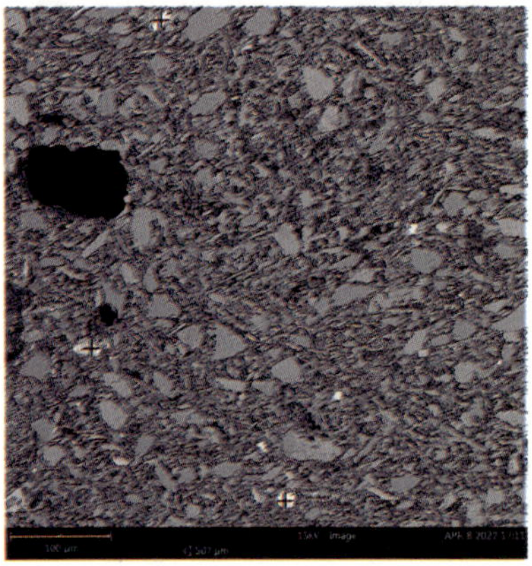

元素	原子百分比	质量百分比	氧化物	氧化物百分比
Fe	37.74	46.17	FeO	38.70
Ti	36.16	37.92	TiO_2	41.21
Si	14.48	8.91	SiO_2	12.41
Al	6.03	3.56	Al_2O_3	4.39
Mg	2.53	1.35	MgO	1.46
Ca	1.00	0.88	CaO	0.80
Na	1.56	0.78	Na_2O	0.69
K	0.51	0.44	K_2O	0.34

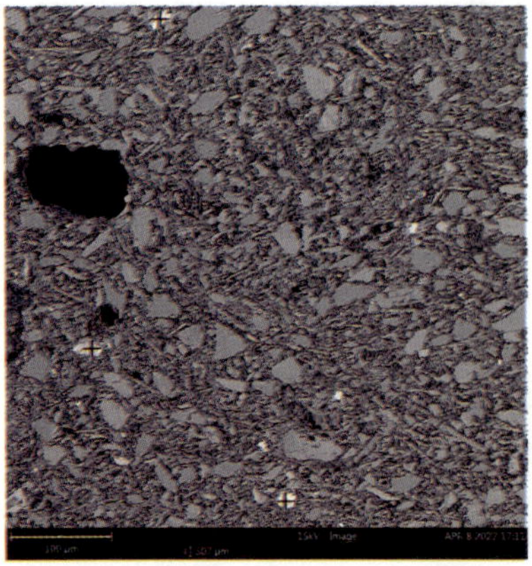

元素	原子百分比	质量百分比	氧化物	氧化物百分比
Ti	23.32	30.33	TiO_2	30.03
Si	31.16	23.78	SiO_2	30.19
Ca	16.61	18.09	CaO	15.02
Fe	8.74	13.26	FeO	10.12
Al	11.87	8.70	Al_2O_3	9.76
Na	3.94	2.46	Na_2O	1.97
Mg	3.00	1.98	MgO	1.95
K	0.96	1.02	K_2O	0.73
Cl	0.42	0.40		

陶砖内部矿物夹渣元素含量

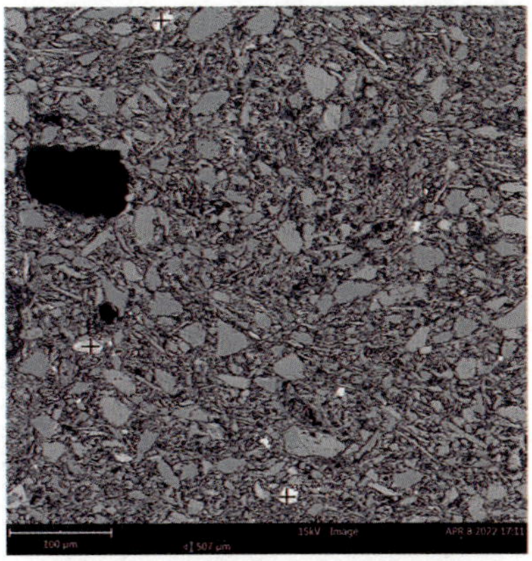

元素	原子百分比	质量百分比	氧化物	氧化物百分比
Zr	33.86	61.86	ZrO_2	52.61
Si	47.16	26.52	SiO_2	35.72
Al	8.45	4.57	Al_2O_3	5.43
Ca	2.49	2.00	CaO	1.76
Mg	3.36	1.63	MgO	1.70
Fe	1.43	1.60	FeO	1.30
Na	2.26	1.04	Na_2O	0.88
K	0.99	0.77	K_2O	0.59

陶砖内部矿物夹渣元素含量

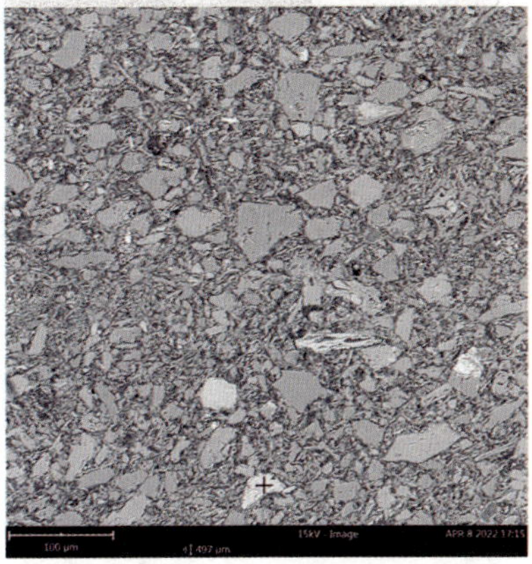

元素	原子百分比	质量百分比	氧化物	氧化物百分比
Ca	40.86	49.84	CaO	41.04
P	30.67	28.92	P_2O_5	38.99
Si	8.42	7.20	SiO_2	9.06
F	11.51	6.66		
Al	3.73	3.07	Al_2O_3	3.41
Na	2.04	1.43	Na_2O	1.13
Mg	1.68	1.24	MgO	1.21
Fe	0.70	1.19	FeO	0.90
K	0.39	0.46	K_2O	0.33

陶砖内部矿物夹渣元素含量

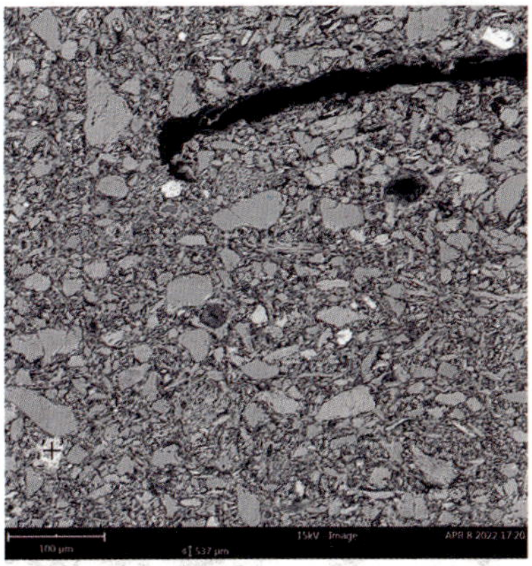

元素	原子百分比	质量百分比	氧化物	氧化物百分比
Fe	65.16	77.40	FeO	70.86
Si	17.59	10.51	SiO_2	16.00
Ca	6.96	5.93	CaO	5.91
Al	6.28	3.61	Al_2O_3	4.85
K	1.27	1.06	K_2O	0.91
Mg	1.20	0.62	MgO	0.73
Na	1.05	0.51	Na_2O	0.49
Cl	0.47	0.35		

陶砖内部矿物夹渣元素含量

②衍射分析。

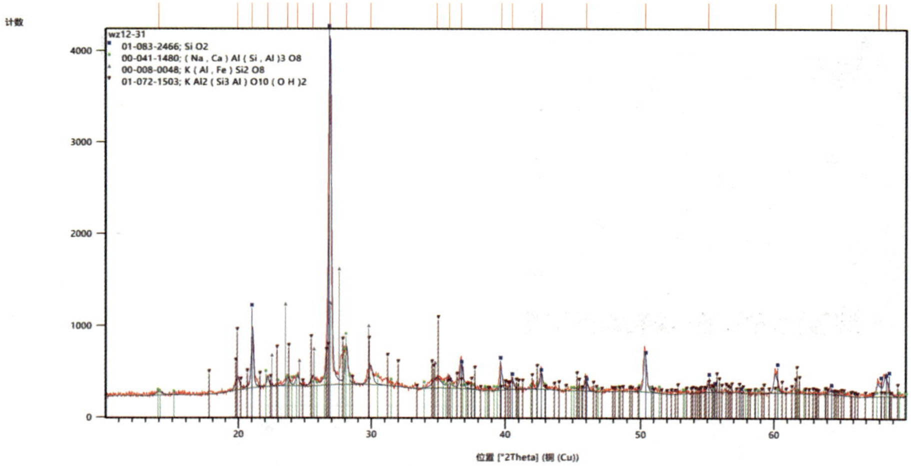

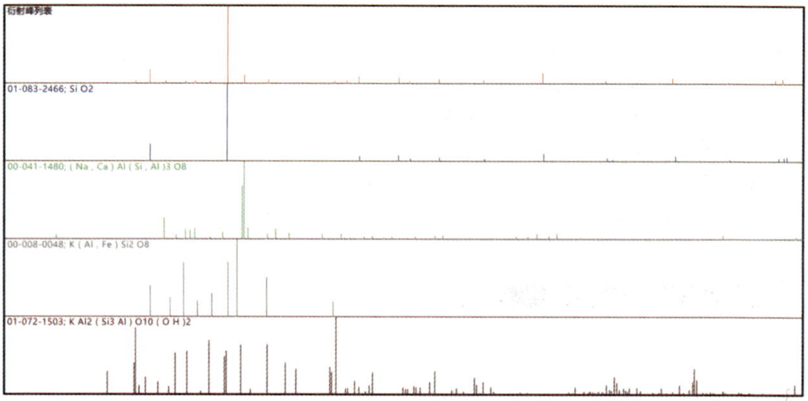

卡片号码	得分	化合物名称	化学式	矿物名称	半定量/%
01-083-2466	64	Silicon Oxide	SiO_2	Quartz low, syn	—
00-041-1480	29	Sodium Calcium Aluminum Silicate	$(Na,Ca)Al(Si,Al)_3O_8$	Albite, calcian, ordered	—
00-008-0048	16	Potassium Aluminum Silicate	$K(Al,Fe)Si_2O_8$	Orthoclase	—
01-072-1503	14	Potassium Aluminum Silicate Hydrate	$KAl_2(Si_3Al)O_{10}(OH)_2$	Muscovite	—

陶砖表面红色颜料层衍射分析

(7)NZ-2-13：

①扫描电镜及能谱分析。

元素	原子百分比	质量百分比	氧化物	氧化物百分比
Si	65.92	64.08	SiO_2	70.63
Al	17.13	16.00	Al_2O_3	15.58
K	3.96	5.36	K_2O	3.33
Ca	3.32	4.60	CaO	3.32
Na	4.26	3.39	Na_2O	2.35
Fe	1.68	3.24	FeO	2.15
Mg	3.24	2.73	MgO	2.33
Cl	0.49	0.60		

陶砖内部夹沙质地材料元素含量

元素	原子百分比	质量百分比	氧化物	氧化物百分比
Si	53.74	50.53	SiO_2	57.79
Al	22.69	20.50	Al_2O_3	20.71
Ca	9.06	12.16	CaO	9.09
Fe	3.31	6.18	FeO	4.25
Mg	5.20	4.23	MgO	3.75
K	2.33	3.05	K_2O	1.97
Na	2.86	2.20	Na_2O	1.59
Ti	0.43	0.70	TiO_2	0.62
Cl	0.38	0.45		

陶砖内部黏土质地材料元素含量

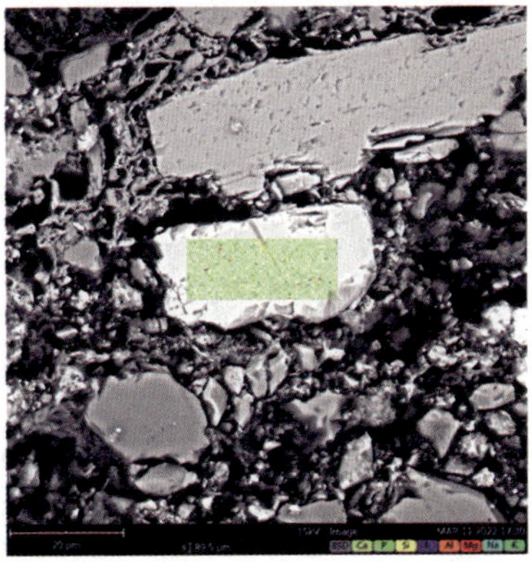

元素	原子百分比	质量百分比	氧化物	氧化物百分比
Ca	35.76	45.26	CaO	37.30
P	29.21	28.57	P_2O_5	38.56
F	16.99	10.19		
Si	10.28	9.12	SiO_2	11.49
Al	3.86	3.28	Al_2O_3	3.66
Mg	1.64	1.26	MgO	1.23
Na	1.30	0.94	Na_2O	0.75
K	0.60	0.74	K_2O	0.52
Fe	0.36	0.64	FeO	0.48

陶砖内部矿物夹渣元素含量

元素	原子百分比	质量百分比	氧化物	氧化物百分比
Zr	36.38	64.66	ZrO_2	55.24
Si	48.52	26.56	SiO_2	35.93
Al	6.27	3.29	Al_2O_3	3.94
Ca	2.07	1.62	CaO	1.43
Mg	2.86	1.35	MgO	1.42
Na	2.18	0.98	Na_2O	0.83
K	1.04	0.79	K_2O	0.60
Fe	0.69	0.75	FeO	0.61

陶砖内部矿物夹渣元素含量

元素	原子百分比	质量百分比	氧化物	氧化物百分比
Fe	33.93	41.64	FeO	34.78
Ti	38.56	40.56	TiO_2	43.93
Si	13.77	8.50	SiO_2	11.80
Al	5.59	3.32	Al_2O_3	4.07
Mn	1.76	2.12	MnO	1.78
Mg	2.63	1.40	MgO	1.51
Na	2.27	1.15	Na_2O	1.00
Ca	0.97	0.85	CaO	0.78
K	0.53	0.45	K_2O	0.35

陶砖内部矿物夹渣元素含量

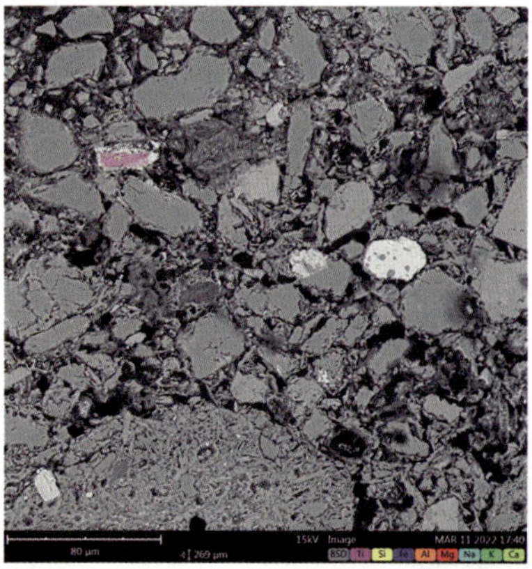

元素	原子百分比	质量百分比	氧化物	氧化物百分比
Ti	57.88	66.47	TiO_2	65.69
Si	19.72	13.29	SiO_2	16.84
Fe	8.35	11.19	FeO	8.53
Al	6.79	4.40	Al_2O_3	4.93
Mg	3.20	1.86	MgO	1.83
Na	2.65	1.46	Na_2O	1.17
K	0.85	0.80	K_2O	0.57
Ca	0.56	0.54	CaO	0.45

陶砖内部矿物夹渣元素含量

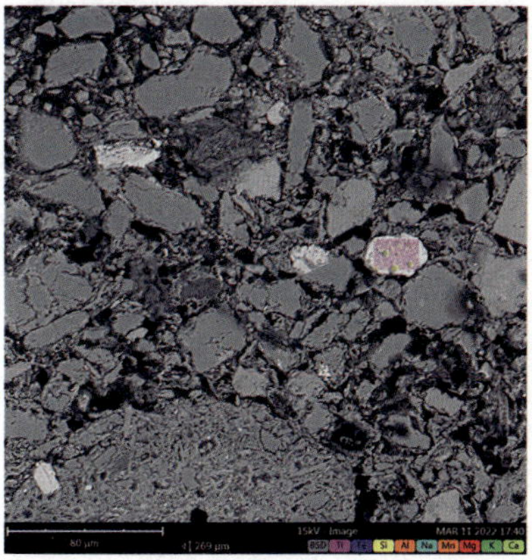

元素	原子百分比	质量百分比	氧化物	氧化物百分比
Ti	32.21	37.10	TiO_2	37.31
Fe	25.23	33.91	Fe_2O_3	29.22
Si	24.42	16.50	SiO_2	21.28
Al	8.80	5.72	Al_2O_3	6.51
Na	4.01	2.22	Na_2O	1.80
Mn	1.12	1.49	MnO	1.16
Mg	2.54	1.49	MgO	1.48
K	0.86	0.81	K_2O	0.59
Ca	0.80	0.77	CaO	0.65

陶砖内部矿物夹渣元素含量

②衍射分析。

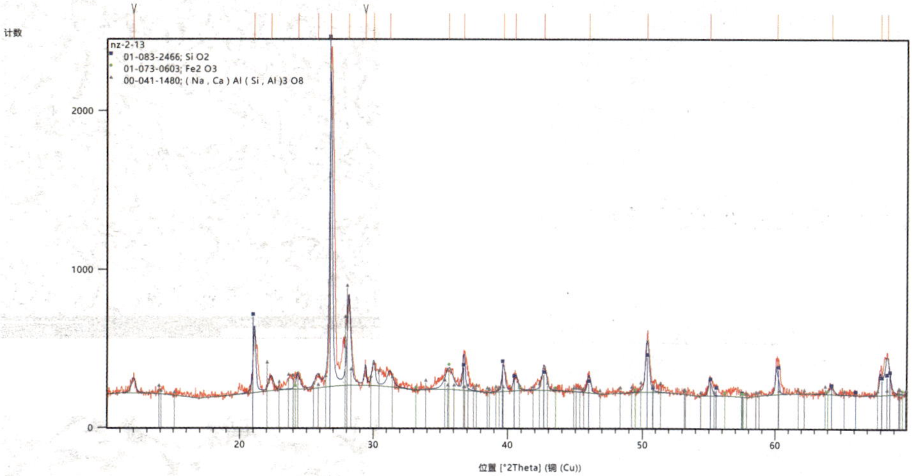

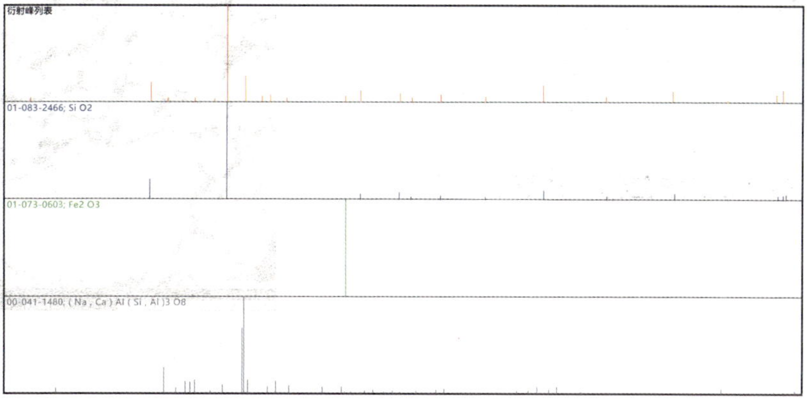

卡片号码	得分	化合物名称	化学式	矿物名称	半定量/%
01-083-2466	68	Silicon Oxide	SiO_2	Quartz low, syn	19
01-073-0603	36	Iron Oxide	Fe_2O_3	Hematite, syn	65
00-041-1480	25	Sodium Calcium Aluminum Silicate	$(Na,Ca)Al(Si,Al)_3O_8$	Albite, calcian, ordered	16

陶砖基体衍射分析

(8)EZ-7-7：

①扫描电镜及能谱分析。

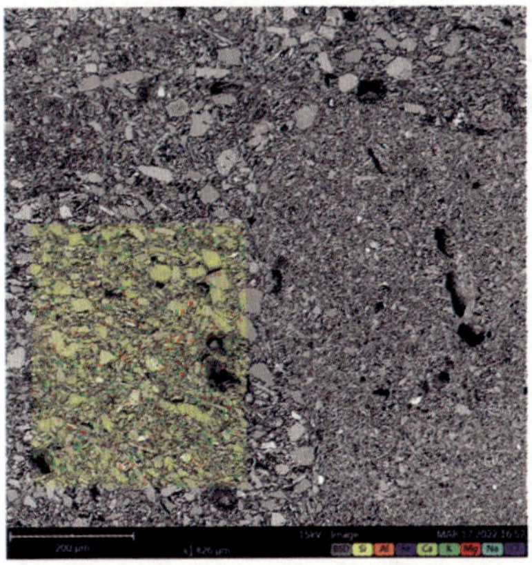

元素	原子百分比	质量百分比	氧化物	氧化物百分比
Si	62.15	59.43	SiO_2	66.29
Al	18.37	16.87	Al_2O_3	16.63
Fe	3.24	6.16	FeO	4.59
Ca	3.90	5.33	CaO	3.89
K	3.87	5.15	K_2O	3.23
Mg	3.95	3.27	MgO	2.83
Na	3.93	3.08	Na_2O	2.16
Cl	0.60	0.72		

陶砖内部夹沙质地材料元素含量

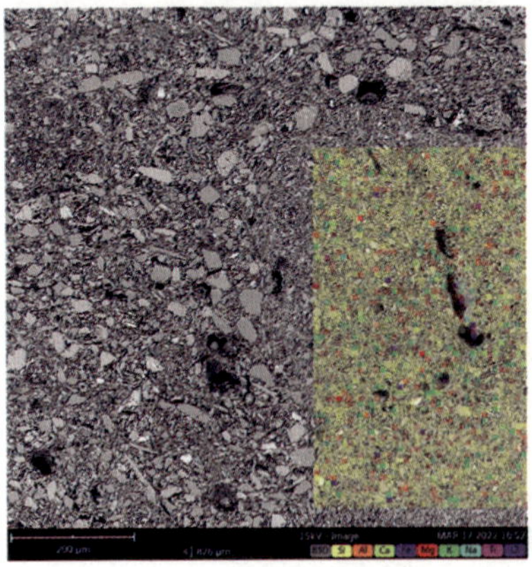

元素	原子百分比	质量百分比	氧化物	氧化物百分比
Si	53.29	49.82	SiO_2	56.96
Al	22.48	20.19	Al_2O_3	20.39
Ca	8.78	11.72	CaO	8.76
Fe	3.76	6.98	FeO	5.34
Mg	4.38	3.54	MgO	3.14
K	2.64	3.44	K_2O	2.21
Na	3.58	2.74	Na_2O	1.97
Ti	0.67	1.07	TiO_2	0.95
Cl	0.42	0.50		

陶砖内部黏土质地材料元素含量

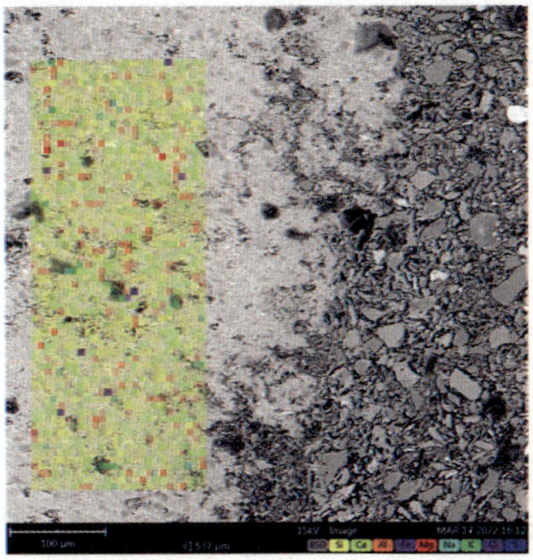

元素	原子百分比	质量百分比	氧化物	氧化物百分比
Si	41.00	35.70	SiO_2	43.80
Ca	24.20	30.06	CaO	24.13
Al	17.76	14.86	Al_2O_3	16.10
Fe	5.77	9.99	FeO	8.19
Mg	4.87	3.67	MgO	3.49
Na	3.84	2.73	Na_2O	2.11
K	1.79	2.17	K_2O	1.50
Cl	0.43	0.47		
S	0.35	0.35	SO_2	0.40

陶砖内部玻璃态区域元素含量

元素	原子百分比	质量百分比	氧化物	氧化物百分比
Ca	42.83	51.73	CaO	42.73
P	29.97	27.97	P_2O_5	37.84
Si	8.44	7.14	SiO_2	9.02
F	10.84	6.21		
Al	3.94	3.20	Al_2O_3	3.57
Fe	0.73	1.22	FeO	1.03
Na	1.47	1.02	Na_2O	0.81
Mg	1.34	0.98	MgO	0.96
K	0.44	0.52	K_2O	0.37

陶砖内部矿物夹渣元素含量

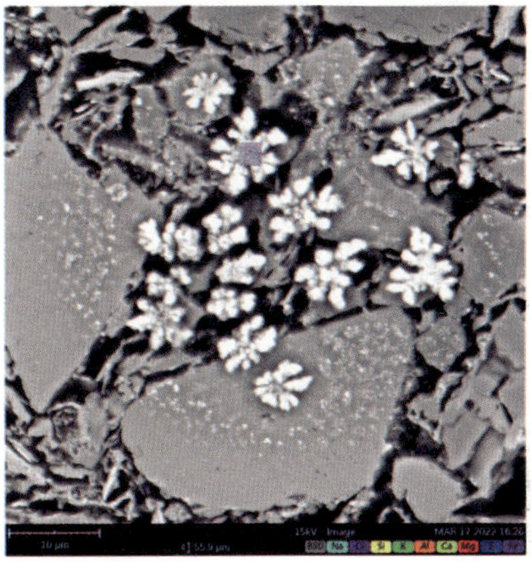

元素	原子百分比	质量百分比	氧化物	氧化物百分比
Na	49.46	40.01	Na_2O	41.51
Cl	30.39	37.92		
Si	8.66	8.55	SiO_2	14.09
K	5.45	7.50	K_2O	6.95
Al	4.05	3.85	Al_2O_3	5.60
Ca	0.69	0.97	CaO	1.05
Mg	0.99	0.85	MgO	1.08
S	0.31	0.35	SO_2	0.54
Fe	0.00	0.00	FeO	0.00

陶砖内部矿物夹渣元素含量

元素	原子百分比	质量百分比	氧化物	氧化物百分比
Ti	47.70	54.57	TiO_2	54.20
Fe	16.29	21.74	FeO	18.51
Si	20.08	13.48	SiO_2	17.17
Al	7.24	4.67	Al_2O_3	5.26
Mg	4.19	2.43	MgO	2.40
Na	2.90	1.60	Na_2O	1.28
Ca	0.92	0.88	CaO	0.73
K	0.68	0.63	K_2O	0.46

陶砖内部矿物夹渣元素含量

元素	原子百分比	质量百分比	氧化物	氧化物百分比
Ti	59.51	70.58	TiO_2	67.48
Si	25.46	17.72	SiO_2	21.72
Al	7.48	5.00	Al_2O_3	5.42
Fe	1.81	2.51	FeO	2.06
K	1.42	1.38	K_2O	0.95
Na	1.93	1.10	Na_2O	0.85
Mg	1.67	1.01	MgO	0.96
Ca	0.71	0.71	CaO	0.57

陶砖内部矿物夹渣元素含量

②衍射分析。

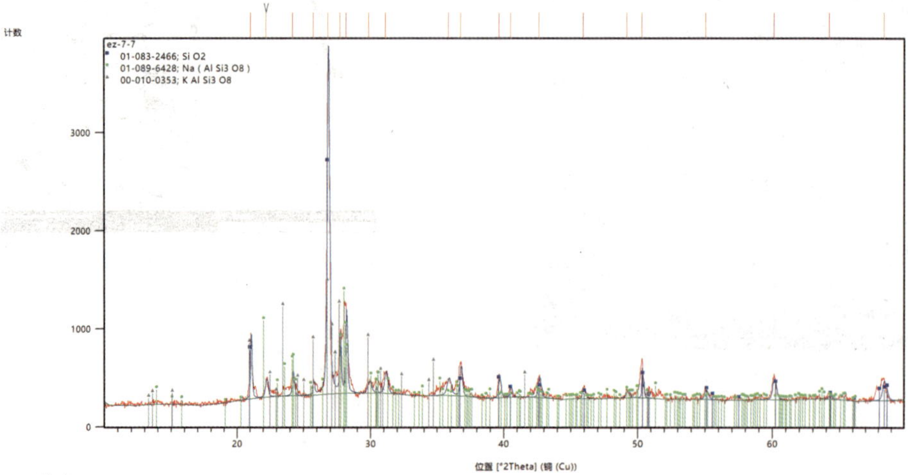

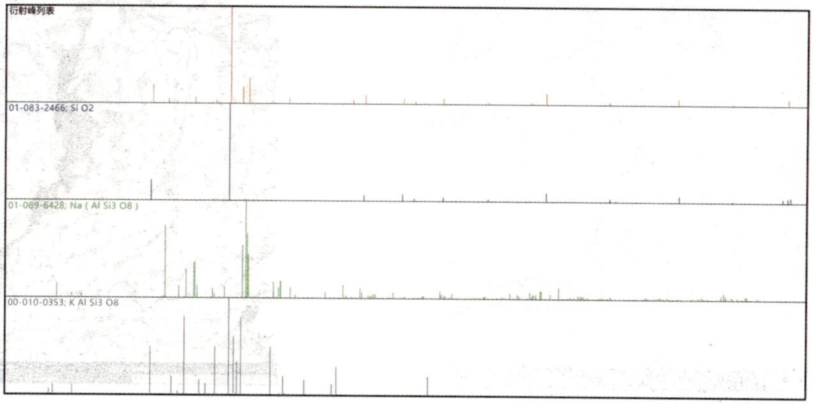

卡片号码	得分	化合物名称	化学式	矿物名称	半定量/%
01-083-2466	55	Silicon Oxide	SiO_2	Quartz low，syn	—
01-089-6428	25	Sodium Aluminum Silicate	$Na(AlSi_3O_8)$	Albite (heat-treated)	—
00-010-0353	17	Potassium Aluminum Silicate	$KAlSi_3O_8$	Sanidine，high，syn	—

陶砖基体衍射分析

（9）Wbh-1：

①扫描电镜及能谱分析。

元素	原子百分比	质量百分比	氧化物	氧化物百分比
Ca	30.35	39.76	CaO	33.88
Si	30.42	27.92	SiO_2	36.37
Al	11.49	10.13	Al_2O_3	11.66
Fe	3.83	6.98	FeO	5.47
C	12.63	4.96		
Mg	4.40	3.49	MgO	3.53
K	1.98	2.53	K_2O	1.85
Na	3.09	2.32	Na_2O	1.90
S	1.82	1.91	SO_2	2.32

陶砖表面白色颜料元素含量

元素	原子百分比	质量百分比	氧化物	氧化物百分比
Si	61.67	59.19	SiO_2	66.21
Al	17.33	15.98	Al_2O_3	15.79
Fe	3.18	6.06	FeO	4.53
K	3.69	4.92	K_2O	3.10
Na	5.13	4.03	Na_2O	2.84
Ca	2.94	4.02	CaO	2.94
Mg	4.58	3.81	MgO	3.30
Cl	1.06	1.28		
Ti	0.43	0.70	TiO_2	0.61

陶砖内部夹沙质地材料元素含量

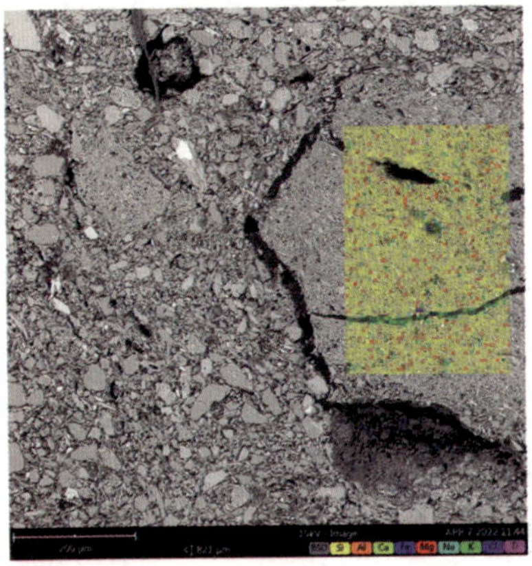

元素	原子百分比	质量百分比	氧化物	氧化物百分比
Si	51.19	48.20	SiO_2	55.50
Al	23.13	20.92	Al_2O_3	21.28
Ca	7.51	10.09	CaO	7.60
Fe	3.74	7.00	FeO	5.39
Mg	4.96	4.04	MgO	3.60
Na	4.88	3.76	Na_2O	2.73
K	2.85	3.74	K_2O	2.42
Cl	1.29	1.54		
Ti	0.45	0.72	TiO_2	0.65

陶砖内部黏土质地材料元素含量

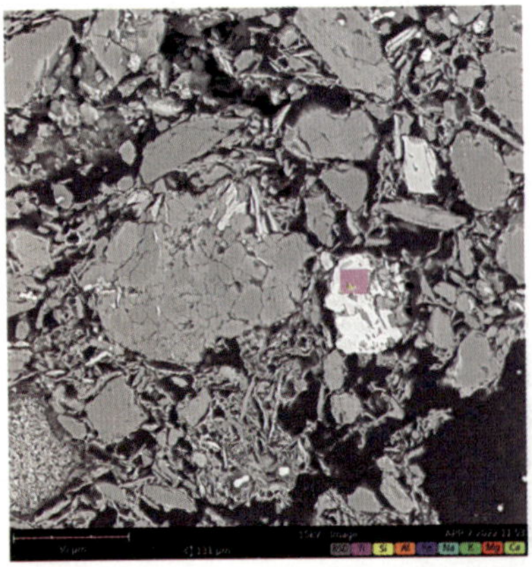

元素	原子百分比	质量百分比	氧化物	氧化物百分比
Ti	65.64	75.45	TiO_2	73.71
Si	17.06	11.50	SiO_2	14.41
Al	7.73	5.01	Al_2O_3	5.54
Fe	2.33	3.13	FeO	2.36
Na	3.35	1.85	Na_2O	1.46
K	1.32	1.24	K_2O	0.87
Mg	1.72	1.01	MgO	0.98
Ca	0.84	0.81	CaO	0.66

陶砖内部矿物夹渣元素含量

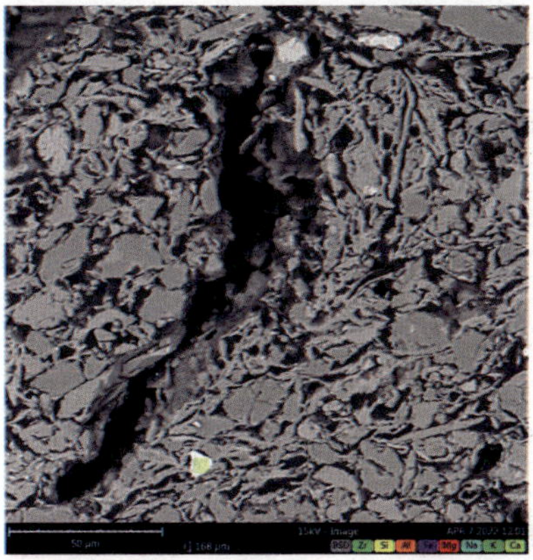

元素	原子百分比	质量百分比	氧化物	氧化物百分比
Zr	33.13	60.83	ZrO_2	51.65
Si	48.43	27.37	SiO_2	36.80
Al	7.86	4.27	Al_2O_3	5.07
Fe	2.89	3.24	FeO	2.62
Mg	2.99	1.46	MgO	1.53
Na	2.75	1.27	Na_2O	1.08
K	1.17	0.92	K_2O	0.70
Ca	0.77	0.62	CaO	0.55

陶砖内部矿物夹渣元素含量

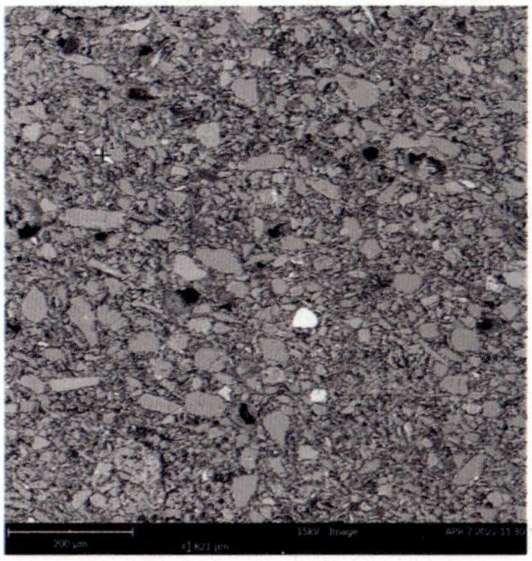

元素	原子百分比	质量百分比	氧化物	氧化物百分比
Fe	53.12	65.77	FeO	59.94
Ti	12.39	13.15	TiO_2	13.98
Si	19.60	12.20	SiO_2	16.64
Al	7.40	4.42	Al_2O_3	5.33
Mg	3.09	1.66	MgO	1.76
Na	2.90	1.48	Na_2O	1.27
K	0.88	0.77	K_2O	0.59
Ca	0.62	0.55	CaO	0.49

陶砖内部矿物夹渣元素含量

②衍射分析。

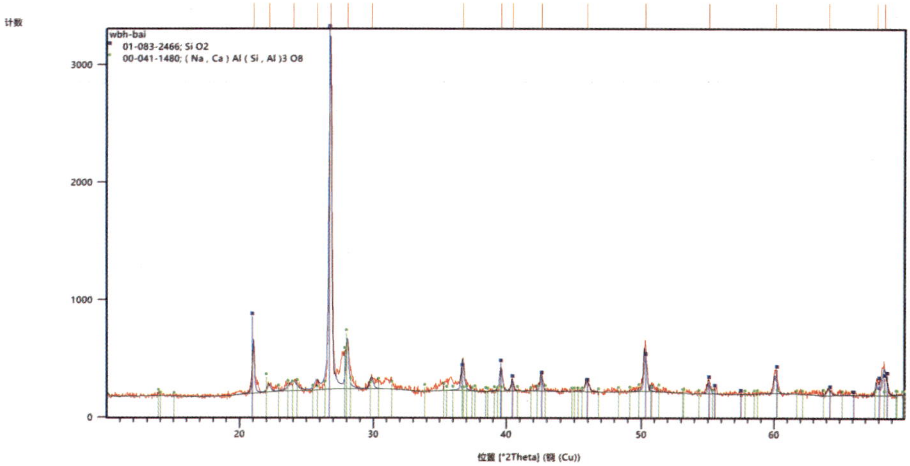

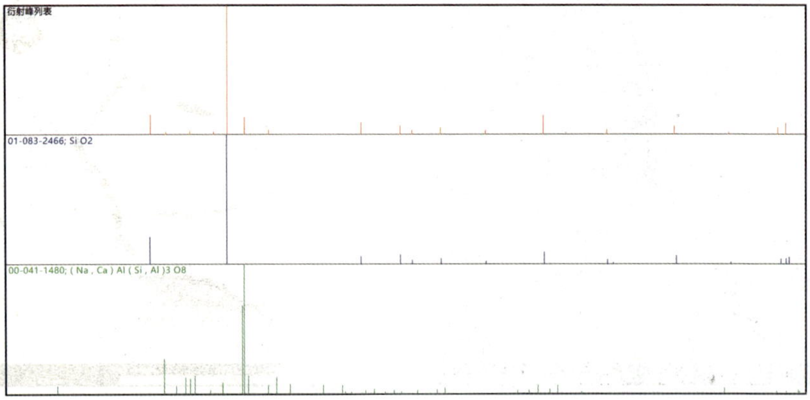

卡片号码	得分	化合物名称	化学式	矿物名称	半定量/%
01-083-2466	71	Silicon Oxide	SiO_2	Quartz low, syn	68
00-041-1480	23	Sodium Calcium Aluminum Silicate	$(Na,Ca)Al(Si,Al)_3O_8$	Albite, calcian, ordered	32

陶砖基体衍射分析

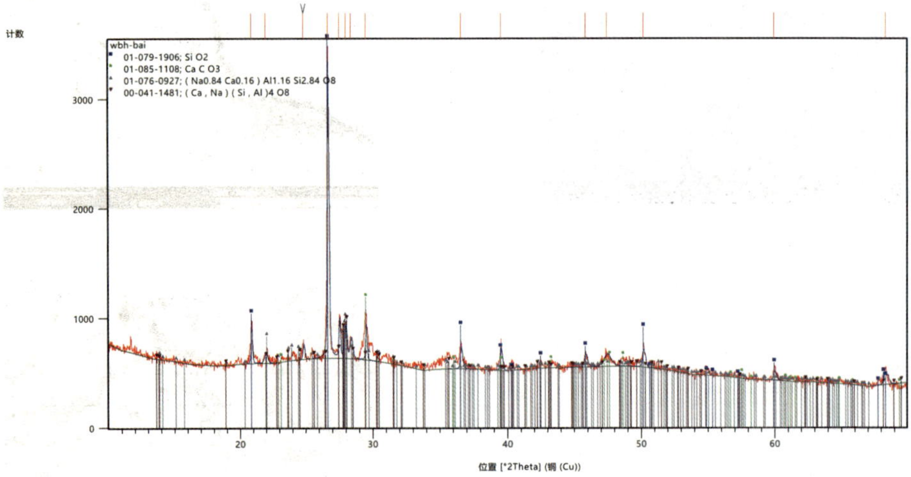

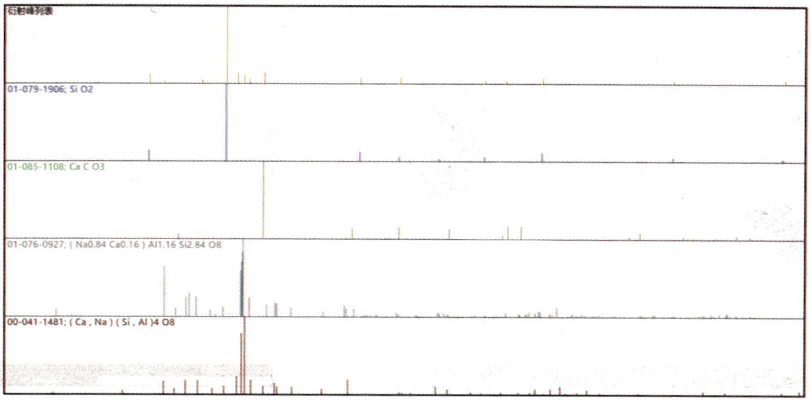

卡片号码	得分	化合物名称	化学式	矿物名称	半定量/%
01-079-1906	75	Silicon Oxide	SiO_2	Quartz	34
01-085-1108	20	Calcium Carbonate	$CaCO_3$		9
01-076-0927	19	Sodium Calcium Aluminum Silicate	(Na0.84 Ca0.16) Al1.16 Si2.84 O8	Albite calcian low	32
00-041-1481	16	Sodium Calcium Aluminum Silicate	$(Ca,Na)(Si,Al)_4O_8$	Anorthite, sodian, disordered	25

陶砖表面白色颜料衍射分析

(10)Wbh-2：

①扫描电镜及能谱分析。

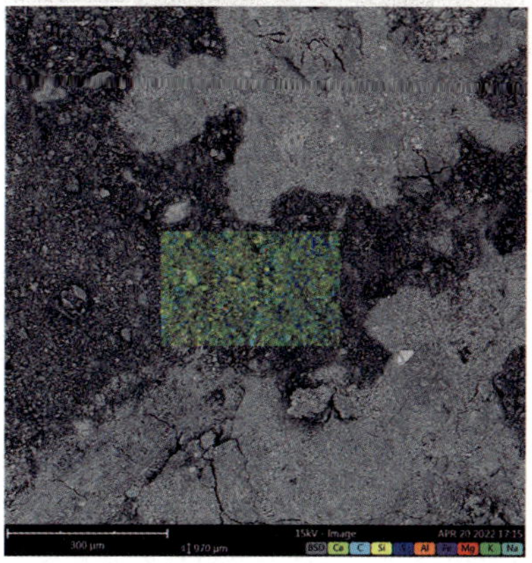

元素	原子百分比	质量百分比	氧化物	氧化物百分比
Ca	17.48	30.69	CaO	28.63
C	50.16	26.40		
Si	12.37	15.22	SiO_2	21.71
S	7.61	10.70	SO_2	14.25
Al	5.29	6.25	Al_2O_3	7.88
Fe	1.86	4.56	FeO	3.91
Mg	2.96	3.15	MgO	3.48
K	1.05	1.80	K_2O	1.45
Na	1.22	1.23	Na_2O	1.10

陶砖表面黑色颜料元素含量

元素	原子百分比	质量百分比	氧化物	氧化物百分比
Si	53.60	50.26	SiO_2	57.52
Al	21.81	19.64	Al_2O_3	19.86
Fe	4.50	8.39	FeO	6.41
Ca	6.08	8.14	CaO	6.09
K	4.76	6.21	K_2O	4.00
Mg	6.00	4.87	MgO	4.32
Na	3.26	2.50	Na_2O	1.80

陶砖内部夹沙质地材料元素含量

元素	原子百分比	质量百分比	氧化物	氧化物百分比
Si	43.45	39.09	SiO_2	46.68
Al	21.97	18.99	Al_2O_3	20.03
Fe	8.59	15.36	FeO	12.26
Ca	11.17	14.34	CaO	11.20
Na	6.69	4.93	Na_2O	3.71
Mg	6.10	4.75	MgO	4.40
K	2.04	2.56	K_2O	1.72

陶砖内部黏土质地材料元素含量

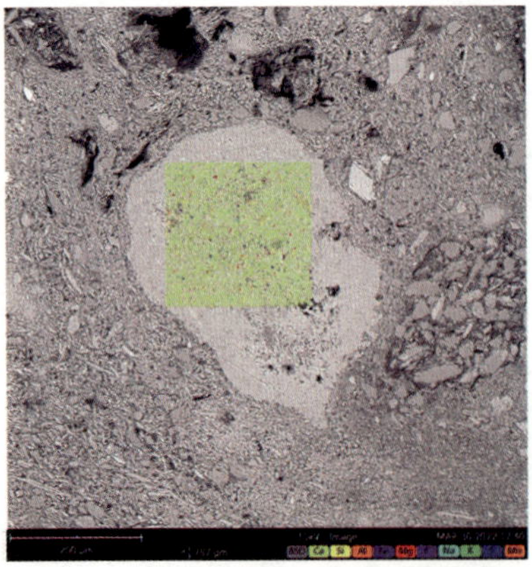

元素	原子百分比	质量百分比	氧化物	氧化物百分比
Ca	45.59	53.60	CaO	47.53
Si	21.96	18.10	SiO_2	24.53
Al	9.95	7.88	Al_2O_3	9.44
Fe	4.38	7.18	FeO	6.51
Mg	5.73	4.08	MgO	4.29
F	6.25	3.48		
Na	2.78	1.88	Na_2O	1.60
K	0.95	1.09	K_2O	0.83
S	1.05	0.99	SO_2	1.26
Mn	0.61	0.99	MnO	0.81
P	0.61	0.55	P_2O_5	0.80
Ti	0.13	0.18	TiO_2	0.19

陶砖内部玻璃态区域元素含量

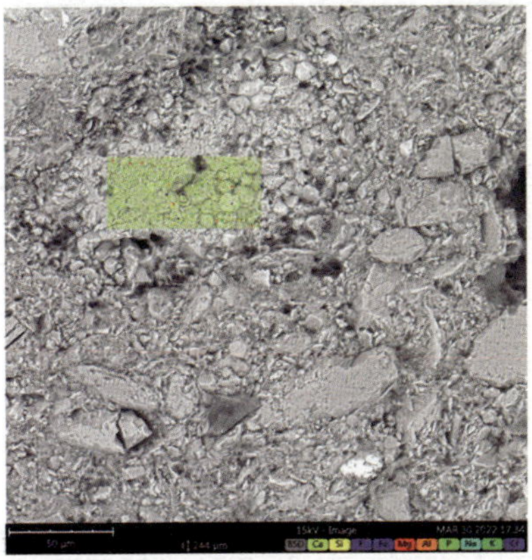

元素	原子百分比	质量百分比	氧化物	氧化物百分比
Ca	60.32	68.84	CaO	64.60
Si	9.95	7.96	SiO_2	11.42
F	9.02	4.88		
Fe	2.85	4.54	FeO	4.35
Mg	6.11	4.23	MgO	4.70
Al	5.32	4.08	Al_2O_3	5.18
P	3.09	2.73	P_2O_5	4.19
Na	2.03	1.33	Na_2O	1.20
K	0.89	1.00	K_2O	0.80
Cl	0.42	0.42		

陶砖内部矿物夹渣元素含量

元素	原子百分比	质量百分比	氧化物	氧化物百分比
Ca	46.19	54.51	CaO	45.23
P	31.11	28.38	P_2O_5	38.56
Si	6.19	5.12	SiO_2	6.50
F	8.11	4.54		
Al	3.64	2.89	Al_2O_3	3.24
Fe	0.89	1.47	FeO	1.25
Mg	1.77	1.27	MgO	1.24
Na	1.11	0.75	Na_2O	0.60
Cl	0.56	0.59		
K	0.42	0.48	K_2O	0.35

陶砖内部矿物夹渣元素含量

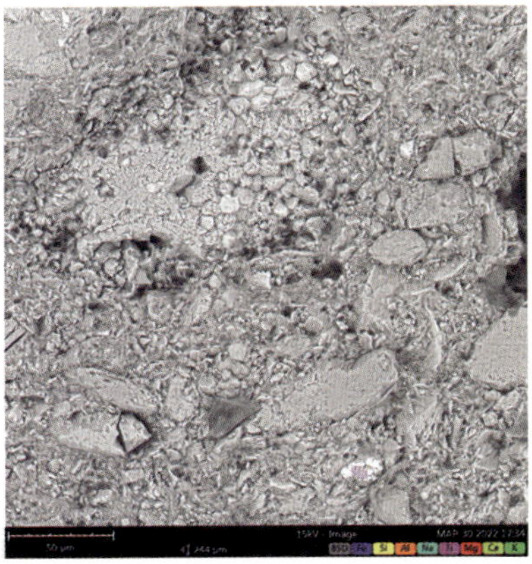

元素	原子百分比	质量百分比	氧化物	氧化物百分比
Fe	60.00	74.61	FeO	69.23
Si	17.84	11.16	SiO_2	15.49
Al	9.54	5.73	Al_2O_3	7.03
Na	4.74	2.43	Na_2O	2.12
Ti	2.03	2.16	TiO_2	2.34
Mg	3.68	1.99	MgO	2.14
Ca	1.28	1.14	CaO	1.04
K	0.89	0.78	K_2O	0.61

陶砖内部矿物夹渣元素含量

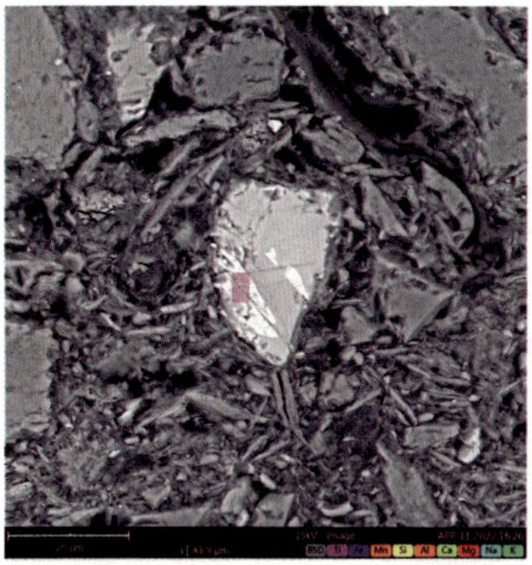

元素	原子百分比	质量百分比	氧化物	氧化物百分比
Ti	36.04	39.11	TiO_2	41.92
Fe	21.97	27.82	FeO	22.99
Mn	9.62	11.99	MnO	9.94
Si	15.17	9.66	SiO_2	13.28
Al	7.51	4.59	Al_2O_3	5.58
Ca	3.66	3.33	CaO	2.99
Mg	2.88	1.59	MgO	1.69
Na	2.40	1.25	Na_2O	1.09
K	0.74	0.66	K_2O	0.51

陶砖内部矿物夹渣元素含量

②衍射分析。

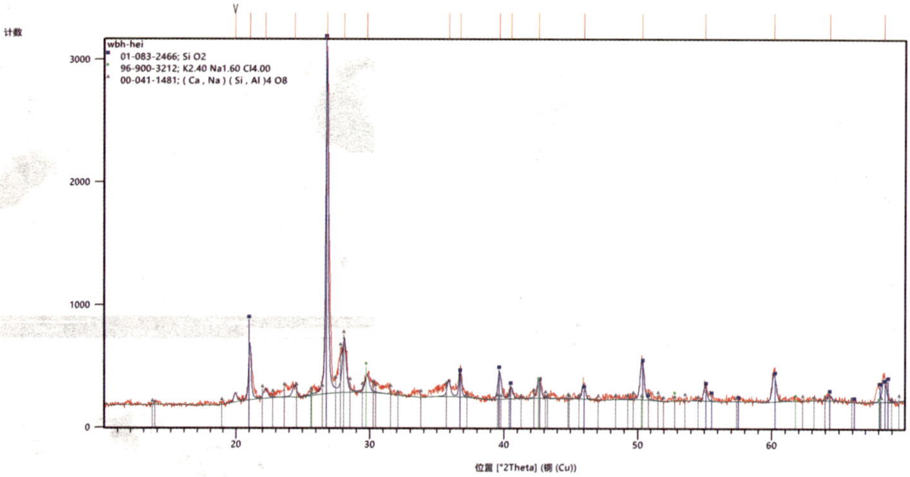

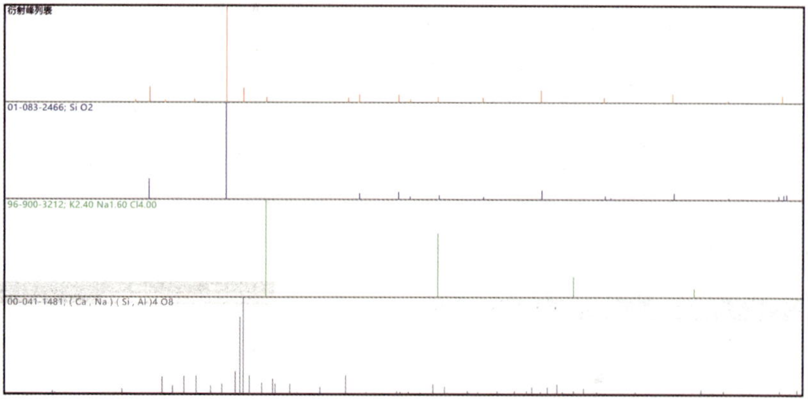

卡片号码	得分	化合物名称	化学式	矿物名称	半定量/%
01-083-2466	73	Silicon Oxide	SiO_2	Quartz low, syn	58
96-900-3212	41	(K.6Na.4)Cl	K2.40 Na1.60 Cl4.00	(K.6Na.4)Cl	2
00-041-1481	18	Sodium Calcium Aluminum Silicate	$(Ca,Na)(Si,Al)_4O_8$	Anorthite, sodian, disordered	39

陶砖基体衍射分析

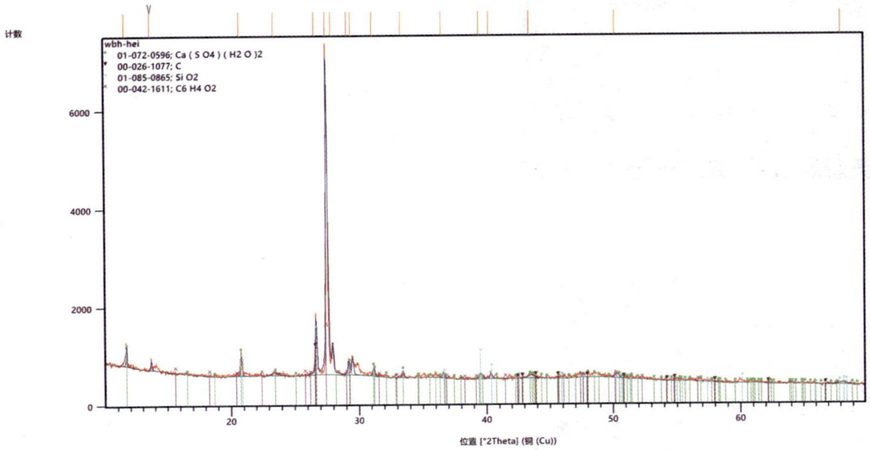

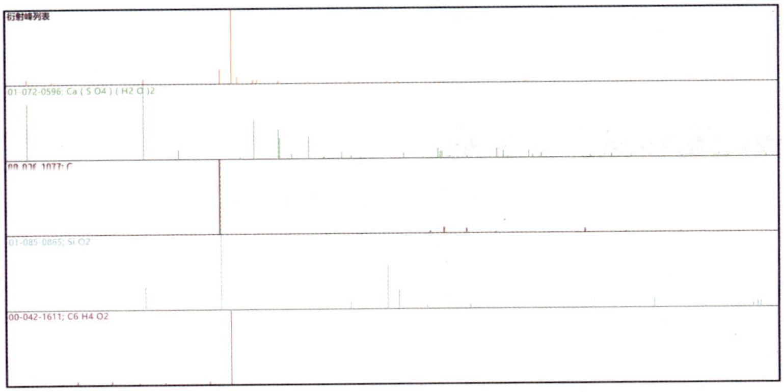

卡片号码	得分	化合物名称	化学式	矿物名称	半定量/%
01-072-0596	39	Calcium Sulfate Hydrate	$Ca(SO_4)(H_2O)_2$	Gypsum	—
00-026-1077	29	Carbon	C		—
01-085-0865	27	Silicon Oxide	SiO_2	Quartz	—
00-042-1611	23	Quinone	$C_6H_4O_2$		—

陶砖表面黑色颜料衍射分析

(11)Wbh-3：

①扫描电镜及能谱分析。

元素	原子百分比	质量百分比	氧化物	氧化物百分比
Si	57.57	54.85	SiO_2	62.33
Al	19.05	17.44	Al_2O_3	17.51
Fe	3.53	6.70	Fe_2O_3	4.58
Ca	4.11	5.58	CaO	4.15
K	3.65	4.85	K_2O	3.10
Mg	5.61	4.63	MgO	4.08
Na	4.97	3.88	Na_2O	2.78
Ti	0.66	1.07	TiO_2	0.95
Cl	0.84	1.01		

陶砖内部夹沙质地材料元素含量

元素	原子百分比	质量百分比	氧化物	氧化物百分比
Si	46.80	41.64	SiO_2	49.97
Al	20.59	17.60	Al_2O_3	18.66
Ca	13.04	16.56	CaO	12.99
Fe	8.02	14.19	Fe_2O_3	10.24
Mg	6.30	4.85	MgO	4.51
K	1.51	1.87	K_2O	1.26
Na	2.55	1.86	Na_2O	1.40
Cl	0.92	1.03		
Ti	0.27	0.41	TiO_2	0.38

陶砖内部黏土质地材料元素含量

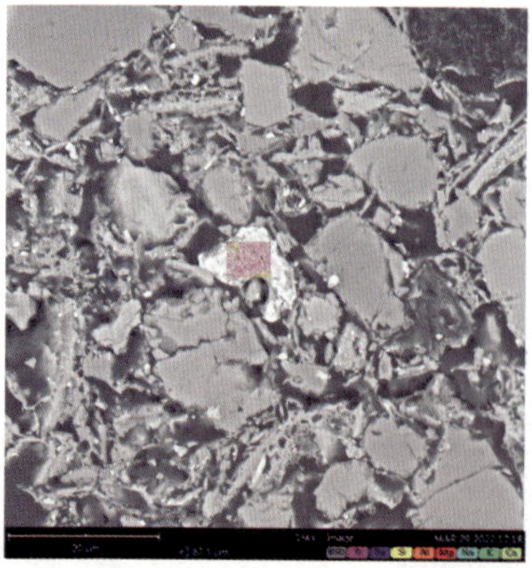

元素	原子百分比	质量百分比	氧化物	氧化物百分比
Ti	38.46	45.29	TiO_2	44.98
Fe	18.62	25.58	Fe_2O_3	21.77
Si	21.75	15.03	SiO_2	19.14
Al	10.95	7.27	Al_2O_3	8.18
Mg	4.91	2.94	MgO	2.90
Na	3.10	1.76	Na_2O	1.41
K	1.36	1.31	K_2O	0.94
Ca	0.85	0.83	CaO	0.70

陶砖内部矿物夹渣元素含量

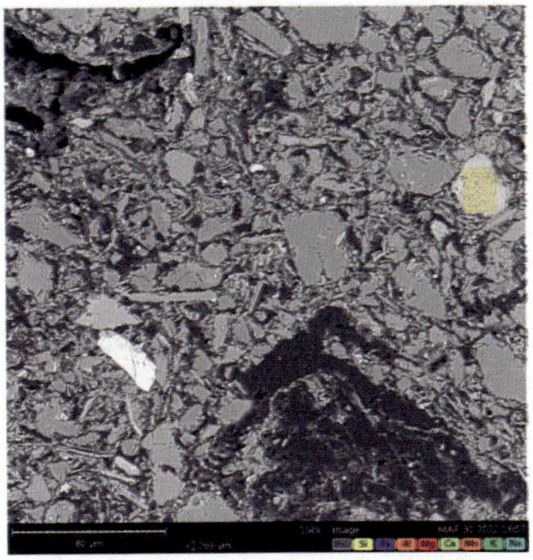

元素	原子百分比	质量百分比	氧化物	氧化物百分比
Si	45.11	38.88	SiO_2	46.03
Fe	15.90	27.26	Fe_2O_3	21.57
Al	26.46	21.91	Al_2O_3	22.92
Mg	5.62	4.19	MgO	3.85
Ca	1.75	2.15	CaO	1.66
Mn	1.20	2.02	MnO	1.44
K	1.62	1.94	K_2O	1.30
Na	2.35	1.66	Na_2O	1.24

陶砖内部矿物夹渣元素含量

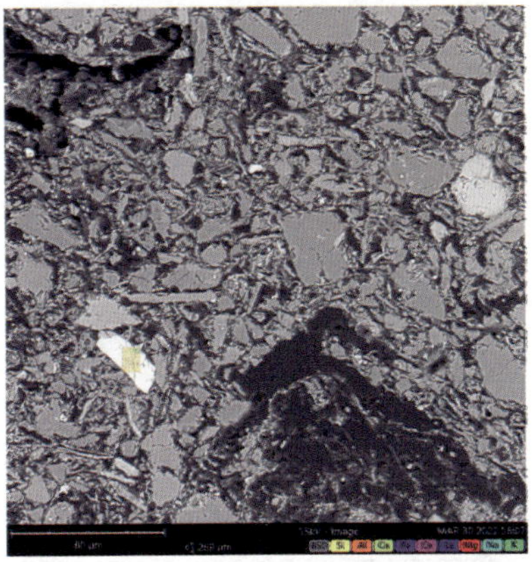

元素	原子百分比	质量百分比	氧化物	氧化物百分比
Si	43.41	34.72	SiO_2	42.96
Al	25.61	19.68	Al_2O_3	21.51
Ca	16.32	18.63	CaO	15.08
Fe	6.45	10.25	Fe_2O_3	8.48
Ce	1.82	7.25	Ce_2O_3	4.91
La	1.48	5.87	La_2O_3	3.98
Mg	2.63	1.82	MgO	1.74
Na	1.63	1.07	Na_2O	0.83
K	0.65	0.73	K_2O	0.51

陶砖内部矿物夹渣元素含量

元素	原子百分比	质量百分比	氧化物	氧化物百分比
Ti	42.42	49.40	TiO_2	48.72
Fe	17.31	23.52	Fe_2O_3	19.88
Si	24.46	16.71	SiO_2	21.14
Al	7.89	5.18	Al_2O_3	5.78
Mg	3.68	2.17	MgO	2.13
Na	2.60	1.45	Na_2O	1.16
K	1.04	0.99	K_2O	0.70
Ca	0.60	0.59	CaO	0.49

陶砖内部矿物夹渣元素含量

元素	原子百分比	质量百分比	氧化物	氧化物百分比
Fe	25.10	40.12	Fe_2O_3	32.93
Si	44.41	35.70	SiO_2	43.84
Al	14.78	11.42	Al_2O_3	12.39
Mg	9.04	6.29	MgO	5.98
K	2.42	2.71	K_2O	1.87
Ca	2.00	2.29	CaO	1.84
Na	2.25	1.48	Na_2O	1.15
P	0.00	0.00	P_2O_5	0.00

陶砖内部矿物夹渣元素含量

元素	原子百分比	质量百分比	氧化物	氧化物百分比
Ca	42.37	51.21	CaO	42.17
P	30.26	28.26	P_2O_5	38.10
Si	8.82	7.47	SiO_2	9.41
F	10.61	6.08		
Al	3.88	3.15	Al_2O_3	3.51
Fe	0.72	1.21	Fe_2O_3	1.02
Mg	1.46	1.07	MgO	1.05
Na	1.40	0.97	Na_2O	0.77
K	0.48	0.56	K_2O	0.40

陶砖内部矿物夹渣元素含量

②衍射分析。

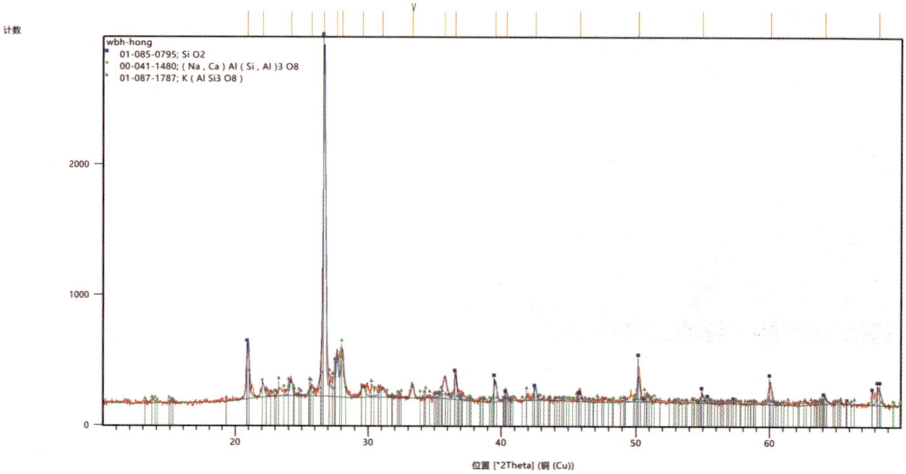

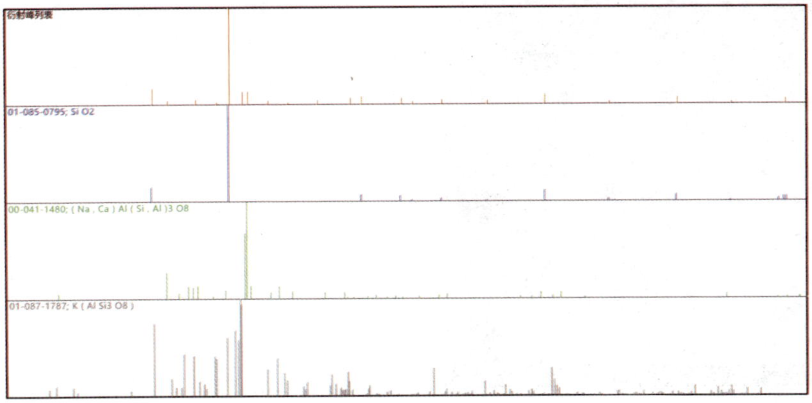

卡片号码	得分	化合物名称	化学式	矿物名称	半定量/%
01-085-0795	79	Silicon Oxide	SiO_2	Quartz	51
00-041-1480	25	Sodium Calcium Aluminum Silicate	$(Na,Ca)Al(Si,Al)_3O8$	Albite，calcian，ordered	22
01-087-1787	14	Potassium Aluminum Silicate	$K(AlSi_3O_8)$	Microcline ordered	27

陶砖基体衍射分析

(12)Jgz

①扫描电镜及能谱分析。

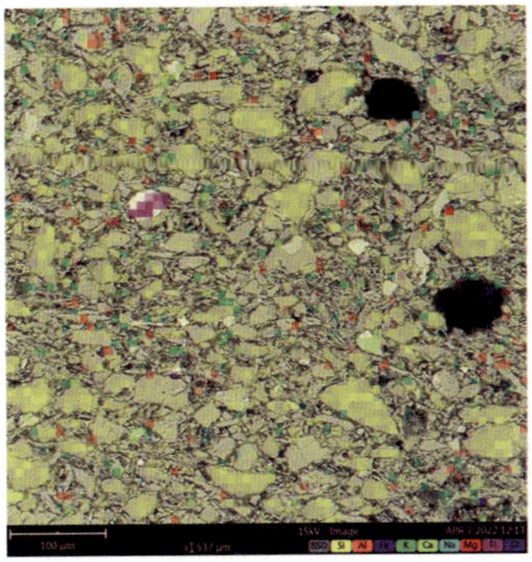

元素	原子百分比	质量百分比	氧化物	氧化物百分比
Si	64.50	61.67	SiO_2	68.74
Al	16.38	15.05	Al_2O_3	14.82
Fe	3.40	6.46	FeO	4.33
K	3.29	4.39	K_2O	2.75
Ca	3.06	4.18	CaO	3.05
Na	4.47	3.50	Na_2O	2.46
Mg	3.68	3.05	MgO	2.63
Ti	0.58	0.95	TiO_2	0.82
Cl	0.62	0.75		

金刚砖内部岩相结构

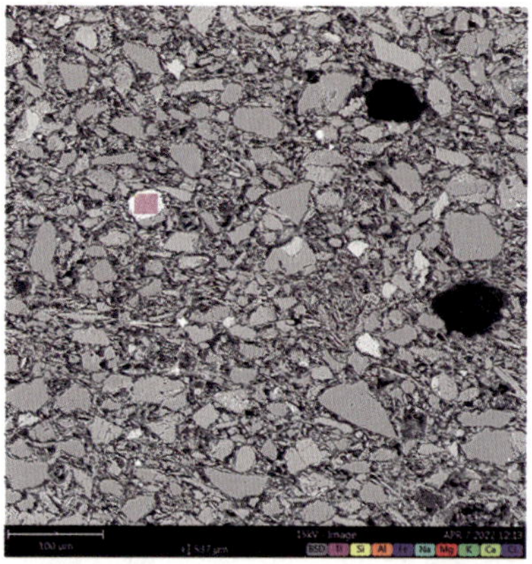

元素	原子百分比	质量百分比	氧化物	氧化物百分比
Ti	69.51	78.39	TiO_2	76.74
Si	15.78	10.44	SiO_2	13.11
Al	6.46	4.11	Al_2O_3	4.56
Fe	2.57	3.39	FeO	2.56
Na	2.26	1.22	Na_2O	0.97
Mg	2.02	1.16	MgO	1.12
K	0.79	0.73	K_2O	0.51
Ca	0.47	0.44	CaO	0.36
Cl	0.15	0.13		

金刚砖内部矿物夹渣元素含量

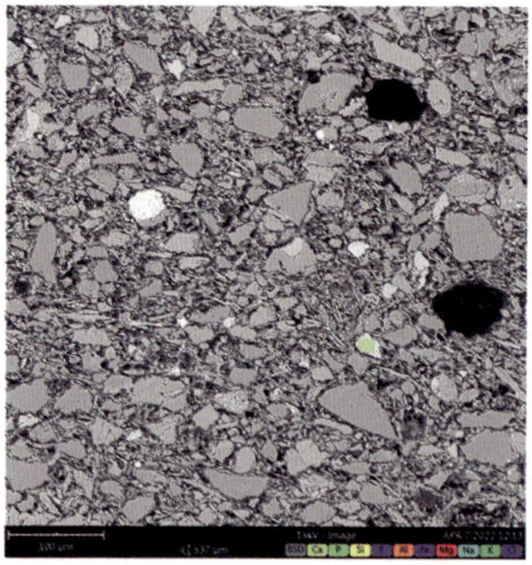

元素	原子百分比	质量百分比	氧化物	氧化物百分比
Ca	40.67	49.21	CaO	40.31
P	29.27	27.37	P_2O_5	36.71
Si	10.96	9.29	SiO_2	11.64
F	9.49	5.44		
Al	4.61	3.76	Al_2O_3	4.16
Fe	0.99	1.67	FeO	1.26
Mg	1.58	1.16	MgO	1.12
Na	1.37	0.95	Na_2O	0.75
K	0.41	0.48	K_2O	0.34
Cl	0.40	0.42		
S	0.25	0.24	SO_2	0.28

金刚砖内部矿物夹渣元素含量

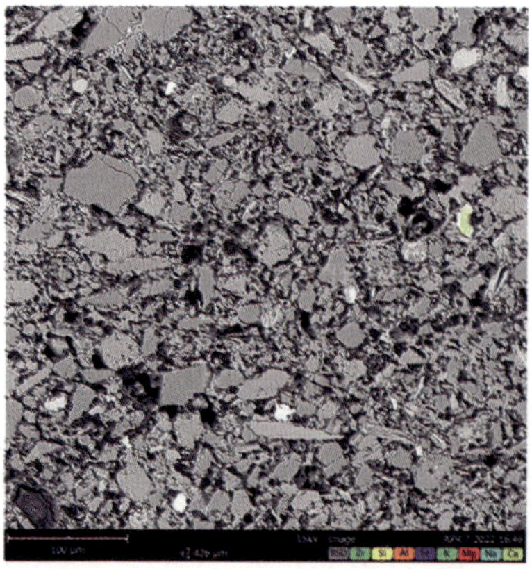

元素	原子百分比	质量百分比	氧化物	氧化物百分比
Zr	33.10	60.99	ZrO_2	51.54
Si	49.85	28.27	SiO_2	37.84
Al	8.17	4.45	Al_2O_3	5.26
Fe	1.89	2.14	FeO	1.72
K	1.56	1.23	K_2O	0.93
Mg	2.38	1.17	MgO	1.21
Na	2.06	0.96	Na_2O	0.81
Ca	0.98	0.79	CaO	0.70

金刚砖内部矿物夹渣元素含量

3.12.2 衍射分析

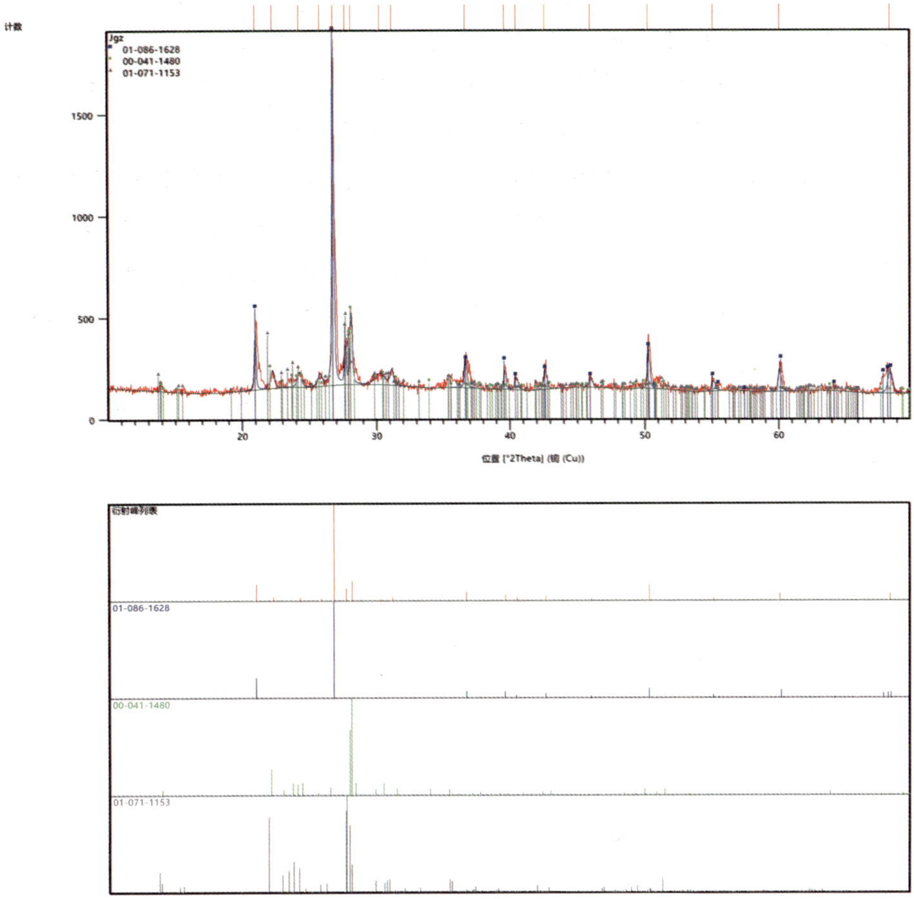

卡片号码	得分	化合物名称	化学式	矿物名称	半定量/%
01-086-1628	77	Silicon Oxide	SiO_2		41
00-041-1480	24	Sodium Calcium Aluminum Silicate	$(Na,Ca)Al(Si,Al)_3O_8$	Albite, calcian, ordered	24
01-071-1153	16	Sodium Aluminum Silicate	$Na(AlSi_3O_8)$	Albite high	35

陶砖基体衍射分析

4.总结

结合上述分析可知,定陶汉墓 M2 出土文字陶砖具有以下特点。

(1)文字陶砖均由两种不同原料混合后烧制而成,一种为夹沙质地,沙砾成分为未熔融的石英石,绝大多数尺寸为 0.01～0.1 毫米,属于粉沙级别，填隙物为更小的石英、长石碎屑以及黏土类物质，文字陶砖中此类结构较多；另一种为黏土质地，内部沙砾极小，材料较为细密，文字陶砖此类结构略少。两种材料间亲和力较差，烧结后界面间存在大量缝隙，易开裂，这应是文字陶砖易碎裂的主要原因。沙坑出土的金刚砖中仅存在夹沙质地材料，因此陶砖整体结构较为致密，不易开裂。

(2)文字陶砖中轻矿物以石英、长石为主，重矿物主要包括锆英石、金红石以及氟磷灰石，重矿物总体含量不超过1%。不同位置，不同文字或刻画的陶砖基体成分基本一致，说明这批陶砖原料产自同一区域。

(3)陶砖表面红色颜料呈色元素为铁，颜料内部碎屑成分与陶砖相似，三氧化二铁含量并不高，应为红色砖灰与碳酸钙及胶质的混合物。白色颜料主要成分为碳酸钙。黑色原料中检测出了碳、水合硫酸钙以及部分有机胶质。

第二节　彩绘文字陶砖制作工艺实验

一、实验样品

采用粉末偏光显微法结合剖面观察对彩绘进行分析研究，对陶砖残块进行物理指标测试(见表3.3)。

表3.3　采样记录表

序号	样品描述	分析编号
1	砖及其附着的红色彩绘	DT—CH—红
2	砖及其附着的黑色彩绘	DT—CH—黑
3	残砖块	DT—Ⅱ2—12—14砖
4	残砖块	DT—盗洞砖
5	残砖块	DT—残砖
6	砖上的白色物质	DT—可溶盐
7	砖的酥粉	DT—酥粉

二、陶胎分析

采用德国 NETZSCH402E 热膨胀分析仪测试样品的烧成温度；根据《陶瓷砖试验方法》(GB/T 3810.8－2006)测试部分样品的体积密度、吸水率和显气孔率；采用德国 Instron-5592 万能材料实验机测试样品的抗压强度；采用 ZBL520 非金属超声波探测仪进行陶质的超声波测试；采用 X 线照相技术显示胎体的保存状况。

样品的烧成温度及相关物理性能测试结果见表 3.2。表 3.2 给出了测试样品的体积密度、吸水率、显气孔率和抗压强度等指标。可以看出，这些样品的吸水率都较大。

表 3.4　样品烧成温度及相关物理性能分析

编号	体积密度 /(g/cm^3)	吸水率 /%	显气孔率 /%	抗压强度 /MPa	烧成温度 /℃(±20)
DT一盗洞砖	1.72	16.2	27.8	11.99	1000
DT一残砖	1.74	15.1	26.3	15.84	1000

成分测试采用 EDXRF，结果见表 3.5、表 3.6。

表 3.5　主次量化学组成(wt%)

编号	Na_2O	MgO	Al_2O_3	SiO_2	K_2O	CaO	TiO_2	Fe_2O_3	SO_3
DT一可溶盐	1.77	8.45	7.44	40.42	1.13	7.79	0.17	2.33	29.49
DT一酥粉	0.68	3.45	16.54	64.65	2.85	5.67	0.44	4.71	
DT一盗洞砖	1.19	2.68	16.12	65.00	2.95	5.54	0.45	5.05	
DT一残砖	0.60	2.41	16.93	67.24	2.98	2.80	0.53	5.51	

表 3.6　微量化学组成　　单位：μg/g

	As_2O_3	MnO	CuO	ZnO	PbO_2	Rb_2O	SrO	Y_2O_3	ZrO_2	P_2O_5
DT一可溶盐	70	370	80	90	40	80	420	20	70	1030
DT一酥粉	70	490	50	80	60	160	250	30	250	800
DT一盗洞砖	70	600	80	130	230	120	170	20	260	940
DT一残砖	70	630	80	120	60	120	150	30	180	400

烧成温度采用热膨胀法，样品烧成温度曲线见图 3.3、图 3.4。

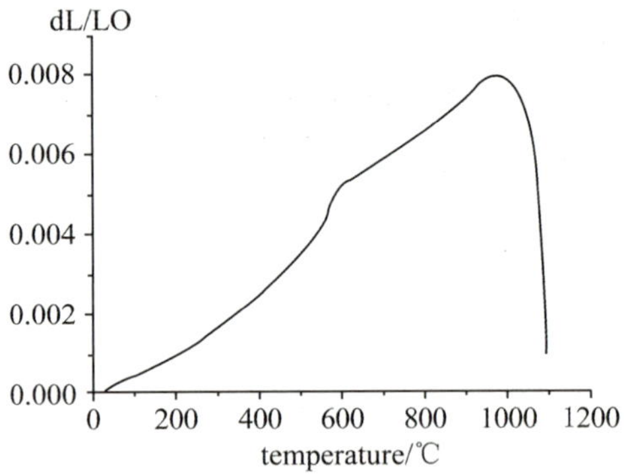

图 3.3　样品重烧涨缩曲线(一)

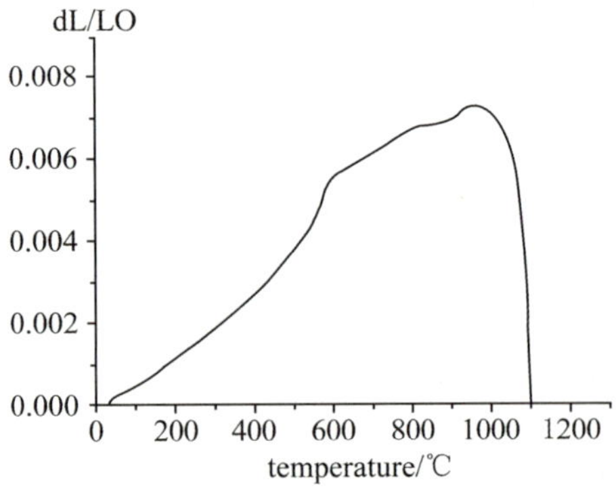

图 3.4　样品重烧涨缩曲线(二)

X 射线穿透石陶砖时，置于其背面的照相胶片上，将记录由透射 X 射线产生的潜像，经扫描仪处理，使之转变为显著灰度差的影像，据此分析文物本体病害情况和保存状态(见图 3.5)。

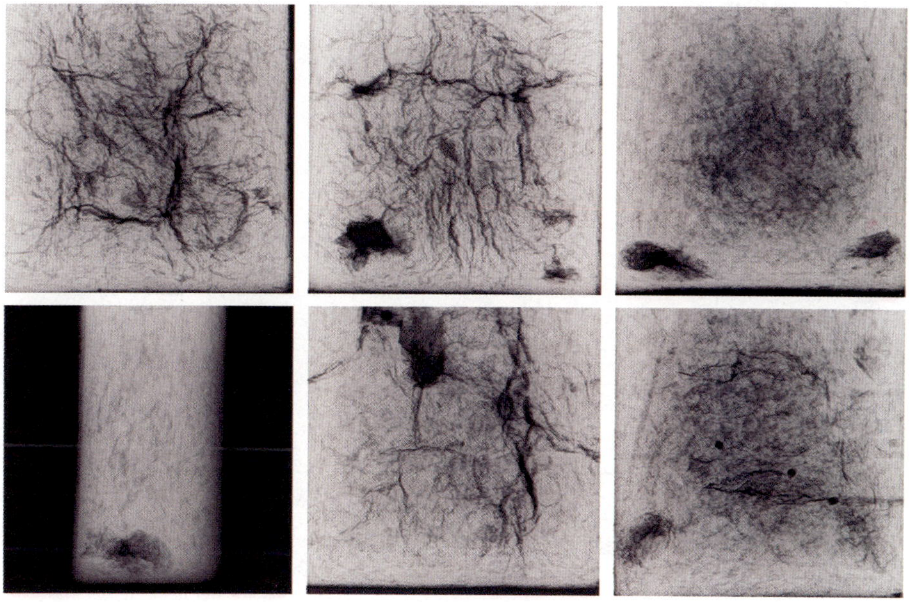

图 3.5　陶器样品 X 射线检测

根据分析检测数据,制作箱式图如图 3.6 所示,对每处采集的样品的超声波数据进行统计分析,最终其每处样品的超声波波速平均值及方差如表 3.7所示。

由表 3.7 可以看出,从新石器时代至唐朝,各个时期不同地点的陶器样品其超声波波速各有不同,其中最小值为新石器时代的青海彩陶,其波速为 0.18 km/s,最大值为秦朝的秦兵马俑彩绘陶,其波速为 0.736 km/s。由图 3.6 可知,随着时代的变迁,陶器样品的超声波波速大小有不同程度的升降,且数据分布较为密集。超声波波速量化地表征了陶器样品的强度情况。尽管定陶汉墓陶砖波速为 0.41 km/s,并不算太弱,但是由于其内部非常酥松,导致进行整体陶砖超声波测试时,波速为无穷大,故实际测试的样品是采用陶砖边缘切割后的样品,这是陶砖最为致密的部分。尽管如此,其抗压强度也较小(见图 3.7)。

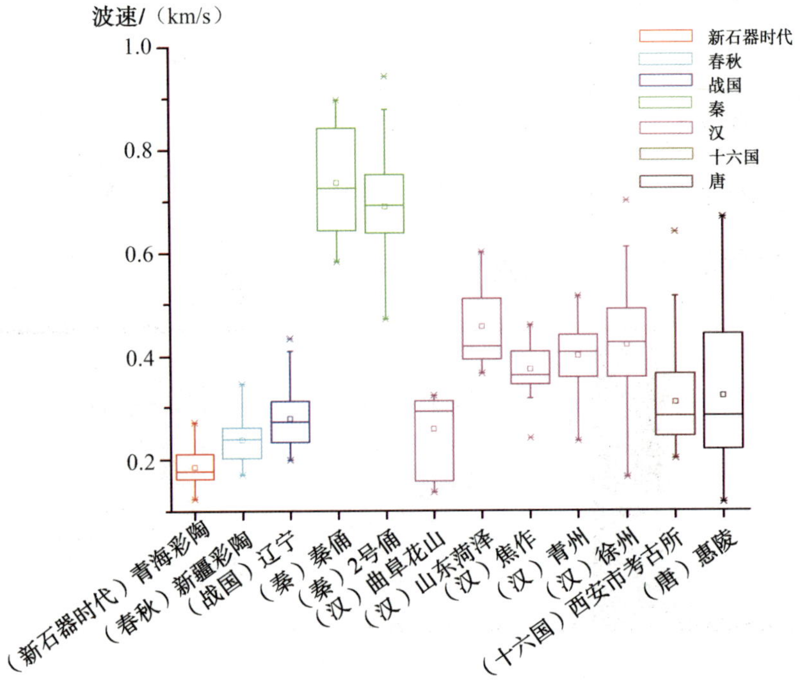

图 3.6 陶器样品超声波波速检测数据

表 3.7 陶器样品超声波波速检测数据

样品	超声波波速平均值/(km/s)	超声波波速方差
(新石器时代)青海彩陶	0.18	0.001
(新石器时代)新疆彩陶	0.25	0.006
(战国)辽宁	0.28	0.004
(秦)秦俑	0.74	0.016
(秦)2 号俑	0.68	0.018
(汉)曲阜花山	0.26	0.006
(汉)山东菏泽	0.41	0.019
(汉)焦作	0.37	0.003
(汉)青州	0.40	0.005
(汉)徐州	0.42	0.014
(十六国)西安市考古所	0.31	0.009
(唐)惠陵	0.32	0.020

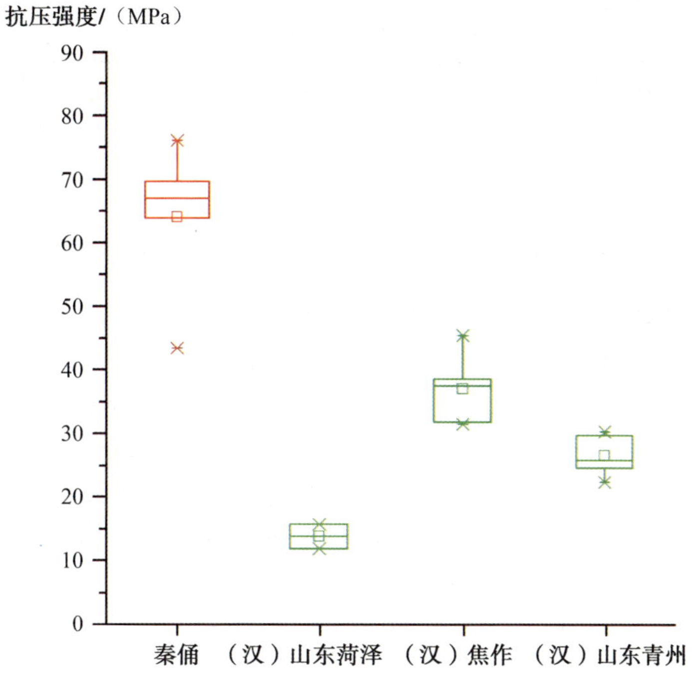

图 3.7　陶器样品抗压强度检测数据

三、彩绘颜料分析

1.粉末偏光显微法成份分析(PLM)

(1)仪器和材料：

器材：LeicaDMLSP 偏光显微镜；LeicaWild 体视显微镜；Meltmount 固封树脂；巴斯德滴管；直头和弯头钨针；异物镊；载玻片；φ12 盖玻片；加热台；擦拭纸；无水乙醇，甲醇，丙酮；黑色油性笔。

(2)偏光显微分析过程：

制样：用丙酮擦拭载样面；再用黑笔在背面标出载样区域；据样品的离散状况，滴加无水乙醇至样品边缘后，用钨针研匀样品直至溶剂完全挥发；镊取盖玻片放于样品上，加热至 90～100 ℃；同时，吸取固封树脂沿盖玻片一侧缓慢渗满整个盖玻片；待冷却后，即可在偏光显微镜下观察。

(3)偏光显微分析结果(见表 3.8):

表 3.8 偏光显微分析结果

样品名称	晶体描述	分析结果
DT－CH－红 1		铁红
DT－CH－黑 2	颗粒较小	墨
DT－CH－白 3		碳酸钙

2.剖面观察研究(Cross-section)

(1)仪器和材料:

器材:LeitzLABORLUXS 反射偏光显微镜;LeicaWild 体视显微镜;Leitz 压样机;Technovit 2000 LC 树脂;透明 PE 塑料管(直径 10 毫米),剪成 10 毫米长;载玻片;硅橡胶片(大小与载玻片一致);Status 打磨机;80～320 号圆形沙纸;2400～12000 号细磨沙纸;紫外线加固机;双面胶带;直头和弯头镊针等。

(2)剖面分析过程:

制样:将双面胶带粘在硅橡胶片上;在体式显微镜下,将颜料块垂直粘在双面胶带上;将透明塑料管圈住颜料块;小心地将 Technovit 2000 LC注入塑料管内;将打印好的标签,放在树脂内面向边壁的一面;将样品放在载玻片上,放入紫外加固机中,加固时间 20～30 分钟;加固完毕后,在打磨机上用 320 目沙纸打磨包样面;分别在 2400、3000、4000、6000、8000 的细磨沙纸上研磨;将样品底部加上橡皮泥,粘在载玻片上,表面加一层镜头纸,在压样器上压平后,即可在反射光显微镜下观察。

(3)剖面分析结果(见表 3.9)。

表 3.9 剖面的观察结果

样品编号	描述	备注
DT－CH－红 a	红色层 10～20 μm	见图 3.8
DT－CH－黑 b	黑色层 5～10 μm	见图 3.9

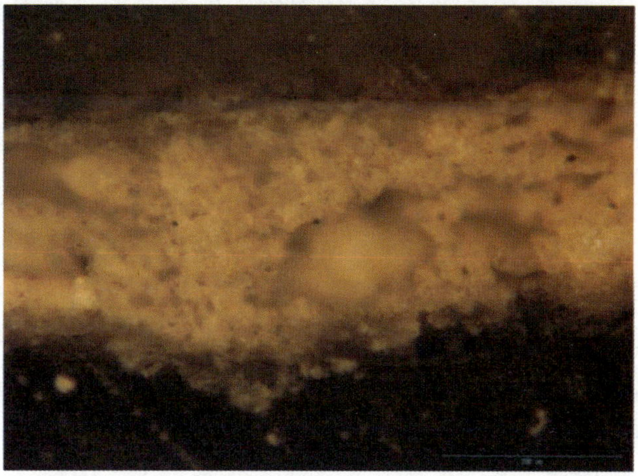

图 3.8 DT－CH－红 a

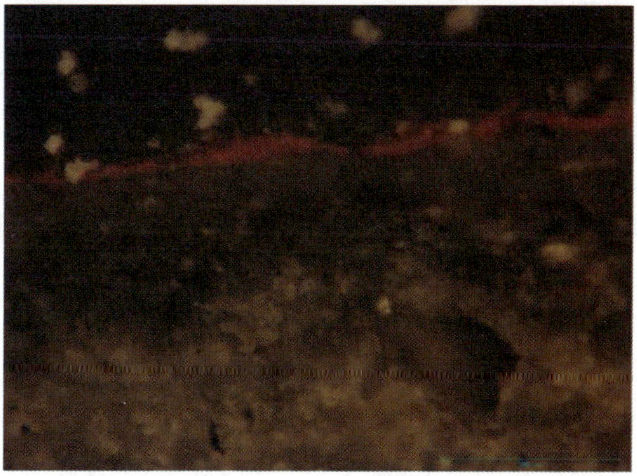

图 3.9 DT－CH－黑 b

(4)小结：

①从颜料分析结果来看，铁红、墨和碳酸钙均是较为稳定的物质；从彩绘与陶胎结合方式来看，彩绘层在陶胎上附着，未渗入陶胎内。根据其附着方式，还应采用一定强度的彩绘加固方式。

②从陶胎分析结果来看，和青州、秦俑陶胎相比较，其体积密度较小，烧结温度较高(1000 ℃)，其显气孔率(25%～28%)、吸水率(15%～20%)亦较低，烧结程度较好，但是其抗压强度较低(10～15 MPa)；从陶

胎物理性质来看，结构较为疏松，是陶胎发生病害的主要原因；从其主量化学组成分析结果看，样品中钠、镁、钙成分较高，表面结晶盐为钙、镁阳离子为主的盐类，因此分析其抗压强度低的原因是这些可溶盐离子在陶胎内部不断溶解、结晶，从而造成其胎体强度降低，抗压强度小。因此针对此样品出现的问题，其实际需要采取为先脱盐后加固或先预加固后脱盐的措施。由X线照相结果结合对陶砖表面观察可知，定陶文字砖砖坯含水率较高，也未进行充分的夯实工作，故阴干时收缩严重；入窑烧结之前工匠们还对边角等收缩严重的部位进行了二次附泥，且陶砖本体存在不同程度的风化和裂隙病害，急需进行加固保护。由于表面附有彩绘，也应进行加固。

5.脱盐试验

(1)实验目的：做汉墓陶砖表面脱盐预实验，预测陶砖的含盐量多少，判断是否需要后续的脱盐工作。

(2)实验仪器和试剂：HQ电导率仪，500 ml烧杯，厨房纸，玻璃棒，保鲜膜，一次性手套，纯净水。

(3)实验步骤：

①选取7块不同位置的汉墓砖，编号A～G。

②将两张厨房纸折成8层，预备100份，在水中浸泡脱盐。

③将步骤②中一份厨房纸取出放进500 ml纯净水中作为一组空白对照，空白对照做三组。

④7个陶砖样品，每一个都取步骤②中一份浸湿的厨房纸敷在陶砖上表面，用保鲜膜包裹，防止污染。

⑤两小时后取出厨房纸，放在500 ml纯净水中搅拌，静置10分钟后测水溶液电导率。

⑥重复步骤④～⑤。

(4)实验结果：如表3.10所示。

表 3.10 选择情况 （单位：$\mu s/cm$）

周期	A	B	C	D	E	F	G
1	117.7	117.8	117.7	117.9	118.9	118.6	117.8
2	117.2	117.0	117.1	117.5	117.2	117.8	117.2
3	116.3	115.3	116.0	116.0	115.2	115.5	116.2
4	115.6	114.8	115.3	115.2	114.6	114.9	114.7
5	115.3	114.5	114.7	114.5	114.2	114.5	114.4

纯净水的电导率为 113.5 us/cm，对照试验溶液电导率为 114.3 us/cm，绘制陶砖 A 至 G 脱盐过程中电导率曲线图（见图 3.10 至图 3.16）。

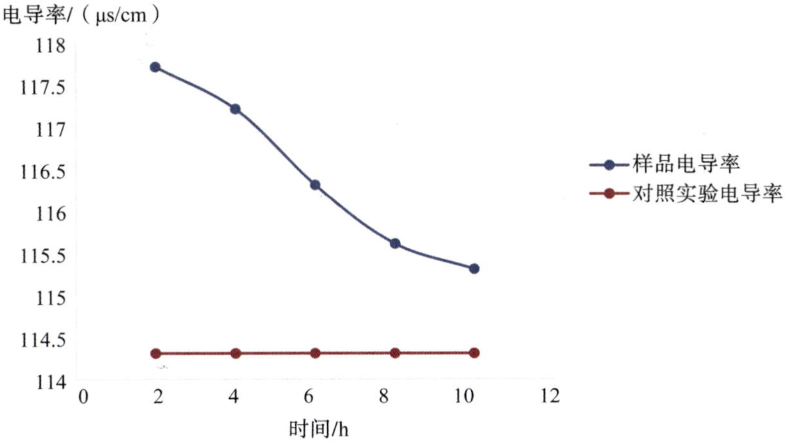

图 3.10 A 陶砖脱盐过程中电导率曲线图

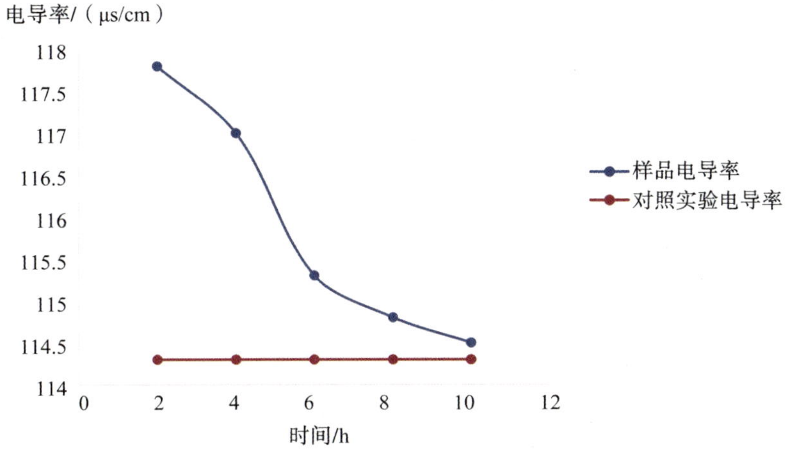

图 3.11 B 陶砖脱盐过程中电导率曲线图

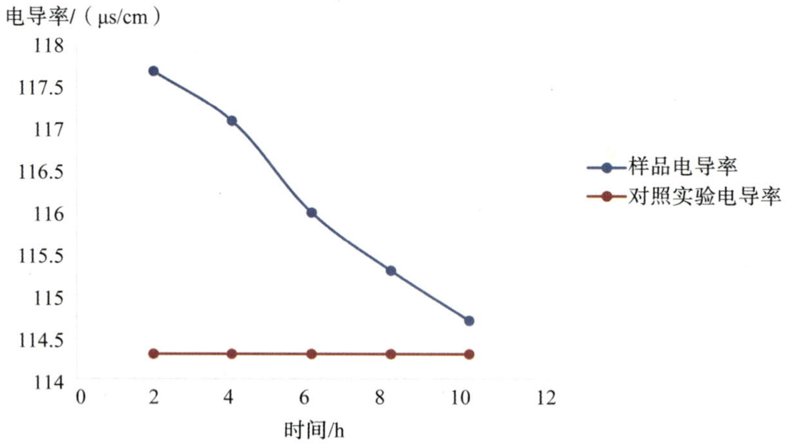

图 3.12　C 陶砖脱盐过程中电导率曲线图

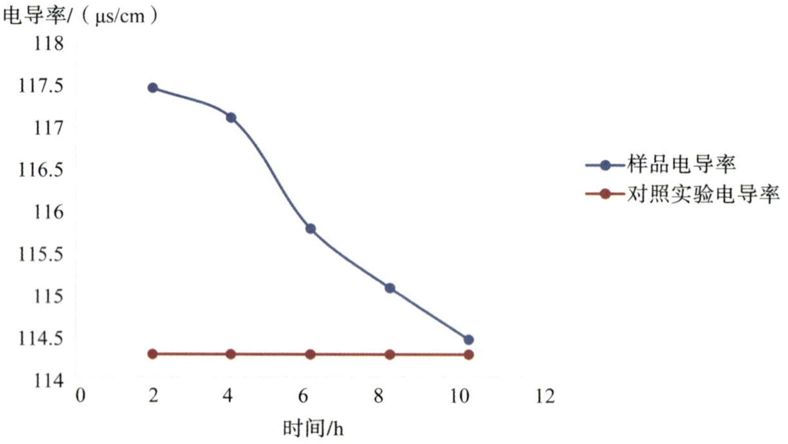

图 3.13　D 陶砖脱盐过程中电导率曲线图

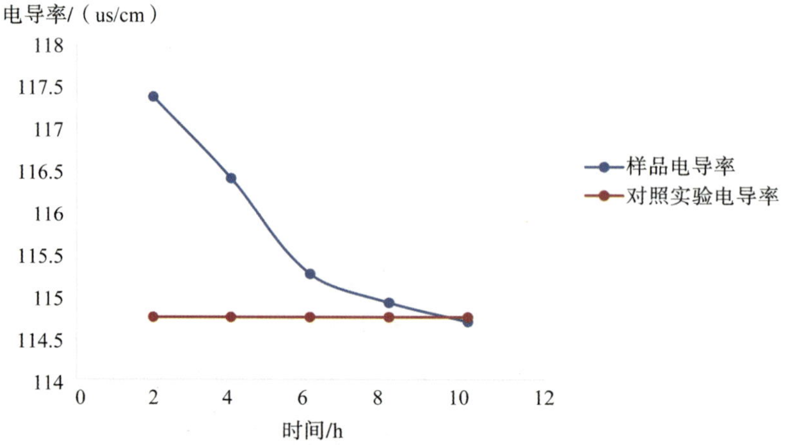

图 3.14　E 陶砖脱盐过程中电导率曲线图

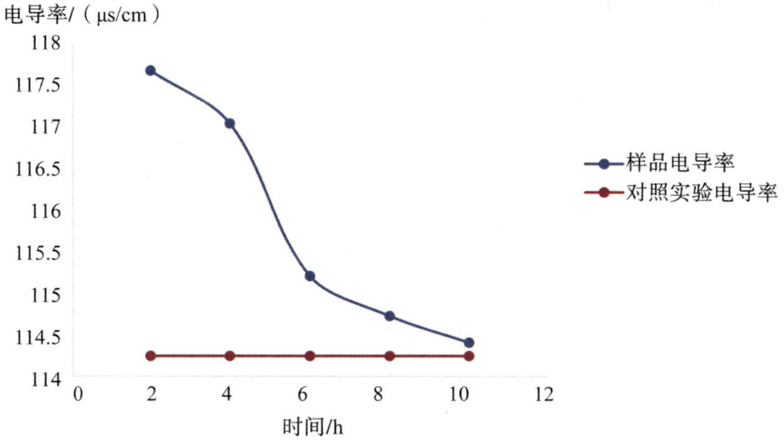

图 3.15　F 陶砖脱盐过程中电导率曲线图

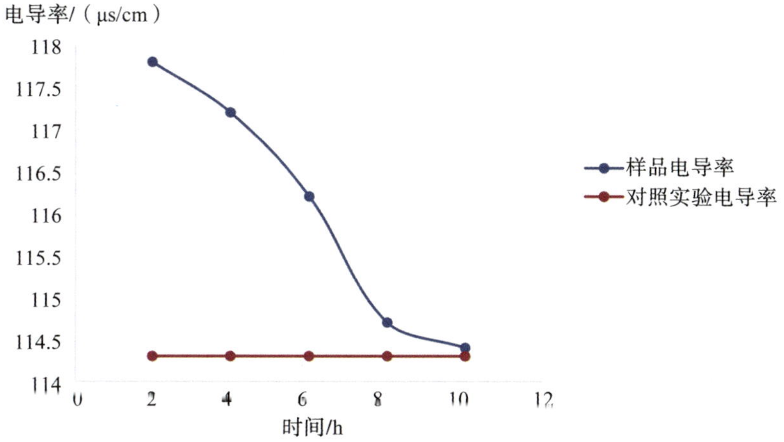

图 3.16　G 陶砖脱盐过程中电导率曲线图

(5)结论：定陶汉墓文字砖中的含盐量并不算高，每隔 2 小时进行一次脱盐操作，进行五次操作时盐分基本去除。在实际的操作过程中，将纯净水换成去离子水效果更好，厨房纸应进行多次浸泡处理以脱去本身含有的盐分及杂质。

6.补配实验

(1)实验目的：为顺利开展定陶汉墓 M2 出土彩绘文字陶砖的保护修复补配工作，从实验室预实验和现场实验两方面着手，选择更科学的补配工艺和更适合的补配材料。

(2)实验仪器及试剂：聚乙烯醇、水硬石灰、砖粉、沙粒、纸杯、毛刷、木棒、压舌板、电子秤、签字笔、相机、大托盘、A4 纸、喷壶、阻尼抗钻、非金属超声波测试仪等。

(3)实验步骤:

①按比例用电子秤称量水硬石灰、沙粒、砖粉,制作补配材料样块,放在指定位置,每天进行两次喷水养护(为了使其凝固得更为牢固,所以加以喷水养护,为时一个月,使其达到最理想的峰值)。

②一个月后对样块进行超声波测试和阻尼抗钻测试,并与定陶汉墓陶砖样品的测试结果进行比较,选择抗性相近但是略低于文物样品的补配材料块作为实验室确定的最佳补配材料,为后期补配工作提供科学依据。

③将选择的补配材料进行现场应用,根据陶砖颜色适量添加砖粉以保持修复前后文物外观的一致性,同时考虑固化时间,固化后是否容易修整,收缩状况等文物保护现场因素,选择最佳补配材料,进行后续的补配工作。

第四章

彩绘文字陶砖初步研究

定陶汉墓M2出土彩绘文字陶砖数量多，保存朱书、墨书文字也非常多，但多数信息不完整或较零星，单从文字不能确定陶砖的制作年代。从墓室地板下出土竹筒中发现的女性丝织长袍、墓葬的规模，再结合《汉书》《水经注》等相关史籍记载来看，本墓葬应为西汉末年汉哀帝之母丁太后之墓。由此可以推断，出土彩绘文字陶砖的制作年代应该为西汉晚期。

从对陶砖胎体的检测分析数据来看，M2出土彩绘文字陶砖的体积密度较小，烧结温度为1000 ℃左右，显气孔率为25%～28%，吸水率较低(为15%～20%)，抗压强度较低(10～15 MPa)。从陶砖的物理性质来看，其结构较为疏松。这是陶胎发生病害的主要原因。从其化学成分来看，样品中钠、镁、钙成分含量较高，表面结晶盐是以钙、镁阳离子为主的盐类。其抗压强度低的原因可能是由于这些可溶盐离子在陶胎内部不断溶解、结晶，造成其胎体强度降低，抗压强度减小。由X线照相结果结合陶砖表面观察可知，陶砖砖坯含水率较高，也未进行充分的夯实工作，故阴干时收缩严重，入窑烧结之前工匠们还对边角等收缩严重的部位进行了二次附泥，陶砖本体存在不同程度的风化和裂隙病害。

2015年9月至2017年8月，定陶汉墓M2发掘出土彩绘文字陶砖第一期保护修复项目保护修复完成彩绘文字陶砖13000块。2020年5月启动的第二期出土彩绘文字陶砖保护修复项目对定陶汉墓M2后期拆解保护工作中拆解的25000余块彩绘文字陶砖进行了保护修复。第二期保护修复的25000余块彩绘文字陶砖的大小、形制等与第一期修复的大体一致，均为草拌泥陶砖，长 40(39)厘米，宽 20(19)厘米，厚 10(9)厘米。

第一期出土彩绘文字陶砖保护修复工作对 13000 块文字砖所留痕迹进行了仔细辨认，拍照、临摹、拓印等多种技术手段，完成信息提取工作。共拍摄不少于 156000 张，临摹 10668 张，拓片 5523 张。第二期保护修复项目正在进行中，本次研究主要基于第一期保护修复项目成果，第二期保护修复项目作为补充进行研究。

在汉墓的拆解保护工程中，考古发掘工作人员对出土的每一块陶砖进行了三维数字化处理，对陶砖进行了准确编号和定位，为后期的展示保护和墓葬复原做好充足准备。

整体来看，朱书及墨书文字较多，白书文字较少，正面、背面、左侧面、顶面、底面也有朱书及墨书文字出现，但情况较少。大部分字体比较清晰，有的比较模糊，呈褪色、晕色现象，需在放大镜下仔细观察、辨认。有阴刻文字、阴刻符号（“×”、“井”、圆形等），及戳印（辅首、燕尾榫、印章、铜钱、方形、圆形等），左侧面及右侧面较多，有部分砖体出现指纹印、制作痕迹、木质印痕等，有个别砖体在残断或剥落处有陶片包含物。

陶砖上的文字大部分在砖体的左、右侧面，正面、背面、顶面、底面相对较少。90％的陶砖上有文字，文字有朱书、墨书、刻画、戳印四种形式，还有刻划符号等。陶砖上的文字内容绝大部分是人名，另有少量如“山阳昌邑”“炀里”等地名、简略记事以及数字。陶砖上涉及的人名、姓氏，目前清理修复的汉砖涉及的人名 100 多种，姓氏 40 余种，地名基本上隶属于汉代山阳郡内。这些文字和符号记录的内容丰富，对于研究汉代的书法艺术、人文地理等都是十分珍贵的实物资料。文字多数为隶书，是当时通用书体，也有的是篆书，但最常见的是篆、隶并用，反映了汉代文字、书体的发展演变过程以及汉字演变的历史。

从所发现文字色泽来看，有白色、红色、黑色三种（见图 4.1）。

图 4.1　文字色彩

内容大部分为人名，多数简单人名，如“曹平”“李君房”等，以李姓最多，也有带有地方名称＋人名的，如“山阳昌邑炀里李长孟”。

从制作方式来看，多采用书写，个别是戳印图案，也有既有书写也有戳印痕迹（见图 4.2）。

图 4.2　既有书写也有戳印的文字砖

发现单纯人名共计 103 个，按姓氏笔画统计如下：

C：1.崔经　2.曹平　3.程长宾；

D：4.丁子明　5.丁严　6.丁仲　7.东炀方　8.大舌戴□；

F：10.冯子张；

G：11.盖伯　12.盖君长　13.盖君明　14.干示　15.干戎　16.高孙　17.公泽仲　18.公泽子高　19.高贤；

J：20.焦　21.焦少侯；

L：22.李子　23.李君房　24.李君明　25.李君山　26.李绀君
27.李子侯　28.李长孟　29.李林　30.李孙　31.李张
32.李惠　33.李令　34.李威　35.李池　36.李河
37.李恭　38.李次长　39.李长伯　40.李□　41.黎明
42.吕□乡　43.累毋池　44.梁子　45.柳少　46.柳少孙
47.柳威　48.李□；

M：49.皃免倩；

R：50.任史　51.任春；

S：52.尚然　53.孙侯　54.孙山　55.孙翼
56.孙襄　57.孙仲　58.孙君公　59.孙君；

T：60.桃方　61.田　62.田卿　63.田威；

W：64.王　65.王己　66.王君　67.王子侯；

X：68.闲严　69.闲绀　70.夏严　71.夏张
72.夏子良　73.夏公　74.徐平　75.徐房　76.向张
77.向行　78.向惠　79.向侯　80.向明　81.向径
82.向隆　83.向襄　84.许□；

Y：85.酉　86.尹令　87.尹子真；

Z：88.郑中公　86.郑子　87.郑长伯　88.郑絈十
89.郑以　90.郑平　91.郑王　92.郑前闻
93.朱严　94.伥子　95.伥惠　96.伥贤　97.伥仲
98.周上　99.周少公　100.周大孙　101.周郎
102.朱前门　103.张□。

图 4.3　不同姓名

少部分是地名＋人名的文字，统计如下：

带有“山阳昌邑炀里李□”的文字砖序号：11741、09225、11356、11499、11501、12530、10624、03985、05192、09086、09179、09197、09263、10624、9925。

带有“山阳昌邑炀里李长孟”的文字砖序号：11500、11502、12525、11736、11738、11739、11742、05660。

带有“山阳东炀里郑中公”的文字砖序号：12526。

带有“宜臧丁□”的文字砖序号：04833、05050。

带有“夏公凡二百十十”的文字砖序号：11740。

带有“山阳昌邑右卿东炀里”的文字砖序号：11737。

带有“凡六千六百”的文字砖序号：5689。

带有“四十顷”的文字砖序号：10017、6674、6726、7197。

带有“曹儿四枚”的文字砖序号：10467。

图 4.4　地名＋人名

戳印分自然戳印和人为戳印两种。自然形成主要是树叶，可能是在砖坯未干前，树叶落上所留。

图 4.5　自然形成的戳印痕迹

人为戳印主要是“×”“○”等，可能是在清点过程中为加以区别而标记。

图 4.6　人为形成的戳印痕迹

4.1　文字砖人名统计表

文字	块数	编号
曹平（墨书）	52 块	4608、4614、4673、4688、6604、6622、6646、6681、6710、6712、6732、7014、7022、7078、7197、7424、7731、7429、7464、7481、7496、7500、7724、7555、7559、7560、7565、7567、7720、7601、7603、7640、7648、7705、7714、7743、7785、7787、7717、7827、7878、7916、7931、7938、7951、8161、9911、9943、10028、10074、10541、12573
程长宾（朱书）	38 块	4369、6623、6644、6697、6704、6707、6715、7111、7170、7403、7414、7489、7495、7524、7547、7606、7616、7628、7630、7636、7660、7692、7789、7853、7905、7932、8037、8055、8007、8417、8403、8531、8742、8744、8782、8836、8863、12551
崔经（朱书）	53 块	4229、4219、4234、4249、4252、4276、12309、12355、12467、12473、12562、12597、11457、11485、11498、11563、11569、11572、11580、11599、10492、9853、8823、8856、8906、8964、8330、8011、8021、8024、8094、8127、8163、7818、7860、7862、7436、7054、7105、7107、7118、7135、7139、7176、6630、6636、6645、6666、6742、6746、6775、6776、6779

续表

文字	块数	编号
丁严（朱书）	26 块	4286、4291、4292、4309、4339、4716、4719、4767、4748、4781、4354、4372、6690、6756、7196、7433、7579、7652、7738、7861、7872、7936、4625、4669、4681、4703
东炀才（朱书）	46 块	4330、4665、4642、4690、4788、4800、6601、7434、7491、7529、7569、7574、7607、7617、7669、7688、7713、7748、7814、7826、7832、7847、7978、8454、8475、8686、8701、9929、9930、9939、9985、10002、10029、10033、10105、10132、10133、101080（才）、10210、10219、10226、10255、10534、10549、12301、7998(方少子/墨书)
冯子张（墨书）	21 块	4394、4700、7842、8208、8660、8717、8857、9859、9992、10023（大舌/左）、10056、10158、10213、10244、10280、10294、10376、10490（炀里冯子张）、10524、11227、123029(朱书)
盖伯（墨书）	37 块	4321、4392、6606、6612、7456、7487、7509、7520、7534、7538、7553、7575、7591、7604、7608、7610、7633、7642、7645、7663、7675、7693、7721、7723、7730、7745、7840、7843、7851、7854、7858、7903、7907、7912、7929、8034、8087
盖君明（墨书）	60 块	4302、4632、4696、4709、7548、4717、4779、4783、6605、7546、6621、6653、6700、6759、7530、6761、6768、7040、7452、7523、7455、7468、7473、7482、7493、7556、7668、7671、7674、7704、7733、7734、7736、7737、7749、7751、7757、7762、7765、7770、7794、7795、7797、7824、7838、7844、7866、7876、7893、7963、7981、7982、8047、8056、8057、8062、8097、8117、8120、10532
盖君长（墨书）	76 块	4615、4617、4618、4638、4675、4706、4760、4769、4793、6626、6647、6661、6682、6699、6705、6708、6711、6713、6714、6740、6749、6764、6767、7003、7413、7416、7442、7454、7462、7471、7485、7501、7535、7552、7558、7581、7585、7597、7631、7614、7635、7641、7643、7650、7657、7658、7659、7679、7700、7707、7718、7773、7774、7775、7788、7791、7813、7821、7835、7848、7857、7902、7904、7920、7935、7937、7940、7944、7948、7958、7995、8001、8148、8838、10522、12343

续表

文字	块数	编号
干戎（朱书）	26 块	6648、7262、8009、8074、8291、8549、8551、8645、8709、8723、8730、8770、8810、8842、8888、8890、8891、8911、8946、8988、10147、10161、10251、11479、11513、12364
干示（朱书）	72 块	4222、4227、4228、4241、6642、6665、6728、6781、7002、7012、7017、7055、7102、7406、7667、7926、8043、8088、8098、8130、8158、8178、8182、8230、8256、8319、8374、8463、8449、8508、8511、8527、8530、8643、8646、8760、8776、8795、8814、8829、8853、8858、8878、8934、8971、10153、10169、10303、10337、10343、10372、10386、10395、10399、10407、10415、10428、10468、11411、11431、11522、11551、11567、11568、11593、12577、11596、11598、12340、12354、12461、12552
高孙（朱书）	28 块	4202、4218、4244、6770、7016、8332、7082、7174、7868、8019、8207、8562、8572、8693、8805、8879、8910、8967、8979、9821、9897、10441、10509、12464、12489、12496、12518、12548
公泽仲（墨书）	3 块	10563、11354、12438
丁房	1 块	4353
□贤（朱书）	8 块	6765、7015、7133、7140、7166、8012、8577
公泽子高（墨书）	7 块	6603、10181、10197、10201、10295、10296、10443
焦（焦少侯）（朱、墨书）	30 块	4293、7953、8450、8648、8762、8926、9809、9811、9840（焦少侯）、9868、9874、9927（焦少侯）、9921、9948、9952、9956（焦少侯）、9968、9969、9976、10025、10051、10085、10106、10222、10279、10496、11210、11321、11338、12528

续表

文字	块数	编号
寇（朱书）	1块	8025
李子春（朱书）	54块	4322、4346、4400、4601、4761、6684、6737、7042、7200、7412、7425、7466、7476、7480、7491、7502、7506、7522、7536、7563、7564、7592、7613、7625、7661、7665、7672、7673、7678、7681、7689、7695、7696、7698、7722、7728、7758、7766、7782、7784、7804、7820、7830、7846、7880、7964、7990、7996、8065、8072、9832、9950、11217、12502
李君明（朱书）	45块	4336、4397、4603、4629、4736、4739、4780、4785、7767、6613、6719、7402、7441、7615、7898、7957、7977、8004、8071、9803、9807、9817、9819、9937、9953、9965、9970、9983、9996、10128、10182、10208、10286、10475、10481、10485、10492、10494、10498、10513、10530、10557、11206、11225、12493
李君房（朱书）	33块	4294、4313、4343、4344、4345、4621、4627、4671、4680、4698、4728、4773、4798、7125、7653、7742、7809、9835、9841、9989、10035、10064、10108、10164、10191、10242、10290、10552、11214、11236、11422、12328、12485
李长孟（朱书）	24块	4315、4747、6762、7428、7431、7686、7933、8984、9949、10032、10034、10050、10120、10123、10230、10241、10260、10285、11207、11341、11500、11502、12459、12525
李□（墨书）	24块	4324、4325、4371、4375、9860、4685、4738、4792、7027、9925、9656、7702、7816、7984、9984、10047、10072、10245、11347、11356、11421、11499、11501、12530
李长伯（朱书）	14块	4277、7401、7409、7443、7461、7486、7490、7551、7562、7687、7849、7909、7959、9864
李绀君（朱书）	38块	4385、4386、4610、4622、4624、4630、4640、4644、4660、4674、4676、4707、4763、7006、7453、7515、7533、7542、7545、7599、7634、7746、7752、7769、7771、7810、7979、7980、8059、8039、8068、8146、9818、11330、11427、10488、12311、12345

续表

文字	块数	编号
李林（朱书）	38块	4304、4361、4387、4606、4611、4619、4628、4631、4636、4639、4649、4682、4734、4742、4768、4790、6793、7039、7062、7510、7512、7514、7602、7646、7739、7776、7798、7807、7834、7845、7921、9971、9994、9998、11420、11425、12479、12503
李次长（朱书）	3块	4398、8165、10067
李池（朱书）	45块	4360、4370、4613、4651、4696、4724、6734、7110、7132、7437、7632、7870、10196、7956、9802、9806、9820、10100、9824、9910、9920、9924、10090、9926、9933、9966、9993、10071、9997、1007、10054、10063、10068、10483、10506、10514、10516、10542、10568、10593、11235、11316、11357、11355、12494
李河（朱书）	8块	6734、7870、7956、9824、9926、9993、11235、11316
李惠（朱书）	4块	10119、10198、11423、12454
李威（朱书）	15块	9827、9877、9959、9967、9978、10199、10537、10564、10572、10575、10596、11228、11419、11523、12401
李恭（墨书）	15块	4343、4668、4704、4740、7415、7422、7499、7664、7715、7716、7763、7796、7867、7968、8002
吕□乡（墨书）	31块	4301、4314、7505、9886、10099、9931、9941、9961、9979、10095、10006、10013、10045、10066、10077、10107、10113、10115、10117、10173、10176、10239、10247、10248、10288、10446、10540、10553、11212、11215、11339
李孙（朱书）	24块	4288、4359、4363、4662、4687、4730、4758、4766、7032、7093、7423、7472、7576、7577、7598、7841、7930、8517、9916、9986、10497、10503、11220、12488

续表

文字	块数	编号
李□（朱书）	5 块	8371、8541、9893、9894、12382
李令（白书）	7 块	4351、4661、4713、9932、10082、11539、11540
李张（朱书）	14 块	4726、4753、7605、9834、9947、9991、10020、10211、10231、11313、11322、11343、12484、12516
李君山（墨书，有一点为红色印记）	36 块	4765、4789、6614、6620、6628、6718、6736、7199、7435、7458、7459、7592、7519、7541、7593、7594、7612、7618、7644、7691、7753、7779、7808、7895、7917、7934、8054、10065、10110、10186、10289、10298、10484、10538、11477、12325
李子侯（朱、墨书）	34 块	6609、7420、7450、7463、7474、7511、7587、7629、7670、7680、7683、7684、7735、7744、7756、7759、7764、7793、7819、7942、7952、9944、9982(朱)、10005、10022、10042、10044、10059、10126(朱)、10129、10114、10160、10227、11348(朱书)
梁子（朱书）	7 块	10081、10084、10079、10189、10240、10263、10270
柳威（朱书）	6 块	7448、7654、7699、7985、7987、10200
柳少（朱书）	19 块	4376、4379、4380、4395、4694、4634、4643、4647、4667、4702、4723、7666、7706、7709、8129、10055、10061、11218、11232
柳少孙（朱书）	1 块	10175
累毋池（朱书）	33 块	4384、4383、4635、4650、4695、4718、4727、4733、4778、6602、6607、6615、6625、6672、6695、6722、6730、7071、7417、7430、7439、7465、7488、7544、7600、7647、7729、7806、7922、7970、10502、10600、12424

续表

文字	块数	编号
□明（朱书）	71块	4260、6660、6691、7072、7590、8027、8195、8200、8203、8210、8247、8350、8431、8440、8459、8462、8468、8473、8507、8629、8636、8658、8688、8707、8752、8802、8813、8825、8847、8885、8893、8912、8921、8923、8945、9000、10445、8948、8966、8970、8972、8991、10444、10134、10145、10156、10330、10439、10338、10345、10364、10369、10414、10427、10500、10507、10554、11325、11332、11445、11481、11524、11560、11585、11590、12372、12521、12590、10479、10474、10457
任史（朱书）	77块	4209、4262、6637、6693、6685、6717、7001、7028、7034、7447、7053、7090、7098、7121、7126、7128、7175、7856、8022、8046、8090、8114、8134、8154、8219、8217、8253、8278、8373、8386、8451、8465、8480、8482、8489、8518、8537、8547、8550、8555、8598、8601、8634、8637、8694、8708、8774、8803、8862、8872、8870、8882、8897、8902、8909、9987、10142、10354、10384、10469、11377、11383、11469、11483、11527、12318、12323、12326、12347、12350、12351、12439、12501、12516、12519、12522、12568
任春（朱书）	36块	4652、8100、8187、8188、8190、8225、8254、8277、8295、8324、8407、8410、8501、8570、8582、8608、8650、8562、8680、8753、8757、8788、8845、8944、8952、9814、9872、10268、10320、10335、10391、10434、11334、11402、11459、12535
尚然	91块	4245、4267、4300、4282、4604、4755、6656、6686、6731、6751、6773、7043、7119、7130、7150、7740、8099、8191、8215、8257、8261、8266、8313、8314、8338、8339、8348、8408、8458、8460、8478、8504、8588、8589、8594、8630、8605、8642、8765、8751、8824、8859、8861、8889、8913、9804、9815、9856、9879、9887、9895、10139、10141、10144、10155、10216、10254、10273、10301、10309、10314、10319、10342、10344、10362、10580、10586、10589、10501、10523、10577、11306、11324、11403、11407、11428、11448、11546、11548、11566、11571、11576、11582、11595、12352、12344、12338、12333、12359、12443、12468

续表

文字	块数	编号
孙山（朱书）	46 块	4216、7198、8202、8305、8321、8322、8323、8355、8380、8394、8485、8498、8565、8602、8815、8820、8871、8916、8917、10143、10146、10150、10152、10157、10332、10334、10340、10152、10157、10332、10334、10340、10347、10352、10357、10438、11378、11386、11393、11406、11446、11458、11475、11496、11516、11520、11550、11558、11592、12331、12563
孙翼（朱书）	3 块	8192、8761、10559
孙君（朱书）	18 块	8175、8173、8199、8294、8368、8391、8809、8949、10302、10325、10327、10450、11381、11389、11399、11408、11512、11578
孙伟（朱书）	33 块	4280、4283、6638、6659、6683、6738、80048、8223、8231、8237、8244、8279、8287、8420、8421、8422、8423、8533、8584、8633、8651、8664、8673、8720、8747、8798、8801、8852、8950、8982、8996、8997、10499
孙君公（朱书）	9 块	8638、8869、8968、9831、10366、10519、11382、11384、11577
一（墨书）孙房（白书）	6 块	6698、7588、8005、8101、8610、8697
孙仲	26 块	8509、8510、8734、8886、8899、10423、8903、8938、9898、9896、10374、10378、10381、10387、10390、10393、10405、10421、10448、10452、11387、11394、11409、11503、11534、12586
孙襄（朱书）	13 块	7925、8104、8352、8366、8367、8781、8905、10400、10409、11376、11470、12357、12536
尚伟（朱书）	14 块	8171、8177、8183、8201、8370、8540、8553、8618、8631、8963、8943、8995、10299、10404

续表

文字	块数	编号
桃方（朱书）	66 块	4289、4297、4305、7328、4338、4340、4356、4367、4620、4633、4656、4666、4670、4686、4701、4714、4715、4737、4749、4751、4752、4762、4764、4770、4771、4774、4775、4797、6651、6679、7031、7035、7164、7419、7432、7498、7620、7622、7627、7662、7682、7694、7697、7708、7725、7778、7864、7873、7877、7892、7954、7967、7991、8000、8061、8035、8075、8141、9825、10180（方）、10571、10594、11226（方）、12483、12500、12529
田威（朱书）	9 块	4363、4699、4757、4791、6611、6627、7088、7484、7621
田卿（朱书）	19 块	4204、4210、4697、6632、6663、6733、6757、6794、7011、7068、7103、7106、7177、7685、8777、8895、11564、12427、12570
田（朱书）	9 块	4377、4607、4745、4772、6624、7540、7823、7875、7988
王（朱书）	2 块	4296、7532
王己（朱书）	20 块	4381、6676、6706、7059、7438、7457、7470、7531、7557、7701、7754、7783、7786、7815、7915、7918、8038、8089、8362、12475
干君（朱书）	8 块	7946、10019、10041、10111、10240、10525、10527、11342
王子侯（朱书）	6 块	8444、8567、8691、8854、10388、12515
闲绀（朱书）	1 块	6724、4303
闲严（朱书）	5 块	4327、6795、7009、7837、8296
夏公（墨书）	3 块	4653、4784、9913

续表

文字	块数	编号
夏严	4 块	11429、11433、12400、12414
夏张（朱书）夏□、夏□	124 块	4225、4230、4233、4261、4263、4264、4274、4281、6610、6702、6732、6743、6748、6780、6790、7026、7033、7037、7051、7076、7097、7100、7104、7134、7167、7173、7194、7416、7404、7811、7805、7890、7891、7894、7897、7911、7941、7973、8029、8031、8045、8050、8063、8091、8093、8095、8133、8151、8180、8186、8204、8251、8281、8307、8308、8318(夏)、8327、8345、8390、8415、8432、8453、8477、8491、8512、8536、8546、8548、8574、8592、8596、8600、8639、8641、8666、8667、8675、8704、8724、8732、8756、8769、8772、8775、8778、8780、8785、8790、8812、8816、8864、8928、8955、8958、8987、8992、8993、8998、9801、9851、9862、9875、10310、10321、10371、10377、10410、10436、11414、11437、11449、11450、11454、11455、11482、11493、11521、11554、11587、12312、12335、12499、12511、12587
徐房	5 块	6797、7056、7445、8014、8128
徐平（朱书）	26 块	4284、7029、8102、8116、8312、8347、8346、8401、8403、8603、8806、8807、8821、10151、10348、10350、10358、11452、11478、11525、11559、11565、12304、12425、12440、12543
许□（朱书）	2 块	11261、11241
向行（朱书）	69 块	4206、4208、4213、4242、6631、6741、6752、7004、7048、7080、7083、7124、7141、7145、7168、7421、7582、7881、7888、7999、8040、8086、8131、8150、8159、8179、8248、8328、8351、8381、8388、8411、8428、8461、8476、8487、8495、8499、8505、8514、8531、8535、8627、8632、8721、8817、8846、8977、8983、10300、10305、10308、10430、10464、11439、11441、11519、11538、11570、11575、11583、12314、12336、12534、12545、12575、12592、12594、12596

续表

文字	块数	编号
向襄（白书）	4 块	7741、8073、8740、11336
向径、□（朱书）	61 块	7427、8216、8228、8235、8246、8249、8267、8269、8288、8297、8299、8309、8333、8372、8409、8457、8483、8494、8502、8513、8515、8516、8528、8545、8580、8653、8683、8702、8703、8706、8729、8731、8745、8750、8818、8811、8892、8896、8954、8978、9854、9867、10253、10304、10316、10333、10356、10375、10413、10417、10431、10466、11388、11405、11413、11528、11526、11549、12348、12465、12531
向隆（朱书）	25 块	6658、6687、6792、7063、7089、7161、7829、7923、7969、8341、8364、8908、8965、10148、10154、10331、10397、10411、10424、10426、11317、11456、11491、11492、12560
向张（朱书）	7 块	10135、10324、10422、11553、11555、12417、12593
向明（朱书）	58 块	4221、4250、4271、6635、7023、7030、8026、8049、8197、8221、8293、8404、8405、8448、8481、8557、8568、8573、8606、8607、8624、8668、8710、8849、8925、8930、8947、8981、9855、9884、10162、10163、10252、10257、10259、10313、10341、10346、10367、10368、10373、10379、10394、10398、10418、10420、10432、10449、10455、10456、10460、10477、11511、11508、11557、12374、12512、12581
向侯（朱书）	21 块	4223、4238、6608、6787、7025、7087、7109、7144、7165、7195、7896、8092、7132、8472、9848、12334、12353、12416、12418、12420、12578
向惠（朱书）	44 块	4201、4207、4217、4237、4246、6650、6643、6678、6745、6778、6791、7036、7038、7049、7065、7070、4251、4278、7074、7075、7094、7095、7137、7449、7882、7886、7887、7962、8028、8096、8105、8145、8831、10551、10562、11309、12329、12497、12498、12509、12514、12540、12542、12583
西（朱书）	14 块	4287、7527、7589、9850、9962、10165、10171、10178、10214、10243、10267、10284、10291、10442

续表

文字	块数	编号
尹明（朱书）	5 块	4720、8395、8613、8727、8779
尹令（朱书）	4 块	6616、7768、12361、12423
尹子真（朱书）	3 块	6716、7172、7676
郑前闻（朱书）	34 块	4298、4602、4678、4731、4678、4602、4731、6723、6755、7066、7444、7467、7543、7584、7596、7717、7726、7781、7859、7869、8070、8142、9869、9882、9915、9981、10018、10089、10102、10229、10277、10465、10539、12407
郑以（朱书）	10 块	7997、9393、9838、9876、9907、9918、10086、10458、12561、12571
郑中公（朱书）	31 块	9845、9846、9885、9923、9954、9965、10030、10038、10040、10043、11060、11073、10078、10091、10094、10098、10184、10185、10205、10217、10297、10462、10472、10508、10569、11353、11417、11424、12471、12520、12595
郑長伯（墨书）	45 块	8543、9839、9852、9908、9909、9917、9936、9963、9977、9988、10004、10014、10024、10048、10062、10070、10093、10097、10104、10116、10118、10121、10124、10177、10179、10221、10223、10228、10246、10266、10271、10278、10447、10451、10521、10547、10548、10566、10574、、11223、11233、11430、14451、11489、112480
郑平（白书）	2 块	10560、11416
郑絧十（朱书）	7 块	4658、6641、6757、7619、7792、9942、10281

续表

文字	块数	编号
郑□（朱书）	21块	4341（炀里）、4368、4389、6668、7518、7939、9843、99212、9934、10031、10207、10212、10262、10478、10511、10599、11209、11230、11311、11327、11340
郑絈	1块	4357
郑子（朱书）	6块	4329、4337、8819、9912、10092、10232
郑子高（朱书）	3块	7539、7571、7690
朱前门（朱书）	2块	8705、8941
朱严（墨书）	11块	10053、10057、10069、11204、11205、11224、11314、11329、11360、11415、12317
佽□（朱书）	68块	4254、4257、4272、4735、6652、6669、6671、6788、6672、6796、7050、7060、7067、7073、7079、7163、8242、8289、8306、8337、8340、8353、8387、8447、8493、8272（佽子□）、8581、8615、8678、8714、8773、8841、8900、8929、8931、8933、8936、8959、8962、8990、9826、9871、10403、10412、10416、10433、10546、11358、11442、11556、11597、11584、12310、12349、12490、12507、12523、12588
佽严（墨书）	1块	6782
张宁（墨书）	1块	12524
张仲（墨书）	39块	7171、7193、8196、8220、8227、8233、8252、8298、8384、8430、8442、8443、8464、8496、8529、8532、8544、8554、8575、8654、8662、8676、8685、8700、8711、8764、8796、8794、8797、8919、8920、8922、8935、8999、9805、9898、11438、12580、12584

续表

文字	块数	编号
周伟	2 块	7966、12463
周上（白、墨书）	4 块	4691、4786、6703、12428
周郎（墨书）	11 块	4334、4373、4799、6725、7407、7801、7836、7906、7945、7989、8044
周少公（白、墨书）	8 块	4626、4684、7710、7828、7865、12380、12396、12451
周少公（白、墨书）	8 块	4626、4684、7710、7828、7865、12380、12396、12451
□孝	1 块	12430

附录　定陶王墓地（王陵）M2 汉墓出土陶砖彩绘文字（部分）

东炀才

干戎

焦少史

崔经

盖君明

焦

程长宾

盖伯

公泽子高

程长宾

冯子张（朱书）

公泽仲

伥贤

冯子张（墨书）

高孙

曹平

东炀方

干示

李池

李君山

李子侯

李长孟

李君明

李子春

李长伯

李君房

李张

李敖

李河

李威

黎明

李恭

李孙

累毋池

李绀君

李买

寇

李次长

李林

梁子

柳少

柳少孙

柳威

吕细卿

山阳昌邑炀李买

山阳昌邑炀里李长孟

山阳东炀里郑中公

尚然

尚伟

孙君

孙山

孙伟

孙翼

孙仲

桃方

田

田卿

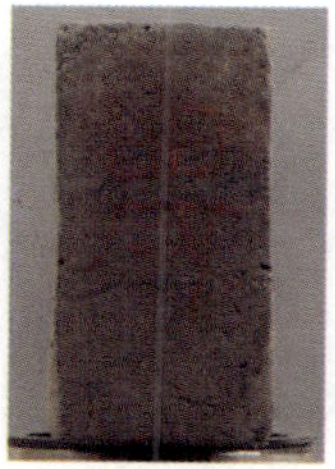
田威

王

王己

夏子良

夏张

夏严

夏公凡二百七十

夏公

王子侯

王君

向明

向隆

向径

向惠

向侯

向行

闲绀

尹明

尹令

一

杨里郑敖

杨里冯子张

向张

向襄（白书）

尹子真

酉

张曼

郑长伯

郑絈十

郑平（白书）

郑前闻

郑以

郑中公

郑子

周郎

周上

周少公

周伟

参考文献

[1]芮向真、张旭超、王闫莹，陶器文物保护的影响因素及修复措施[J].海口:《收藏与投资》,2021(12).

[2]刘继萍、刘岿，文物保护修复面临的现状与对策研究[J].佳木斯:《佳木斯职业学院学报》,2021(8).

[3]李磊，文物保护中传统工艺科学化分析[J].石狮:《东方收藏》,2021(11).

[4]李晓菊，基于文物保护与修复相关问题的分析[J].合肥:《文物鉴定与鉴赏》,2021(8).

[5]吴春晖，陶器文物保护的影响因素及修复[J].太原:《炎黄地理》,2021(4).

[6]樊海涛，谈文物保护与修复的新理念[J].合肥:《文物鉴定与鉴赏》,2021(3).

[7]刘爽，检测分析技术在文物保护修复方案中的应用[J].长春:《边疆考古研究》,2020(1).

[8]徐静，陶器文物保护的影响因素及修复方法分析[J].北京:《中国民族博览》,2020(12).

[9]高秀丽，文物保护修复理念溯源及其对文物修复技艺的影响[J].济宁:《济宁学院学报》,2020(2).

[10]杨柳，文物保护修复调色原理、材料浅析[J].北京:《自然与文化遗产研究》,2019(4).

后 记

定陶王墓地(王陵)M2汉墓自2010年10月考古发掘工作启动以来，一直备受社会各界和业内关注。随着考古发掘工作的不断开展，M2汉墓的神秘面纱被一点一点逐渐揭开，关于它的疑点也一个一个被破解。

作为全国规模最大、保存最好的一处黄肠题凑汉代墓葬，M2汉墓的历史价值、文物价值、研究价值和保护价值非常突出。国家各级政府文物主管部门高度重视M2汉墓的考古发掘和文物保护工作，先后制定多个保护方案，国家也先后投入大量资金对其进行保护研究。在此过程中，山东省博物馆馆长(原山东省文物考古研究所所长)郑同修先生做了大量的组织协调工作，湖北省荆州市文保中心研究员吴顺清先生对项目实施给予大力支持。他们对各项工作的顺利开展起到了积极的推动作用。

彩绘文字陶砖作为M2汉墓的重要组成部分，数量之多，历史信息之丰富引起业内和文物主管部门的高度重视。随着考古发掘工作的开展，大量陶砖被提取出土。多数陶砖表面有朱书、墨书或刻画符号，如不立即采取保护措施，这些重要历史信息将会丢失，必然造成无法挽回和难以估量的损失。

菏泽市定陶区文物局多次召开专家论证会，专题讨论文字砖的保护修复措施，制定了切实可行的保护修复方案。经国家文物局批准，先后开展两期出土彩绘文字陶砖的保护修复工作，抢救保护了大批彩绘文字砖，使其承载的珍贵历史文化信息得以保留和传承，为后期的文物考古资料整理和科学研究工作的开展提供宝贵资料。

M2汉墓的考古发掘和拆解保护工作正在进行，大量彩绘文字陶砖正源源不断地被拆解提取，对彩绘文字陶砖的保护修复任务依然很重。

但随着文字陶砖保护修复工作的不断开展，保护修复人员的技艺日臻成熟，修复工艺和新材料的应用更加科学合理，这对保护工作的开展是个好事。

定陶王墓地(王陵)M2汉墓的保护工作还有很长的路要走，压在文物保护人员肩上的担子还很重。随着各项保护工作的顺利开展，M2汉墓以及定陶王陵将会逐渐揭开神秘面纱，重新焕发生机，用它独特的方式去讲述背后的历史故事，为传统历史文化的传承发挥积极作用。

王玲

2022年2月